HEYNE
BÜCHER

BLAUE REIHE

Von John Lutz
sind als Heyne-Taschenbücher erschienen:

02/2269 Nachtanschluß
02/2290 Jake Dancers Schulden
02/2306 Todesstrafe
02/2315 Das letzte Foto
02/2333 New Orleans Blues

John Lutz

TÖDLICHE STEINE

Kriminalroman

Aus dem Amerikanischen übersetzt
von Sepp Leeb

Deutsche Erstausgabe

WILHELM HEYNE VERLAG
MÜNCHEN

HEYNE BLAUE REIHE
02/2355

Herausgegeben
von
Bernhard Matt

Titel der Originalausgabe:
DIAMOND EYES

Printed in Germany 1991
Umschlagillustration: Photodesign MALL, Stuttgart
Umschlaggestaltung: Atelier Ingrid Schütz, München
Satz: Kort Satz GmbH, München
Druck und Bindung: Presse-Druck Augsburg

ISBN 3-453-05447-4

»Steine von geringem Wert
mögen unbeachtet vom Tageslicht ihr Dasein fristen,
doch selbst das kostbarste Juwel wird
von der Nacht betrogen.«

Abraham Cowley

Davideis

»Der funkelnde Diamant
trinkt gierig deine reinsten Strahlen.«

Thomson

Die Jahreszeiten

Für Jeff, Wendy und Ben

1

»Gelb«, murmelte Nudger, als er durch die pneumatische Glastür des Flughafengebäudes ging. »Mein Wagen steht auf dem gelben Parkdeck.« Zu oft schon hatte er in einem Parkhaus stundenlang nach seinem Wagen gesucht, weil er vergessen hatte, wo er ihn abgestellt hatte. Zischend schloß sich die Tür wieder hinter ihm.

Durch das labyrinthische Gewirr aus Gepäckförderbändern, Läden, Snack-Bars und Verkaufsvitrinen machte er sich auf den Weg zu Flugsteig 43. In wenigen Minuten sollte dort Danny mit der TWA-Maschine aus Phoenix von einem Besuch bei seinem Cousin Jim zurückkommen. Bei der Sicherheitskontrolle starrte ihn die uniformierte Beamtin zwar mißtrauisch an, ließ ihn aber, nachdem er den Metalldetektor passiert hatte, unbeanstandet weitergehen. Der Weg zum Flugsteig schien kein Ende zu nehmen. Wie es schien, war der Lambert St. Louis International Airport eigens für Paul Bunyon angelegt worden.

Nudger hätte natürlich das Personenförderband nehmen können, eine Art waagrecht laufende Rolltreppe. Das wäre weniger anstrengend gewesen, als die weite Strecke zu gehen. Andrerseits kam er zu Fuß schneller voran als auf dem Förderband. Nun hätte er natürlich auch auf dem Förderband gehen können; aber das hätte bedeutet, daß er ständig gegen das Gepäck der Leute gestoßen wäre, die vorschriftsmäßig auf der rechten Förderbandseite standen, oder sich ziemlich unsanft an den Leuten hätte vorbeidrängen müssen, die auf der linken Seite standen und partout nicht Platz machen wollten.

Endlich erreichte Nudger den Flugsteig. Er steuerte auf die Bildschirme mit den Ankunftszeiten zu. Auf Zehenspitzen stehend, reckte er den Hals, um einen Blick darauf erhaschen zu können. Dannys Maschine hatte voraussichtlich fünfzehn Minuten Verspätung. Er hatte also noch jede Menge Zeit. Im selben Moment geriet die Anzeige ins Flackern, und ein paar neue Zahlen erschienen. Na, großartig! Die Maschine aus Phoenix hatte inzwischen bereits eine halbe Stunde Verspätung. In einem Punkt waren sich Fluglinien und Ärzte sehr ähnlich: sie kümmerten sich einen feuchten Dreck um die Zeit ihrer Kunden.

Seufzend wandte sich Nudger von den Bildschirmen ab und steuerte auf einen Imbißstand zu. Das Diät-Pepsi, das er sich dort bestellte, war viel zu teuer, aber zumindest wurde es mit zerstoßenem Eis serviert. Das war ihm lieber als Würfel. Deshalb regte er sich auch nicht weiter über den Preis auf.

Er holte sich eine *Post-Dispatch* aus einem sperrigen gelben Zeitungsautomaten, dessen Auswurfklappe sich so rasch wieder schloß, daß sie ihm fast die Hand abtrennte – gerade so, als wollte der blöde Kasten die Zeitung unter keinen Umständen herausrücken. Dann kehrte er wieder zum Flugsteig 43 zurück und setzte sich auf einen der beigen Plastikstühle, die dort für die Wartenden aufgestellt waren. Auf dem Rollfeld wurden ein paar TWA-Maschinen aufgetankt und mit Gepäck beladen. Trotz der Hitze trugen einige Techniker und Leute vom Bodenpersonal Overalls. Kastenförmige kleine Fahrzeuge, die neben den riesigen Düsenmaschinen wie Spielzeugautos wirkten, flitzten wie aufgescheuchte Hühner kreuz und quer über das Rollfeld. Die rot-weißen Flugzeuge blitzten in der Julisonne, und das Licht, das von draußen durch die großen Fensterflächen der Wartehalle drang, war so grell, daß Nudgers Augen davon zu schmerzen begannen. Aber wenigstens war es im Innern des Flughafengebäudes angenehm kühl. So gut es ging, machte es sich Nudger auf einem der anatomisch geformten Plastikstühle bequem und schlug die Zeitung auf.

Als erstes trennte er aus einer Annonce für Hardee's Fast-Food einen Essensgutschein heraus. Dann arbeitete er sich von den landesweit bedeutsamen Verbrechens- und Korruptionsfällen auf der Titelseite zu den lokalen Fällen von Verbrechen und Korruption auf den hinteren Seiten vor. Als er schließlich bei Bill McClellens Kolumne angelangt war, hatte er sein Pepsi ausgetrunken und kaute knirschend auf dem zerstoßenen Eis herum. Er mochte McClellens Kolumnen; sie zeugten von einem tiefen Verständnis für die Sorgen und Nöte der kleinen Leute, ohne darüber je in billige Gefühlsduselei abzurutschen. In dieser Kolumne ging es um die Diskriminierung einer vietnamesischen Immigrantin, die in der South Side der Stadt ein Restaurant eröffnet hatte. Maßgeblich war an dieser Kampagne vor allem ein paragraphenreitender Stadtrat beteiligt, der die vietnamesische Restaurantbesitzerin nach allen Regeln der Kunst durch die Mühlen der Bürokratie scheuchte. Noch bevor Nudger die Kolumne zu Ende gelesen hatte, war er auf hundertachtzig – und fest entschlossen, den Bedrängten und Notleidenden dieser Welt zu Hilfe zu eilen und das ihnen angetane Unrecht wieder gutzumachen.

Darüber war auch sein Magen so in Aufruhr geraten, daß er die Zeitung beiseite legte und sich eine Kalzium-Tablette in den Mund steckte. Während er darauf herumkaute, beobachtete er mit zusammengekniffenen Augen, wie eine riesige 747 zur Landung ansetzte. Beim Aufsetzen stiegen von den Reifen des Fahrwerks dunkle Rauchwölkchen auf. Dannys Maschine? Nudger machte eine kurze Drehung mit dem Handgelenk und sah auf seine Uhr. Nein, dafür war es noch zu früh. Plötzlich kam Leben in die Leute, die vor Flugsteig 42 warteten. Allerdings stand noch niemand auf. Es hätte ja auch wenig Sinn gehabt, gleich wegen jeder landenden TWA-Maschine aufzuspringen. St. Louis war ein wichtiger Knotenpunkt für inneramerikanische TWA-Flüge, und dementsprechend wimmelte es auf dem Rollfeld von den rot-weißen Vögeln mit dem bekannten TWA-Emblem. Nudger fragte sich, wie wohl Dannys Besuch bei seinem Cousin in Phoenix gewesen war. Die beiden hatten sich seit ihrer Kindheit nicht mehr gesehen, hatte ihm Danny vor zwei Tagen über einem Dunker Delite erzählt. Danny war der Inhaber von Danny's Donuts, dem Doughnuts-Shop, der direkt unter Nudgers Büro in Maplewood lag. Ein Dunker Delite, ein formloses Etwas von einem fettigsüßen, mit einer dicken Zuckerglasur überzogenen Teigbatzen, war Dannys Spezialität. Diese Dinger zeichneten sich vor allem durch ihren niedrigen Nährwert und ihren hohen Cholesteringehalt aus. Genauso schmeckten sie übrigens auch. Allerdings hätte es Nudger nie über sich gebracht, Danny das zu sagen und damit zu riskieren, ihm einen schweren psychischen Knacks beizubringen. Danny und Nudger waren eng befreundet – eine Freundschaft, die für Nudger auch mit einigen Vorteilen verbunden war, da sich Danny schon bei unzähligen Gelegenheiten als Nudgers Empfangsdame, Aufpasser und Mitverschwörer nützlich gemacht hatte. Einer der Nachteile, daß der Laden direkt unter seinem Büro lag, war allerdings, daß Nudger oft wie ein Doughnut roch. Und das ließ Frauen nicht gerade in Begeisterungsstürme ausbrechen.

Da sein rechtes Bein einzuschlafen drohte, veränderte er vorsichtig seine Haltung. Von dem langen Sitzen auf dem harten Plastikstuhl hatte er kaum mehr ein Gefühl in seinen vier Buchstaben. Er spielte bereits mit dem Gedanken aufzustehen, aber dann hob er nur seine linke Pobacke leicht an und drehte sich ein Stück zur Seite.

Durch die damit verbundene Veränderung seines Blickwinkels wurde Nudger auf die weinende Frau aufmerksam.

Sie war eine von etwa zwanzig Personen, die in der Wartehalle saßen. Sie war klein, hatte kurzes, blondes Haar und trug eine weiße, ärmellose Bluse, einen dunklen Rock und hochhackige blaue Schuhe. In den rotlackierten Fingern ihrer rechten Hand hielt sie ein zerknülltes Papiertaschentuch. Nudger fiel auf, daß sie schlanke Fesseln und eine laufende Nase hatte. Hätte sie nicht geweint, hätte sie sehr gut ausgesehen.

Wie das Frauen so an sich haben, spürte sie sofort, daß er sie beobachtete. Sofort preßte sie ihre Knie so fest aneinander, daß die Haut über ihren Kniescheiben fleckig wurde. Nachdem sie sich mit dem Taschentuch ihre geröteten Augen betupft hatte, putzte sie sich damit die Nase. Schniefend senkte sie den Kopf. Ein typischer Fall von heulendem Elend. Die Frage war nur, warum.

Da sie keinerlei Gepäck bei sich hatte, nahm Nudger an, daß sie auf jemanden wartete – vielleicht jemanden, der mit derselben Maschine kam wie Danny. Aber das war ziemlich unwahrscheinlich. Die Wartehalle gehörte zu mindestens einem halben Dutzend Flugsteige, bei denen es sich im Grunde genommen um ganz gewöhnliche Türen handelte. Eine Seite der Halle nahmen zwei mit Computern bestückte Schalter ein, an denen kurz vor dem Abflug die Bordkarten ausgegeben wurden. Da gerade niemand an den beiden Schaltern stand, war die Frau offensichtlich allein hier; zumindest hatte sie keinen Reisebegleiter, der sich gerade eine Bordkarte besorgte. Kein Ticket lag auf einem der leeren Stühle neben ihr oder lugte aus einer Tasche hervor. Sie war also aus St. Louis.

Hör doch endlich auf, ständig den Detektiv zu spielen, redete sich Nudger ins Gewissen.

Aber, aber. Er war nun mal Detektiv, ob es seinem überreizten Magen paßte oder nicht. Das war sein Fluch und seine nicht gerade üppige Einkommensquelle.

Er stand auf und ging auf die Frau zu. Sie schaute nicht zu ihm auf. Das machte das Ganze zwar etwas peinlich, aber er sprach sie trotzdem an. »Hören Sie, falls ich Ihnen irgendwie behilflich sein kann...«

Sie sah ihn aus tränennassen blauen Augen an. »Mir ist nicht zu helfen«, stieß sie gequält hervor.

Er setzte sich neben sie. »Sagen Sie doch so was nicht. Das mag ja manchmal durchaus richtig sein; aber in den meisten Fällen bildet man sich das nur ein. In dem Moment, in dem man so etwas sagt, ist man allerdings tatsächlich fest davon überzeugt, daß es so ist. Also schießen Sie schon los. Wo drückt der Schuh?«

»Lassen Sie mich in Frieden.«

Das war ziemlich unmißverständlich.

Nudger stand auf und zog seine Geldbörse aus seiner Gesäßtasche. Er nahm eine der drei eselsohrigen Visitenkarten heraus, die hinter seinem Führerschein steckten, und hielt sie der Frau unter die Nase. »Dann nehmen Sie wenigstens das da – für den Fall, daß Sie auf die Sorte Beistand angewiesen sind, wie Sie ihn von mir bekommen können.«

Sie nahm die Karte und hielt sie auf Armeslänge von sich – gerade so, als hätte sie zum Lesen eigentlich eine Brille gebraucht. Desinteressiert legte sie die Visitenkarte schließlich auf den Stuhl, von dem Nudger gerade aufgestanden war. »Würden Sie mich jetzt bitte endlich in Frieden lassen.«

Das tat er. Nachdem er wieder auf seinem alten Stuhl Platz genommen hatte, griff er nach der Zeitung, schlug die Comic-Seite auf und versuchte zu lesen. Aber selbst *The Far Side* vermochte ihm diesmal kein Schmunzeln zu entlocken. Also gab er auf und legte die Zeitung wieder neben sich.

Mehrere Leute in der Wartehalle drehten die Köpfe herum, um durch die großen Fenster nach draußen zu schauen. Eine junge Frau blieb mit ihren beiden kleinen Kindern ganz dicht an der Scheibe des Aussichtsfensters stehen und deutete auf eine 747 hinaus, die gerade zur Landung ansetzte. Auch diesmal stiegen wieder kleine Rauchwölkchen von den Reifen des Fahrwerks auf. Aufgeregt auf der Stelle hüpfend, begann eines der beiden Kinder, ein Junge, etwas zu rufen, was Nudger nicht verstand. Vermutlich kam sein Vater mit der eben gelandeten Maschine an und brachte ihm eine Überraschung mit.

Für eine Weile war die 747 nicht mehr zu sehen, bevor sie schließlich wieder auftauchte und langsam auf ihren Standplatz zurollte. Hell spiegelte sich das Sonnenlicht in ihrem glatten Rumpf; von den Triebwerken stiegen flimmernde Hitzeschlieren auf.

Plötzlich beugte sich Nudger vor. Er traute seinen eigenen Augen nicht!

Am Rumpf des Flugzeugs, direkt über der Tragfläche, erblühte plötzlich eine leuchtend rote Feuerblume. Ganz deutlich konnte Nudger hinter einem der Fenster das bleiche Gesicht eines Passagiers erkennen, der entsetzt beobachtete, was auch er sah. Demnach konnte es sich dabei also nicht um Einbildung handeln.

Mit unvorstellbarer Schnelligkeit wurde die orange Blüte größer und immer größer. Und plötzlich war nichts mehr zu sehen außer einer gewaltigen Explosion aus grellem Orange. Ein ohrenbetäubender Knall erschütterte die Wartehalle. Ein heftiger Hitzeschwall, gefolgt von einer gewaltigen Druckwelle, drang durch die breite Fensterfront herein. Der Fußboden begann so heftig zu vibrieren, als wäre er plötzlich zum Leben erwacht.

Ohne sich dessen bewußt zu sein, war Nudger aufgesprungen und hatte den rechten Arm vor sein Gesicht gerissen. Nur ganz verschwommen nahm er die gellenden Schreie wahr, die durch das ohrenbetäubend laute Klirren von zerspringendem Glas schrillten.

Das Ganze schien sich in unendlicher Ferne und wie in Zeitlupe abzuspielen – fast so, als wäre er davon nicht im geringsten betroffen. Aber zugleich war ihm sehr deutlich bewußt, daß es hier und jetzt passierte, ganz hautnah und sehr real.

Als hätte ihm jemand ins Gesicht geschlagen, riß er den Kopf herum, fort von der Hitze und der blendenden Helle.

Ganz verschwommen wurde ihm bewußt, daß die weinende Frau verschwunden war.

Dann schien die Zeit einen Sprung zu machen, und er hörte sich wie von Sinnen losschreien: »Mein Gott! Danny!« Er fiel vor Schwäche wieder auf den Stuhl.

Nicht auszudenken, wenn die explodierte 747 die Maschine aus Phoenix war.

2

Als könnte er noch immer nicht zwischen Einbildung und Wirklichkeit unterscheiden, setzte sich Nudger auf und schaute sich benommen um. Noch immer hallte in seinem Kopf das schrille Kreischen einer Frau wider. Und dann Stille. Wie eine riesige Brandungswelle schwappte schockiertes Entsetzen durch die Halle.

Nudger war vielleicht mehr als die meisten anderen an solche plötzlichen Ausbrüche von besinnungsloser Gewalt gewöhnt. Vorsichtig unternahm er eine erste Schadensbestandsaufnahme. Niemand schien ernsthaft verletzt. Der kleine Junge, der direkt am Fenster gestanden war, saß inzwischen auf dem Schoß seiner Mutter, die ihm ein Taschentuch gegen den Arm drückte. Vermutlich war er von einem Glassplitter getroffen worden, als das Fenster unter dem Druck der Explosion zerborsten war. Nudger bemerkte, daß mehrere Leute leichte Schnittwunden erlitten hatten. Mit nervösen Fingern tastete auch er sich am ganzen Körper ab. Wie es schien, war er unverletzt.

Draußen auf dem Rollfeld brannte das schwarze Wrack des Flugzeugs noch immer lichterloh. Es war inzwischen umringt von Löschfahrzeugen und aufgeregt durcheinanderhastenden Helfern. Von einem gelben und chromfarbenen Tankwagen wurde die brennende Maschine mit weißem Schaum besprüht. Zwei Männer in leuchtend gelbem Ölzeug spritzten Wasser auf das Flugzeugheck; es kam aus einem Löschwagen mit zuckenden Rot- und Blaulichtern. Neben dem Flugzeug lagen drei verkohlte Haufen auf dem Rollfeld; sie sahen aus wie menschliche Leichen. Unter Nudgers Augen breitete ein Mann in gelbem Ölzeug eine blaue Plane über die Toten. Tief und bedrohlich wie eine dunkle Gewitterwolke hing dichter Rauch über dem Rollfeld. Aber der Blitz hatte bereits eingeschlagen.

Als Nudger aufstand, drohten ihm für einen Moment die Beine den Dienst zu versagen. Aber er konnte sich gerade noch fangen. Unter seinen Sohlen knirschte das Glas, als er zu den Bildschirmen mit den Ankunftszeiten ging. Wegen der zahlreichen Verspätungen waren zum Zeitpunkt der Explosion außer Dannys Maschine noch etwa ein halbes Dutzend anderer Flugzeuge erwartet worden. Neben Nudger stand ein Mann, der in stummem Entsetzen auf die Bildschirme stierte; ganz offensichtlich plagten ihn ganz ähnliche Ängste und Befürchtungen. Irgend etwas Schreckliches war passiert; aber niemand wußte, was genau. Das Personal an den TWA-Schaltern war plötzlich verschwunden; vermutlich waren sie den Rettungsmannschaften zu Hilfe geeilt. Innerhalb von wenigen Minuten hatte sich vor den Bildschirmen mit den Ankunftszeiten eine dichte Menschentraube gebildet; wie betende Gläubige blickten sie flehentlich zu den flimmernden Anzeigen hoch. Außer ihrem gehetzten Atem war kein Laut zu hören.

Nach einer Weile erlosch die Ankunftszeit von Flug 243 aus New York und wurde durch die Worte BITTE AM SCHALTER MELDEN ersetzt. Der große Gott Mikrochip hatte gesprochen. Mehrere Leute stöhnten laut auf. Eine Frau fiel in Ohnmacht, worauf sich sofort ein Menschenauflauf um sie bildete. Unnatürlich laut konnte Nudger den Atem aus seinen Lungen entweichen hören. In seine Erleichterung mischte sich jedoch sofort tiefes Mitgefühl für die am Boden liegende Frau, die verzweifelt immer und immer wieder den Namen ihres Mannes hinausschrie: »Charles ... !«

Plötzlich ertönte hinter ihm eine vertraute Stimme: »Was ist passiert, Nudge?«

Nudger drehte sich um. Vor ihm stand Danny, den schwarzen Kleidersack über die Schulter geworfen, sein Bassetgesicht noch ernster als sonst. Unsäglich erleichtert legte Nudger einen Arm um Dannys Schulter und schüttelte ihm die Hand. Danny machte ein paar Schritte zurück und sah ihn noch verständnisloser an. Irgend etwas stimmte nicht. Aber er wußte nicht, was. Daran war Danny allerdings längst gewöhnt.

»Die Maschine aus New York ist gerade in die Luft geflogen«, klärte ihn Nudger auf.

Für einen Moment sah ihn Danny verständnislos an. »Wir mußten an Flugsteig fünfunddreißig aussteigen. Als Begründung haben sie uns nur gesagt, daß ein Notfall eingetreten wäre. Und dann haben sie uns auch schon aus dem Flugzeug gescheucht. Allerdings dachte ich mir schon, daß du hier auf mich warten würdest.« Er sah durch die glaslosen Fenster auf das rauchende Chaos auf dem Rollfeld hinaus, und erst jetzt leuchtete allmähliches Begreifen in seinen Augen auf. »Herr im Himmel! Ein ganzes Flugzeug in die Luft geflogen? Eine Bombe?«

»Vielleicht«, erwiderte Nudger. Da er Danny erst vor zwei Tagen zum Flughafen gebracht hatte, wußte er, daß der Kleidersack sein einziges Gepäck war. »Komm, laß uns lieber nach Hause fahren. Ich stehe auf dem orangen Parkdeck.«

Nach einigem Suchen fanden sie den Wagen schließlich auf dem gelben. Nudger zahlte am Ausgang und nahm erst die Interstate 70 in Richtung Osten und dann den Inneren Ring nach Süden. Unter lautem Sirenengeheul kamen ihnen immer neue Rettungsfahrzeuge entgegen. Nudger drehte die Klimaanlage des alten Granada voll auf, aber der Effekt hielt sich in Grenzen; er müßte wieder mal die Kühlflüssigkeit auswechseln, hatten sie ihm in der Werkstatt gesagt. Nudger hatte sich fest vorgenommen, das sofort nachzuholen, sobald es sein Kontostand erlaubte. Geld – Kleber und Schmiere für das reibungslose Funktionieren der Gesellschaft.

»In Phoenix war es vielleicht heiß!« Abwesend starrte Danny auf den dichten Gegenverkehr hinaus, der auf der anderen Seite des Mittelstreifens an ihnen vorbeirauschte. Er schien noch immer nicht recht begriffen zu haben, was eigentlich passiert war.

»Das kann ich mir denken.« Ganz deutlich sah Nudger plötzlich wieder das grelle Aufleuchten der Explosion und die Silhouetten der Frau mit den zwei Kindern am Fenster vor sich. Und genauso deutlich wie beim ersten Mal konnte er noch einmal die schrille Symphonie der zerberstenden Scheiben hören.

»Glaubst du, die Maschine ist von irgendwelchen Terroristen in die Luft gejagt worden, Nudge?«

»Um dazu Näheres zu sagen, ist es jetzt noch zu früh. Erst mal wird sich die FAA die Trümmer des Wracks vornehmen, und dann schaltet sich das FBI ein.«

»Von dem Flugzeug ist doch kaum mehr was übriggeblieben. Was sollten die anhand von ein paar verkohlten

Trümmern noch groß feststellen können?« meinte Danny.

»Du würdest staunen, was die daraus alles ablesen können – nicht nur, ob es eine Bombe war, sondern unter Umständen sogar, was für eine Bombe.«

»Glaubst du denn, es war eine Bombe?«

»Keine Ahnung. Ich habe nur gesehen, an welcher Stelle die Explosion ihren Ausgang genommen hat. Direkt über der linken Tragfläche. Ob es allerdings eine Bombe war, kann ich nicht sagen. Das ist eine reine Vermutung. Dazu müßte ich mich erst mal genauer mit Flugzeugen befassen.«

»Wenn so ein Flugzeug hochgeht, finden sie doch nur in den seltensten Fällen heraus, wer es war.«

»Tja...« An der Eager Road fuhr Nudger vom Highway. Sein Magen machte sich durch ein stetes Pochen bemerkbar.

Er parkte an einer schattigen Stelle vor Dannys Wohnung. Schwitzend blieb er im Wagen sitzen und hörte sich im Autoradio ein paar Bluesnummern an, während Danny seinen Kleidersack nach oben brachte und in ein paar frische Sachen schlüpfte. Als er fertig war, fuhren sie zu Dannys Doughnut-Shop, über dem auch Nudgers Büro lag. Nudger stellte seinen Wagen an der defekten Parkuhr auf der anderen Straßenseite ab. So bekam er wenigstens wieder etwas von den horrenden Parkgebühren herein, die sie ihm draußen am Flughafen abgeknöpft hatten. Wenigstens ein bißchen ausgleichende Gerechtigkeit war hin und wieder einfach nötig, um auf dieser Welt nicht vollends den Verstand zu verlieren. Nur gab es davon leider viel zu wenig.

»Glaubst du nicht«, schlug Danny vor, »du solltest noch mal zum Flughafen rausfahren und denen erzählen, was du gesehen hast?«

»Da waren doch noch mindestens hundert andere

Leute, die genau das gleiche gesehen haben wie ich.« Nudger warf die Wagentür hinter sich zu. Sie abzusperren, wäre die Mühe nicht wert gewesen.

Sie mußten eine ganze Weile in der glühend heißen, abgasverpesteten Luft am Straßenrand warten, bis sie eine Lücke im Verkehr entdeckten und die Straße überqueren konnten. Ganz deutlich spürte Nudger bei jedem Schritt das überschüssige Fett um seinen Bauch. Er war zwar noch keineswegs aus den Fugen geraten, aber trotzdem war nicht zu verleugnen, daß ihm die letzten Jahre ein paar Pfunde zuviel auf die Rippen geklatscht hatten. *Na, du alter Sack; auch wenn du schon auf die Mitte Vierzig zugehst, könntest du dich mal wieder ein bißchen in Form bringen.*

Danny holte einen großen Schlüsselbund aus seiner Tasche und schloß seinen Laden auf, um die Cholesterinsüchtigen des Viertels wieder mit seinen Kalorienbombem attackieren zu können.

Nudger öffnete eine Tür an der Seitenwand des Gebäudes und stapfte unter dem leisen Ächzen der alten Holzstufen die schmale Treppe zum Eingang seines Büros hoch. Das Knarzen störte ihn übrigens nicht im geringsten; es kündigte jeden Besucher schon von weitem an. Hin und wieder verirrten sich nämlich auch tatsächlich ein paar potentielle Klienten hierher, und dann hatte Nudger noch genügend Zeit, seine Krawatte zurechtzurücken oder seine Füße vom Schreibtisch zu nehmen; manchmal breitete er auch ein paar offiziell aussehende Papiere vor sich aus, um den schwer Beschäftigten zu mimen. Schließlich hatte man immer nur eine Chance, einen guten ersten Eindruck zu machen.

Die Luft im Büro war stickig heiß. Als erstes ging er ans Fenster und stellte die Klimaanlage an. Unter lautem Summen, Gurgeln und Rattern warf sie sich sofort mächtig ins Zeug, wenn sie auch gegen die Julihitze in St. Louis auf ziemlich verlorenem Posten stand.

Er ging die Post durch, die er vor dem Büroeingang aufgesammelt hatte – ein paar Rechnungen und ein Brief seiner geschiedenen Frau Eileen, die vermutlich wieder mal auf ihre Unterhaltszahlungen drängte und mit rechtlichen Schritten drohte. Er hätte ihr liebend gern gezahlt, was sie von ihm wollte – nur um sie endlich vom Hals zu haben; aber er verdiente nun mal kaum genug, daß es für ihn allein gereicht hätte, während sie sich in ihrem neuen Job bei einer dieser Haushaltsartikelvertreteragenturen dumm und dämlich verdiente. Sie hatte es dort inzwischen zur Bezirksleiterin gebracht, womit sie an jedem Abschluß in ihrem Verkaufsgebiet prozentual beteiligt war. Außerdem ging mit diesem Posten einher, daß sie noch mehr Zeit hatte, um Nudger das Leben schwer zu machen.

Ohne einen der Umschläge zu öffnen, warf er sie auf den Haufen mit der ungeöffneten Post, die sich in der rechten Schreibtischecke türmte.

Noch während er auf seinen quietschenden Drehstuhl niedersank, drückte er auf den Abspielknopf seines Anrufbeantworters.

Piep! »Hier ist Eileen, Nudger. Du kannst dir vielleicht denken...«

Das hatte ihm gerade noch gefehlt. Er drückte auf die Vorlauftaste.

Piep! »Ich spreche nicht auf Anrufbeantworter. Lassen Sie Ihren Anrufbeantworter meinen anrufen. Dann können sich ja die beiden über den Auftrag unterhalten, der Ihnen gerade durch die Lappen gegangen ist.«

Piep! »Wenn Sie an einer völlig neuartigen Gruppenlebensversicherung für Selbständige interessiert sind, dann rufen Sie unter folgender Nummer...«

Das wurde ja immer schöner! Nudger brauchte keine Gruppenlebensversicherung. Wie hoch standen die Chancen, daß man in einer Gruppe ums Leben kam?

Und wen hätte er außerdem als Begünstigten angeben sollen? Etwa Eileen? Die Vorstellung, er könnte tot mehr für sie wert sein als lebendig, jagte ihm einen kalten Schauder den Rücken hinunter. Am Ende erwirkte ihr Anwalt noch seine Hinrichtung.

Den Rest des Nachmittags verbrachte er hinter seiner gebraucht gekauften IBM Selectric und tippte Mahnungen an seine saumseligen Klienten. Einmal bildete er sich ein, die Treppe leise knarzen zu hören. Vielleicht ein Klient. Aber niemand klopfte an die Tür. Vielleicht hatte ihm nur der Wind einen Streich gespielt. Im Westen zog ein Gewitter auf. Ab und zu klatschte ein Regentropfen gegen das Metallgehäuse der Klimaanlage.

Keine halbe Stunde später legte ein Unwetter los, daß die Scheiben wackelten. Das trug nicht gerade dazu bei, Nudgers Stimmung zu heben. Um die düstere Atmosphäre wenigstens etwas zu vertreiben, knipste er die Schreibtischlampe mit dem gelben Schirm an. Allerdings sahen seine Hände und Unterarme davon aus, als hätte er Gelbsucht. Sobald der Regen etwas nachließ, griff er sich seinen altersschwachen, schwarzen Regenschirm und verließ das Büro.

Am Abend, in seiner Wohnung in der Sutton Street, schob er eine tiefgefrorene Truthahnkeule in die Mikrowelle und aß das Ganze mit den Resten des Salats, den er vor zwei Tagen aus einem Restaurant mit nach Hause genommen hatte. Anschließend machte er es sich auf dem Sofa vor dem Fernseher bequem, um sich in einem Privatsender die Nachrichten anzusehen.

Nach ein paar einleitenden Lappalien kam der Hauptbeitrag. Einer dieser sprechenden Toupethalter schilderte unter anderem den Hergang des Flugzeugunglücks. Als Hintergrund wurde dazu ein Endlosvideo mit Bildern des brennenden Flugzeugs und der vergeblichen Rettungsmaßnahmen eingeblendet. Dreiundneunzig Menschen waren bei der Tragödie bisher ums Leben gekommen. Außerdem schwebten noch einige Überlebende des Unglücks in Lebensgefahr. Durch die Explosion im Rumpf des Flugzeugs waren die Treibstofftanks in den Tragflächen entzündet worden. Als ein anderer auftoupierter Nachrichtenfritze der weinenden Angehörigen eines der Opfer sein Mikrophon unter die Nase hielt, schaltete Nudger mit der Fernbedienung auf Kanal 9 um, wo gerade eine nationale Nachrichtensendung kam, der ›MacNeil Lehrer-Report‹.

Auch hier kam ein Beitrag über das Flugzeugunglück. MacNeil interviewte einen Sprecher der FAA, des Bundesluftfahrtamts, einen FBI-Agenten und einen Terrorismusexperten. Der FAA-Sprecher, ein ruhiger und nüchterner Mann mit grauem Haar und grauem Anzug, erklärte, daß die Zahl der Todesopfer aller Wahrscheinlichkeit nach noch steigen würde. Der FBI-Mann versicherte wichtigtuerisch, daß die Passagierliste der Unglücksmaschine genauestens überprüft würde; außerdem würde man sich unverzüglich mit den zuständigen Sicherheitsbehörden am New Yorker Kennedy Airport in Verbindung setzen, wo die Maschine zu ihrem letzten Flug gestartet war.

»Sind solche Bomben in der Regel nicht mit Zeitzündern oder barometrischen Auslösern ausgestattet, damit die Maschine in der Luft gesprengt wird?« fragte MacNeil ernst.

»Gewiß«, erwiderte der Terrorismusexperte, der selbst Anarchistenaugen hatte. »Möglicherweise war in diesem Fall der Zünder defekt.«

»Vermutlich werden wir noch eine Reihe von wichtigen Erkenntnissen über die Bombe gewinnen«, schaltete sich der FBI-Mann wieder ein. »Mehrere Augenzeugen haben beobachtet, wo die Bombe gezündet wurde. Außerdem haben Flugsicherungsexperten an der Unglücksstelle schon mehrere Bestandteile des Sprengkörpers entdeckt, die nun einer eingehenden Überprüfung unterzogen werden.«

Nudger spürte, wie sein Magen zu revoltieren begann. Er hatte bereits mehr als genug von dem Flugzeugunglück gehört. Am liebsten hätte er das Ganze wie einen schlimmen Alptraum einfach vergessen. Herr im Himmel, dreiundneunzig Tote!

»Demnach stimmen Sie also alle überein«, wandte sich MacNeil an die Befragten, »daß die Ursache des Unglücks eine Bombe war?«

»Ja, es war eine Bombe«, nickte der Mann von der FAA.

»Es war eine Bombe«, fiel der FBI-Typ mit ein.

Und der Terrorismusexperte erklärte: »Es steht völlig außer Zweifel, daß das Flugzeug mit einer Bombe in die Luft gesprengt wurde.«

»Haben irgendwelche terroristischen Vereinigungen...«

Gerade als Nudger den Ton abstellte, klingelte das Telefon. Eigentlich hatte er keine Lust dranzugehen, aber es hörte nicht auf zu läuten. Nach dem fünften Läuten packte er die Schnur und zog den Apparat damit zu sich heran. *Schepper, schepper, ding, ding*. Er nahm den Hörer ab.

Es war Danny. »Hast du schon die Nachrichten gesehen, Nudge? Sie sagen, es war eine Bombe.«

3

Am nächsten Morgen fuhr Nudger auf dem Weg ins Büro erst zu dem Hardee's Schnellimbiß in der Manchester. Er legte den Gutschein vor, den er aus der *Post-Dispatch* vom Vortag herausgerissen hatte, und bekam dafür einen Toast mit Schinken und Ei für nur neunundsiebzig Cents.

Er kaufte sich noch eine Tasse Kaffee und ließ sich damit an einem Fenstertisch nieder, um beim Essen auf den morgendlichen Berufsverkehr hinauszuschauen.

Es hatte etwas Hypnotisches an sich, den nie abreißenden Strom von Autos zu beobachten, in denen ganz normale Menschen zu ihren ganz normalen Jobs unterwegs waren – lauter Leute, die punkt fünf Uhr Feierabend machten und so Tag für Tag ihres ereignislosen, aber halbwegs glücklichen Lebens hinter sich brachten. Nudger wäre sicher nicht Privatdetektiv geworden, wenn er auch nur die leiseste Chance gehabt hätte, eine andere Arbeit zu bekommen, nachdem er bei der Polizei wegen seines nervösen Magens vor die Tür gesetzt worden war. Wegen des Geldes machte er diesen Job jedenfalls nicht. Aber er hatte auch keine Lust mehr gehabt, noch einmal ganz von vorne anzufangen und erst einmal mühsam zu lernen, wie man jemandem einen Gebrauchtwagen oder eine Lebensversicherung andrehte. Eileen und ihr Anwalt hätten das allerdings sicher sehr begrüßt. Dann hätte er wenigstens gut genug verdient, um von ihnen kräftig geschröpft werden zu können.

Zu seiner nicht geringen Überraschung stand plötzlich Lieutenant Jack Hammersmith von der Polizei von St. Louis vor ihm und zwängte sich zu ihm in die orange gepolsterte Nische, in der er saß. Hammersmiths Wampe drückte so heftig gegen die Tischkante, daß ein Knopf seines Jacketts fast waagrecht auf der holzgemaserten Resopalplatte zu liegen kam. Er stellte sein Tablett mit vier Zimtbrötchen, Kaffee und Orangensaft ab und sagte: »Hier steckst du also. Ich hab' dich schon in deiner Wohnung zu erreichen versucht, und in deinem Büro warst du auch nicht.«

»Woher wußtest du, daß ich hier bin?« fragte Nudger. Vom Duft der Zimtbrötchen überkam ihn allen Kalorien zum Trotz heftiger Heißhunger auf etwas Süßes. Hammersmith hatte schon immer einen schlechten Einfluß auf ihn ausgeübt.

»Ich habe nur die gestrige Zeitung nach irgendwelchen Essensgutscheinen durchgesehen. Und nachdem du heute noch nicht bei Danny auf Kosten des Hauses gefrühstückt hast, kam eigentlich nur der Laden hier in Frage.«

Nudger nickte. »Mir war heute morgen nicht nach einem Dunker Delite – nicht mal, wenn er umsonst gewesen wäre.«

»Das kann ich gut verstehen. Mitgenommen siehst du aus. Hast wohl eine schwere Nacht hinter dir.«

»Zu wenig Schlaf. Ich war gestern am Flughafen draußen, um Danny abzuholen, und wurde zufällig Zeuge, wie die Maschine aus New York in die Luft flog. Das steckt mir noch ganz schön in den Knochen.«

»Du warst doch bei der Polizei, Nudge. Da müßtest du an so etwas eigentlich gewöhnt sein.«

»Daran konnte ich mich nie gewöhnen. Deshalb bin ich ja auch nicht mehr bei der Polizei.«

Das entlockte Hammersmith ein Grinsen. Als sie noch gemeinsam Streife gefahren waren, hatte ihm Nudger mal das Leben gerettet. Das würde ihm Hammersmith nie vergessen. Trotzdem nahm er Nudger wegen seines nervösen Magens gern auf die Schippe, und das vor allem, seit er selbst zum Lieutenant befördert worden war und einige Pfunde zugelegt hatte.

»Hat dein Interesse an meiner Person bestimmte Gründe?« wollte Nudger wissen. »Oder wolltest du mir nur beim Frühstück Gesellschaft leisten?«

»Ein bißchen was von beidem. Ich dachte, es könnte dich vielleicht interessieren, was mir eben aus dem Amtsgericht zu Ohren gekommen ist. Eileen und ihr Anwalt haben vor, wegen deines Zahlungsrückstands rechtliche Schritte gegen dich einzuleiten. Außerdem wollen sie deine künftigen Unterhaltszahlungen noch höher ansetzen lassen.«

»Das ist mir keineswegs neu«, brummte Nudger. Wenn er nur an diesen miesen kleinen Winkeladvokaten von Eileens Anwalt dachte, stieg ihm schon die Galle hoch. Vermutlich hatten Henry Mercato, so hieß dieses Aas, und Eileen etwas miteinander. Da hätten sich jedenfalls die zwei richtigen Geldgeier gefunden.

»Neu dürfte für dich allerdings vielleicht sein, daß Mercato inzwischen Claudia observieren läßt. Vermutlich will er dich damit packen, daß du Claudia Geld gibst, das eigentlich Eileen zusteht.«

Vor Wut stand Nudger kurz vor einem Magendurchbruch. Das wurde ja immer schöner. Er legte seinen Toast auf den Teller zurück. »Das höchste der Gefühle ist für uns im Augenblick, wenn wir uns am Sonntagnachmittag im Stadion mal einen Hot Dog leisten; und den zahlt in der Hälfte der Fälle auch noch Claudia selbst.«

Hammersmith grinste. »Wer euch beschattet, sollte also lieber Baseball und Würstchen mögen.« Er putzte ein Zimtbrötchen weg, als wäre es eine Erdnuß. Dann betupfte er sich mit der Serviette vorsichtig die Lippen. »Jedenfalls dachte ich, es kann nicht schaden, wenn du Bescheid weißt, falls dir in nächster Zeit eine Type auffällt, die euch beiden hinterherschnüffelt.«

Nudger nahm einen Schluck Kaffee. »Danke, Jack.«

»Keine Ursache. Und du sagst, du hast zufällig gesehen, wie dieses Flugzeug in die Luft geflogen ist?«

»Ja. Ich wollte Danny vom Flughafen abholen. Er hat seinen Cousin in Phoenix besucht. Von der Explosion sind sämtliche Fenster in der Wartehalle zu Bruch gegangen.«

»Muß wohl ein ziemlicher Schock für dich gewesen sein.« Und schon war das nächste Zimtbrötchen verschwunden. Diesmal mit zwei Bissen. Beim Kauen gerieten Hammersmiths tadellos rasierte Hängebacken über seinem blauen Hemdkragen gefährlich ins Wabbeln. Es wurde von Jahr zu Jahr schwieriger, sich den jungen, schlanken und gutaussehenden Jack Hammersmith vorzustellen, der damals noch in einer Funkstreife durch die Gegend gefahren war und sogar die abgebrühtesten Junkies und Nutten mit seinem Charme becirct hatte. »Wenigstens haben sie dieses Schwein erwischt.«

»Wie?«

»Hast du heute noch keine Zeitung gelesen?«

»Nein. Ich bin gleich nach dem Aufstehen losgefahren. Ich hab' mir nicht mal im Autoradio die Nachrichten angehört.«

»In einem New Yorker Hotelzimmer wurde gestern von der Polizei ein Selbstmörder entdeckt – Pulsadern aufgeschnitten. Er hat sich unter einem falschen Namen ins Gästebuch eingetragen. Smith – ob du's glaubst oder nicht. Identifiziert werden konnte der Kerl aufgrund einer Reisebüroquittung, die in seinem Zimmer rumlag. Er hatte einen Platz in der Unglücksmaschine gebucht. Von dem Ticket allerdings weit und breit keine Spur. Laut Angaben der Fluggesellschaft befand sich jedoch ein Passagier mit diesem Ticket an Bord der Unglücksmaschine. Demnach hat er sich vermutlich des halbschuldigen Passagier-Tricks bedient.«

»Was ist das denn? Der halbschuldige Passagier-Trick?«

»Ja, so was kommt in letzter Zeit immer häufiger vor. Irgendein harmloser Fluggast wird gegen Bezahlung seines Flugs dazu überredet, ein Gepäckstück mit illegalem Inhalt an Bord mitzunehmen – zum Beispiel ein paar Flaschen zollfreien Whisky oder eine kleinere Menge Drogen. In Wirklichkeit handelt es sich dabei jedoch um eine Bombe. Und nachträglich kann sich der arme Teufel natürlich nicht mehr beschweren. Wie gesagt – ganz schön raffiniert, diese Terroristen.«

»Und im nachhinein sieht es so aus, als wäre der Inhaber des Tickets an Bord der Maschine gewesen und tot.«

»Zumindest werden die Behörden durch diesen Trick lange genug in diesem Glauben gelassen. Der Täter kann erst einmal unerkannt das Land verlassen.«

»War der Tote in diesem New Yorker Hotelzimmer ein Terrorist?«

»Bisher deutet eigentlich nichts darauf hin. Aber du weißt ja, wie das in solchen Fällen ist. Solche Ermittlungen nehmen immer einige Zeit in Anspruch. Im übrigen haben die Flugsicherungsexperten inzwischen festgestellt, daß die Bombe in unmittelbarer Nähe des Sitzes hochgegangen ist, der für den Inhaber dieses Tickets reserviert war.«

»Allerdings saß in Wirklichkeit irgendein Unbeteiligter darauf, der nur sein Ticket benutzt hatte?«

»Mhm. Allerdings läßt sich anhand von dem wenigen, was von dem Betreffenden nach der Explosion noch übriggeblieben ist, keine Identifikation mehr vornehmen.« Nun mußten auch noch die letzten zwei Brötchen dran glauben, zusammen mit dem Orangensaft. Schließlich nahm Hammersmith noch einen Schluck Kaffee, um gleich darauf die Stirn zu runzeln. »Schmeckt ja wie Pisse, dieses Zeug.«

»Vermutlich haben sie dir den Bodensatz angedreht.«

»Nachdem du hier bist, hätte der doch eigentlich in deiner Tasse sein müssen. Das ist doch sozusagen fast dein Schicksal.«

Dem konnte Nudger nicht ganz widersprechen.

Sorgfältig schoben Hammersmiths rosa Patschhände den Pappbecher und die zerknüllten Papierservietten zusammen, damit sie nicht von seinem Tablett fielen. Dann quälte er sich von seinem Sitz hoch und sagte: »Dann also bis bald, Nudge. Die Pflicht ruft. Und noch viel Spaß bei deinem Gutscheinfrühstück.«

Nudger sah ihm nach, wie er das Lokal verließ und über den geteerten Parkplatz auf seinen Wagen zuging. Für seine Körperfülle bewegte sich Hammersmith mit erstaunlicher Eleganz – fast wie ein Tourniertänzer. Er zwängte sich hinters Steuer seines Ford und fuhr auf der Manchester in Richtung Drittes Revier los, um wieder einmal den täglichen Kampf gegen das Verbrechen aufzunehmen.

Nudger stand auf und ging zu dem hölzernen Wandgestell, in dem die Zeitungen aufbewahrt wurden. Nach einigem Suchen fand er einen Vorderteil und kehrte damit an seinen Tisch zurück. Kaffeetrinkend las er dort das Neueste über den Flugzeugattentäter.

Es war, wie Hammersmith gesagt hatte. Der Tote hatte in Wirklichkeit Rupert Winslow geheißen und war neununddreißig Jahre alt gewesen, als er in der Badewanne seines Zimmers im Meridian Hotel in New York verblutet war. Er hatte keinen Abschiedsbrief hinterlassen, und laut Angaben der Polizei ließ sich bisher noch keine Zugehörigkeit zu einer terroristischen Vereinigung nachweisen.

Nudger legte die Zeitung beiseite. Er hatte Mühe, sich einen Mann mit dem Namen Rupert Winslow in einer Gruppe arabischer Terroristen vorzustellen; mit so einem Namen spielte man Krocket oder nahm an Fuchsjagden teil. Aber was waren Namen schon anderes als Schall und Rauch. Vielleicht steckte hinter dem Anschlag die IRA, auch wenn dieser Verein bisher nicht unbedingt durch Flugzeuganschläge auf sich aufmerksam gemacht hatte, und das schon gar nicht in den USA. Sicher würde sich im Lauf der Ermittlungen früher oder später herausstellen, daß Winslow ernste psychische Probleme gehabt hatte. Oder vielleicht handelte es sich bei dem Flugzeuganschlag auch um einen kaltblütigen Versicherungsbetrug, wobei Winslow in Anbetracht der damit verbundenen Folgen schließlich doch Bedenken hinsichtlich der Rechtmäßigkeit seines Tuns bekommen und in einem Anfall von schlechtem Gewissen Selbstmord verübt hatte. Was auch immer seine Gründe gewesen sein mochten – das Ganze war jedenfalls nicht Nudgers Problem.

Zumindest so lange nicht, bis er in sein Büro kam. Auf dem Besucherstuhl vor seinem Schreibtisch saß niemand anderer als die weinende Frau vom Flughafen. Da sie die Klimaanlage nicht eingeschaltet hatte, war sie von der Morgenhitze bereits kräftig ins Schwitzen gekommen.

Diesmal weinte sie allerdings nicht.

Sie sah nur ziemlich verängstigt aus.

4

Sie stand auf, als Nudger eintrat. Es schien, als wollte sie etwas sagen. Statt dessen biß sie jedoch nur die Zähne zusammen. Wie Nudger schon am Flughafen aufgefallen war, sah sie tatsächlich ziemlich gut aus, wenn sie nicht weinte. Eine Haut wie Milch und Honig. Das Gesicht oval, mit einem spitzen Kinn und vollen Lippen, untrügliches Anzeichen tief im Innern schlummernder vulkanischer Leidenschaften. Die blauen Augen standen vielleicht eine Spur zu eng beieinander und verliehen ihrem Blick etwas Angespanntes. Aber möglicherweise lag das auch nur an ihrer Nervosität.

An diesem Tag trug sie eine dunkelblaue Hose und eine graue Seidenbluse. Eine silberne Halskette. Hochhackige blaue Schuhe mit schmalen Lederriemchen. Ihre ganze Erscheinung zeugte von gutem Geschmack – und dem nötigen Geld.

Nicht ohne Hintergedanken beschloß Nudger, seinen Charme spielen zu lassen. Er bedachte seine Besucherin mit seinem freundlichsten Lächeln und sagte: »Nehmen Sie doch wieder Platz.« Dann ging er erst einmal ans Fenster und schaltete die Klimaanlage ein. *Klick! Summmm. Gurgel.* »Warum haben Sie das nicht selbst gemacht?« wandte er sich wieder seiner Besucherin zu. Ein kühlender Lufthauch strich über seinen Arm. »Kein Grund, hier vor Hitze einzugehen.«

Nachdem sie sich wieder gesetzt hatte, versuchte sie zu lächeln, was ihr aber nicht so recht gelingen wollte. »Das ist hier schließlich Ihr Büro. Außerdem hat mir der Mann unten im Doughnut-Shop gesagt, Sie müßten jeden Augenblick aufkreuzen.« Sie hielt etwas Weißes zwischen ihren Fingern – die Visitenkarte, die er ihr gestern am Flughafen gegeben hatte. Sie bemerkte, wie er darauf starrte. »Ihre Karte. Ich habe sie eingesteckt, als ich nach der Explosion nach Hause gefahren bin. Warum, könnte ich allerdings selbst nicht sagen. Aber irgendeinen Grund wird es schon gehabt haben.«

Nudger nahm hinter seinem Schreibtisch Platz. Ihm entging nicht, wie das durchdringende Quietschen seines Drehstuhls seine Besucherin heftig zusammenzucken ließ. Ohne sich etwas dabei zu denken, drehte er sich lächelnd herum. *Iiiiiiek!* »Meinen Namen wissen Sie ja inzwischen.«

Es dauerte einen Moment, bis die Frau begriff. Dann sagte sie: »Ach so, ich bin Vanita Lane. Ich habe erst, als ich gestern abend nach Hause kam, gesehen, was Sie sind – von Beruf, meine ich.«

Nudger wurde ganz warm ums Herz. Es gab nicht viele Leute, die das, womit er sein Geld verdiente, einen Beruf nannten. »Und daraufhin sind Sie zu der Überzeugung gelangt, daß Sie jemanden wie mich brauchen können.«

»Ja.«

»Sie haben Angst.«

»Sieht man mir das an?«

»Allerdings. Es sei denn, irgend jemand hat in meiner Abwesenheit heimlich einen Vibrator in Ihren Stuhl eingebaut.«

Sie sah auf ihre heftig zitternden Hände hinab. Gegen den dunkelblauen Stoff ihrer Hose wirkten sie sehr blaß, und unter ihrer zarten Haut zeichnete sich ganz schwach das Spiel ihrer Sehnen ab.

Nudger sagte: »Gestern am Flughafen haben Sie geweint.«

»Dazu hätte ich auch heute noch allen Grund. Aber irgendwann hat man einfach keine Tränen mehr zu vergießen. Außerdem habe ich inzwischen, wie Sie völlig richtig bemerkt haben, schreckliche Angst.«

»Warum? Warum waren Sie gestern am Flughafen?«

»Das sind gleich zwei Fragen auf einmal.«

»Ja, und ich rechne auch mit zwei Antworten.«

Sie senkte den Kopf, als betete sie um die seltene Mischung aus Kraft und Weisheit. Als sie kurz darauf wieder aufschaute, lag ein seltsam gehetzter Ausdruck in ihren blauen Augen. »Also gut – ich wollte wissen, ob die Maschine landen würde.«

»Haben Sie denn damit gerechnet, daß sie in die Luft gehen wird?«

Sie nickte.

Nudgers Magen, der immer etwas hinter seinem Kopf her war, machte ein paar nervöse Zuckungen. Mann, o Mann! Hier hatte er es ja mit einem Kapitalverbrechen der allerersten Wahl zu tun. Dreiundneunzig Tote. Das konnte ja nett werden. Vielleicht auch gefährlich.

»Warum haben Sie die Fluggesellschaft nicht verständigt? Vielleicht hätten Sie die Katastrophe verhindern können.«

»Das war nicht möglich. Außerdem war nicht sicher, daß es tatsächlich zu einer Explosion kommen würde. Mein Gott, wenn ich das gewußt hätte...«

»Hätten Sie dann bei TWA angerufen?«

Sie nagte an ihrer sinnlichen Unterlippe und schaute dabei an Nudger vorbei aus dem Fenster. Er hörte, wie auf dem Fenstersims eine Taube herumflatterte. Wie er diese widerlichen Viecher haßte! »Vermutlich hätte ich das getan«, antwortete sie schließlich. »Aber vielleicht auch nicht. Was soll ich Ihnen auch groß vormachen; sonst hätte ich erst gar nicht zu Ihnen zu kommen brauchen. Die Sache zwischen mir und Ropes war noch immer nicht ganz zu Ende.«

»Ropes?«

»Rupert Winslow.«

»Der Rupert Winslow, der in New York mit aufgeschnittenen Pulsadern gefunden wurde?«

»Ja. Aber alle nannten ihn Ropes. Das war sein Spitzname, weil er... na ja, er stand eben in dem Ruf, mit allen Wassern gewaschen zu sein.«

»Na, mit allen wohl doch nicht.«

»Vielleicht nicht.«

»Die Polizei denkt, er hätte jemanden dazu überredet, die Bombe für ihn an Bord des Flugzeugs zu bringen.«

»In gewisser Weise ist das durchaus richtig. Allerdings hatte er nicht vor, ein ganzes Flugzeug in die Luft zu jagen. Er muß wohl selbst am allermeisten über den Ausgang des Ganzen entsetzt gewesen sein.«

Das nahm ihr Nudger nicht so recht ab. Die meisten der toten Passagiere hatten Familie. »Und deshalb hat er Selbstmord begangen? Aus schlechtem Gewissen?«

Vanita seufzte. Und schluckte. Plötzlich hatten ihre Hände zu zittern aufgehört. »Es war kein Selbstmord. Ropes wurde das Opfer eines Mordes.«

Nudgers Magen schoß so plötzlich bis zu seinen Kehlkopf hoch, daß sein Herz gerade noch rechtzeitig zur Seite schnellen konnte, um Platz zu machen. *Mord* war vermutlich das Wort, das er am wenigsten mochte.

»In Wirklichkeit ging es dabei um Diamanten«, sagte sie in einem Ton, als wäre damit bereits hinreichend erklärt, warum es zu der Flugzeugkatastrophe gekommen war. »Die Steine waren über eine Million Dollar wert. Sie waren gestohlen und hatten ursprünglich einem New Yorker Diamantenhändler gehört. Ropes hatte mit dem Diebstahl selbst nichts zu tun; von ihm stammte nur der Tip für diesen Coup. Und dafür strich er auch eine ordentliche Provision ein. Aber offensichtlich war ihm das nicht genug. Er hat versucht, die Diamanten von den Dieben zu stehlen. Das gelang ihm auch. Aber sie kamen ihm auf die Schliche und haben sie ihm wieder abgenommen. Als er darauf nicht mehr weiterwußte, hat er mich aus seinem New Yorker Hotel angerufen. Wenn er nämlich in Schwierigkeiten war, kam Ropes immer zu mir.«

»Waren Sie ein Paar?«

»Eine Weile. Aber selbst nachdem wir uns schon längst getrennt hatten, konnte er sich noch immer nicht ganz von mir lösen. Wir waren mehr als nur gute Freunde, aber auch kein Paar. Es mag vielleicht komisch klingen, aber Ropes hat seine Mutter nie gekannt, und ich bin – oder besser: war – ein paar Jahre älter als er.«

»Älter und auch weiser?«

Sie sah ihn wieder auf ihre eindringliche Art an. »In gewisser Weise, ja.«

»Und er hat Sie also aus New York angerufen und Ihnen von dieser Geschichte mit den Diamanten erzählt?« lieferte ihr Nudger das Stichwort, um mit ihren Ausführungen fortzufahren.

»Nicht nur das. Er hat mir auch erzählt, was er getan hatte, falls die Diebe die gestohlenen Diamanten wieder in ihren Besitz bringen würden. Er hatte die Steine in seinem Aktenkoffer in einer Flasche mit Badesalz versteckt; man hätte die Flasche also leeren müssen, um die Diamanten unter den Badesalzkristallen zu entdecken. Ansonsten enthielt der Aktenkoffer lauter Dinge, wie man sie eben auf einer Geschäftsreise bei sich hat. Ein paar Computerausdrucke, ein frisches Hemd, Rasierzeug und was sonst noch dazugehört. Sogar schmutzige Unterwäsche, damit niemand auf die Idee kam, sich zu sehr für den Inhalt des Koffers zu interessieren. Den Umgang mit Sprengstoff hatte Ropes beim Militär gelernt. Der ganze Koffer war mit Semtex ausgekleidet.«

»Semtex?«

»Ein Plastiksprengstoff. Genaugenommen war der Aktenkoffer nichts anderes als eine Bombe. Der Sprengsatz war in seinem bleiausgekleideten Griff untergebracht, so daß er bei der Sicherheitskontrolle auf dem Röntgenschirm nicht zu sehen war.«

Nudger wurden die Knie weich. *Dreiundneunzig Tote.* In seine Stimme hatte sich ein leichtes Zittern eingeschlichen. »Und wo war der Zeitzünder untergebracht?«

»Das ist es doch. Einen Zeitzünder hatte die Bombe nicht. Der Zünder war so eingestellt, daß er die Bombe zum Explodieren brachte, sobald der Deckel zum zweitenmal geöffnet und geschlossen wurde. Die Person, die die Diamanten stahl, hätte den Koffer erst einmal geöffnet, um sich zu vergewissern, daß die Steine tatsächlich in dem Koffer waren. Anschließend hätte der Dieb sie an einen sicheren Ort gebracht, und wenn er dann den Koffer zum zweitenmal geöffnet und wieder geschlossen hätte, wäre das Ganze in die Luft geflogen. So ähnlich hatte sich das Ropes zumindest gedacht.«

»Offensichtlich hat er sich allerdings verrechnet.«

»Ja, leider. Er hat mir am Telefon erzählt, daß ihn die zwei Männer, die die Diamanten ursprünglich gestohlen hatten, in seinem Hotel aufsuchten und zwangen, ihm das Versteck der Diamanten zu verraten. Dann nahmen sie ihm den Koffer mit den Diamanten und sein Flugticket ab und verschwanden.«

Nudger nickte. »Demnach wußten Sie also, daß sich jemand mit Rupert Winslows Koffer an Bord der Maschine aus New York befand. Und Sie wußten auch, daß dieser Koffer sofort explodieren würde, wenn er ein zweites Mal geöffnet und wieder geschlossen wurde.«

Ihre Kiefermuskeln arbeiteten, als sie sagte: »Ja. Deshalb bin ich zum Flughafen rausgefahren, um zu sehen, ob das Flugzeug auch sicher landen würde.«

»Das hat es aber nicht getan.«

»Nein. Vermutlich hat der Betreffende kurz vor Verlassen des Flugzeugs noch einmal einen Blick in den Koffer geworfen, um sich zu vergewissern, daß die Diamanten noch da waren.«

»Und als die ursprünglichen Diamantendiebe in den Nachrichten von dem Flugzeug und der Bombe hörten, war ihnen sofort klar, daß die Diamanten für immer verloren waren. Sie haben Winslow noch einmal einen Besuch abgestattet. Nur haben sie ihn diesmal nicht zum Reden, sondern für immer zum Schweigen gebracht.«

Vanitas Stimme war inzwischen so leise geworden, daß er sie nur noch mit Mühe verstehen konnte, als sie sagte: »So muß es wohl gewesen sein. Sie stellten es so hin, als hätte er sich selbst umgebracht. Und in gewisser Weise hat er das ja auch tatsächlich getan, als er die Diamanten gestohlen hat. Ropes hat schon immer viel riskiert. Aber diesmal hat er es eindeutig zu weit getrieben.«

Nudger sah aus dem Fenster. Die Taube auf dem Fensterbrett legte ihren Kopf auf die Seite und glotzte zurück.

»Mr. Nudger?«

»Sie müssen unbedingt zum FBI gehen«, wandte er sich wieder seiner Besucherin zu, »und denen alles erzählen, was Sie mir eben erzählt haben.«

»Ich habe Ihnen doch schon gesagt, daß das nicht geht. Da ich von dem Diamantendiebstahl wußte, habe ich mich der Beihilfe schuldig gemacht. Und da ich wußte, was in dem Aktenkoffer war, habe ich mich im Fall dieser Flugzeugkatastrophe der Beihilfe schuldig gemacht – auch wenn ich weinend am Flughafen gesessen und darum gebetet habe, daß es nicht passieren würde.«

»Aber Ihnen ist doch hoffentlich klar, daß ich von Berufs wegen ausdrücklich dazu verpflichtet bin, alles, was Sie mir eben erzählt haben, an die zuständigen Behörden weiterzuleiten«, erklärte Nudger. »Das müssen Sie doch gewußt haben, als Sie mich aufgesucht haben.«

»Ich bin eigentlich in dem Glauben zu Ihnen gekommen, daß Sie nicht weitergeben würden, was ich Ihnen eben erzählt habe – und zwar aus verschiedenen Gründen.«

»Und die wären?«

»Erstens scheinen die Ursachen der Flugzeugkatastrophe mittlerweile befriedigend geklärt. Ropes hat sich tatsächlich schuldig gemacht. Zumindest unter rein rechtlichen Gesichtspunkten. Wer der Mann war, der an seiner Stelle in der Maschine saß, wird sich vermutlich nie mehr feststellen lassen. Für das FBI dürfte der Fall somit also längst geklärt sein.«

»Und was ist mit den gestohlenen Diamanten? Auch das müßte ich eigentlich der Polizei melden. Es könnte mich meine Lizenz kosten, wenn ich es nicht täte.«

»Über den ersten Diebstahl weiß ich so gut wie nichts. Alles, was Ropes mir darüber erzählt hat, ist, daß mehrere Leute in die Sache verwickelt waren.«

Nachdenklich lehnte sich Nudger in seinen Drehstuhl zurück. *Quiiiiietsch!*

»Außerdem«, fuhr Vanita fort, »werde ich einfach alles abstreiten, wenn Sie irgend jemandem von dieser Unterhaltung erzählen. Sie wissen ganz genau, daß Sie nicht beweisen können, daß ich Ihnen irgend etwas erzählt habe.«

Eins zu null für sie.

»Und dann wäre da noch etwas.« Sie griff in die schwarze Handtasche, die gegen das Stuhlbein gelehnt war, holte einen unverschlossenen weißen Umschlag heraus und warf ihn vor Nudger auf den Schreibtisch. Unter der Verschlußlasche wurden die Ecken einiger grüner Scheine sichtbar. »Das sind tausend Dollar, Mr. Nudger. Ihr Honorar.«

»Und was soll ich dafür tun?«

»Ich bekam heute morgen einen Anruf. Der Anrufer hat jedoch kein Wort gesagt, als ich abnahm. Alles, was ich hören konnte, war der pfeifende Atem eines Mannes...«

»Irgend so ein Perverser?«

»Das bezweifle ich. Sein Atem hörte sich eher an, als wäre er erkältet. Offensichtlich wollte er nur herausfinden, ob ich zu Hause war. Ich bekam es mit der Angst zu tun. Und dann fiel mir Ihre Visitenkarte wieder ein. Ich brauche dringend Ihre Hilfe, Mr. Nudger.«

Nudger hatte schnell begriffen, worauf sie hinauswollte. Und er konnte es ihr nicht verdenken, daß sie es mit der Angst zu tun bekommen hatte. »An Ihrer Stelle würde ich mich lieber auf gar nichts einlassen. Sie müssen unbedingt zur Polizei gehen und denen alles erzählen, was Sie mir erzählt haben.«

»Das werde ich. Aber erst, wenn sich herausgestellt hat, daß Sie mir tatsächlich nicht helfen können.«

»In Ihrer Situation halte ich das aber für ziemlich riskant.«

»Schon möglich. Aber wenn die Sache zu brenzlig wird, werde ich tun, was Sie sagen, und zur Polizei gehen. Ehrenwort.«

Laß bloß die Finger von dieser Geschichte, warnte Nudger eine innere Stimme. Hör dir erst gar nicht an, was sie von dir will.

Aber genau das tat er. Dabei starrte er unablässig auf

den dicken Umschlag auf seinem Schreibtisch – und dachte an Eileen und Henry Mercato, die vermutlich gerade wieder irgendwelche Pläne schmiedeten, wie sie ihn noch mehr ausnehmen konnten. Und hier, in diesem Umschlag, lag die Lösung all seiner Probleme – zumindest für die nächsten paar Monate.

Vanita sagte: »Möglicherweise denken die Leute, die die Diamanten gestohlen haben, daß ich sie habe. Oder daß Ropes sie mit der Post an mich geschickt hat und ich sie demnächst bekommen werde.«

»Woher wissen diese Leute überhaupt von Ihnen? Wußten sie, daß Sie mit Ropes telefoniert haben?«

»Das weiß ich nicht. Ropes hat mich von einer Telefonzelle angerufen, nicht aus seinem Zimmer. Im Hotel war das Gespräch also nicht registriert. Aber er hatte ein Foto von mir in seiner Brieftasche – zusammen mit meiner Telefonnummer. Und das war eines dieser Fotos, das eigentlich keinerlei Zweifel über die Art von Beziehung ließ, die wir mal hatten. In den Zeitungsmeldungen wurde ausdrücklich darauf hingewiesen, daß seine Brieftasche fehlte. Ich vermute also, daß der Mann, der mit Ropes' Ticket nach St. Louis geflogen ist, die Brieftasche an sich genommen hat, um sich beim Einchecken notfalls als rechtmäßiger Besitzer des Tickets ausweisen zu können.«

»Hm«, brummte Nudger. Zweifellos war das Foto zusammen mit der Brieftasche und der Person, die sie einstecken hatte, in Stücke gesprengt worden.

»Ich möchte, daß Sie mich beschützen«, fuhr Vanita fort. »Zugleich sollen Sie jedoch auch die Leute, die hinter mir her sind, davon überzeugen, daß sich diese Diamanten nicht in meinem Besitz befinden.«

»Worauf Sie nicht mehr länger auf meinen Schutz angewiesen wären.«

»So ist es.«

»Befinden sie sich denn in Ihrem Besitz?«

»Wer?«

»Na, die Diamanten.«

»Natürlich nicht.«

»Haben Sie nicht eben selbst gesagt, die Diebe hätten Ropes die Diamanten wieder abgenommen? Demnach wußten sie doch, daß sich die Diamanten in dem Aktenkoffer befanden?«

»Das hat Ropes mir erzählt. Aber vielleicht dachten die Freunde des Mannes, der bei der Explosion ums Leben kam, es wären nur Imitationen gewesen. Vielleicht glauben sie nicht, daß Ropes die Diamanten absichtlich in die Luft gesprengt hat. Aber möglicherweise hatte er das Ganze so geplant, daß die Diamantendiebe beim Öffnen des Koffers in die Luft gesprengt worden wären, so daß er am Schluß die Diamanten nur wieder hätte einsammeln brauchen. So etwas wäre Ropes jedenfalls durchaus zuzutrauen gewesen.«

Eintausend Dollar.

»Mr. Nudger? Übernehmen Sie nun den Fall, oder nicht?«

»Das hört sich alles ziemlich riskant an«, versuchte sich Nudger herauszureden. Diese Frau drängte ihn geradezu dazu, sein Glück herauszufordern – genauso, wie das Rupert Winslow getan hatte.

»Aber ich kann trotzdem mit Ihnen rechnen?«

Er sah wieder aus dem Fenster. Die Taube war immer noch da. Sie plusterte sich mächtig auf und bedachte ihn dabei mit einem Blick, als schien sie sich zu fragen, was er in diesem Büro zu suchen hätte. Und nicht nur in dem Büro – auf der Welt. Er konnte ja nicht mal fliegen. Welch glücklich beschränktes Selbstbewußtsein, und das in einem kleinen gurrenden Knäuel aus Federn.

»Also gut«, nickte er schließlich und sah dabei immer noch die Taube an. »Sie können auf mich zählen.«

Er hörte Vanita erleichtert seufzen. »Das werde ich Ihnen nie vergessen – auch wenn Sie mir nur wegen der tausend Dollar helfen.«

»Ich helfe Ihnen nicht nur wegen des Geldes«, entgegnete Nudger. »Ich kann nun mal nicht anders, als gegen jede Windmühle anzurennen, die mir vors Visier kommt.«

Trotzdem fragte er sich: War es doch nur wegen des Geldes? Dieser Wurzel allen Übels?

Aber an sich bestand gar kein Grund, die Sache gleich so tierisch ernst zu nehmen. Denn zumindest in einem Punkt hatte sich Vanita getäuscht. Falls sich die Diamanten wirklich an Bord der Unglücksmaschine befunden hatten, würden die Experten von der Flugsicherung sicher ein paar von ihnen finden. Um einen Diamanten zu zerstören, bedurfte es etwas mehr als nur einer Explosion. Nicht umsonst waren diese Dinger noch härter als Eileens Herz. Und außerdem würde jeder Quadratzentimeter Boden im Umkreis der Unglücksstelle sorgfältig untersucht werden.

Sobald die Geschichte mit den Diamanten publik wurde, war der Fall für Nudger erledigt. Die Leute, die hinter Vanita her waren, würden damit Gewißheit haben, daß Vanita die Steine nicht hatte, und würden sie nicht mehr weiter behelligen. Und Nudger wäre im Handumdrehen um tausend Dollar reicher.

So dachte er sich das jedenfalls. Und er war sich seiner Sache sehr sicher. Genauso sicher wie die Taube.

5

»Haben Sie Verwandte in der Stadt?« fragte Nudger. »Oder Freunde, bei denen Sie für eine Weile untertauchen können?«

»Meine einzige Verwandte ist Marlou«, antworte Vanita. »Aber sie ist ganz anders als ich. Und deshalb möchte ich sie auf keinen Fall da reinziehen. »

»Marlou?«

»Meine kleine Schwester. Sie heißt eigentlich Marcy Lou Dee. Dee ist auch mein Mädchenname. Lane ist der Name meines Mannes. Er kam vor sieben Jahren bei einem Autounfall ums Leben.«

»Marcy Lou Dee«, wiederholte Nudger. Hörte sich an wie der Name eines billigen Parfüms.

»Aber wir nannten sie von klein auf alle nur Marlou«, erklärte ihm Vanita.

Er sah sie forschend an. »Was haben Sie damit gemeint: Ihre Schwester ist ganz anders als Sie?«

Mit einem schwachen Lächeln drehte Vanita den Kopf nach links; nach Meinung der Psychologen tun das alle Rechtshänder, wenn sie ihren Erinnerungen nachhängen. Nudger hatte allerdings auf solcherlei Kram noch nie viel gegeben. »Marlou ist ein paar Jahre jünger als ich. Wir sind im Südwesten Missouris aufgewachsen, nicht weit von der Grenze zu Arkansas.«

»In den Ozarks also.«

Vanita nickte. »Jedenfalls wollte ich nichts wie weg von dort. Studiert habe ich in Cape Girardeau. Im Gegensatz zu Marlou habe ich mich meiner Hillbilly-Abstammung immer geschämt. Sie ist dagegen richtig stolz darauf, ein Mädchen vom Land zu sein, und daran ist ja vermutlich auch nichts auszusetzen. Aber ich bin da nun leider etwas anders gepolt. Sie ist erst von zu Hause fort, als unsere Eltern starben und sie kein Auskommen mehr hatte. Es ist nun etwa vier Jahre her, daß sie ebenfalls nach St. Louis kam. Ich half ihr bei der Stellungssuche, und seitdem sehen wir uns ziemlich regelmäßig mindestens einmal im Monat.«

»Kannte Ihre Schwester Rupert Winslow?«

»Sie hat ihn ein paarmal gesehen, mehr nicht. Wie gesagt, wir waren schon immer sehr verschieden. Sie ist Two-Step und ich Foxtrott.«

Hörte sich an wie der nächste Barry-Manilow-Hit. »Würde Sie jemand vermissen, wenn Sie für ein paar Wochen von der Bildfläche verschwinden würden?«

»Ich arbeite in der Kreditabteilung einer Investmentgesellschaft. Kein Mensch würde mir lange Fragen stellen, wenn ich in der Firma anriefe, daß ich ein paar Wochen Urlaub nehmen will.«

Nudger stand auf, trommelte mit den Fingern gegen das Fenster und beobachtete mit stiller Genugtuung, wie die Taube heftig flatternd aufflog. Ihm entging auch nicht, daß sie wieder mal ihr Geschäft auf dem Fensterbrett verrichtet hatte. Das taten diese blöden Viecher immer. Das Lächeln, mit dem er sich dann wieder Vanita zuwandte, sollte ihr signalisieren, daß er die Lage fest im Griff hatte; daß er genau wußte, was er zu tun hatte. »Sind Sie mit dem Wagen hier?«

Sie nickte und sah ihn aus ihren tiefblauen Augen an. Warum fuhr er nur so auf blaue Augen ab? Claudia hatte braune Augen. Demnach stand er also auch auf braune Augen. Er sagte: »Ich fahre hinter Ihnen her zu Ihrer Wohnung. Dort können Sie Ihre Sachen packen, und dann besorge ich Ihnen ein Zimmer in einem Motel.«

Von diesem Vorschlag schien sie nicht sonderlich begeistert. Nudger rechnete schon damit, daß sie irgendwelche Einwände vorbringen würde. Sich auf unbestimmte Zeit in ein Motelzimmer verkriechen zu müssen, war nun mal keine sehr erfreuliche Aussicht – und schon gar nicht für eine Frau wie Vanita Lane, aus Leib und Seele Foxtrotterin und Geliebte von Ropes Winslow, Gott hab ihn selig. Aber sie sagte nur: »Das dürfte vorerst auf jeden Fall das Vernünftigste sein.« Sie stand auf und strich die Hose über ihren wohlgeformten Beinen glatt.

Dann bückte sie sich, hob ihre Handtasche vom Boden auf und sagte lächelnd: »Gehen wir.«

Nudger folgte ihrem blauen BMW die Manchester hinunter zur Lindbergh und von dort weiter nach Norden. Schließlich erreichten sie die St. Charles Rock Road, wo sie nach ein paar hundert Metern erst nach rechts und dann sofort wieder links in eine schmale Seitenstraße bogen, die zu einer modernen Appartement-Wohnanlage führte. Es war ein weitflächiger Komplex aus zweistöckigen beigen Ziegelbauten mit Flachdächern und schwarz gestrichenen Gußeisenbalkonen. Funkelnd brach sich die Sonne im blauen Wasser eines Swimming-pools. Nudger hörte das rasch verhallende Schnalzen eines Sprungbretts, gefolgt von einem leise spritzenden Eintauchen.

Vanitas Wohnung lag im ersten Stock des ersten Gebäudes. Luftig und geräumig, grüner Spannteppichboden, Glastische, ein niedriges, elegant geschwungenes Ledersofa und chromgerahmte Drucke an den Wänden. Alles war so gut aufeinander abgestimmt, als wäre das Appartement von einem Innenarchitekten eingerichtet worden. Vielleicht hatte sie aber auch nur die Musterwohnung gekauft, nachdem alle anderen Wohnungen an den Mann gebracht waren. Jedenfalls wirkte die Wohnung seltsam kalt und steril und vermittelte Nudger das spontane Gefühl, hier bloß nichts anzurühren.

»Schöne Wohnung haben Sie«, heuchelte er jedoch, als sie ins Schlafzimmer ging.

»Das war die Musterwohnung«, rief sie ihm über die Schulter zu. »Ich habe sie komplett eingerichtet gekauft.«

Er setzte sich aufs Sofa, verschränkte die Hände im Nacken und grinste. Nicht schlecht kombiniert, dachte er stolz.

Er hörte Vanita eine Weile im Schlafzimmer rumoren. Schrankschiebetüren gingen leise rumpelnd auf und zu.

Kommodenschubladen öffneten und schlossen sich. Irgend etwas Weiches, Schweres machte *Hmmmmph!*

Etwa zehn Minuten später schleppte sie einen gigantischen roten Koffer und einen Kleidersack ins Wohnzimmer; letzterer war so voll, daß er fast rund war.

»Haben Sie jetzt alles, was Sie brauchen?« fragte er.

»Ich denke schon.« Die Ironie war ihr entgangen.

»Vermutlich wird es eine Weile dauern, bis Sie wieder in Ihre Wohnung zurückkönnen.«

»Ich weiß. Könnten wir deshalb kurz bei meiner Bank vorbeifahren? Ich möchte noch etwas Geld abheben.«

»Gute Idee«, nickte Nudger. Zufrieden nahm er zur Kenntnis, daß mit den tausend Dollar, die sie ihm gegeben hatte, ihr Bankkonto noch nicht ganz abgeräumt war. Offensichtlich verdiente sie ganz gut. Vielleicht sogar besser als Eileen. Jedenfalls hatte er wegen der tausend Dollar kein ganz so schlechtes Gewissen mehr.

Wie ein Kavalier der alten Schule nahm er ihr das schwere Gepäck ab. Es war übrigens noch schwerer, als es aussah. Kommentarlos folgte ihm Vanita, als er den Koffer und den Kleidersack zur Wohnungstür schleppte.

Sie schloß die Wohnung ab und ging ihm dann zum Eingang voraus. Immer wieder schlugen der Koffer und der Kleidersack, den er sich über die Schulter geworfen hatte, gegen die Wand und das Treppengeländer. Die zum Platzen gefüllte Nylonhülle gab bei der Berührung mit dem rauhen Putz ein Geräusch von sich, bei dem sich ihm die Zehennägel aufstellten.

Nachdem er das Gepäck im Kofferraum ihres BMWs verstaut hatte, stieg er in seinen Granada und folgte ihr zu einer Bank im North-West Plaza-Einkaufszentrum. Um etwas klimatisierten Sauerstoff in seine Lungen zu bekommen, folgte er ihr nach drinnen. Es gab nicht viele Orte, an denen es kühler war als in Einrichtungen, in denen größere Geldbeträge über den Tisch gingen.

Nachdem sie fertig war, gingen sie wieder in die Hitze hinaus, die mit einem Mal noch drückender schien. Sie stiegen in ihre Autos und fuhren los. Diesmal übernahm Nudger in seinem Granada die Spitze.

Erst fuhren sie auf der Lindbergh nach Süden, dann auf der Watson Road nach Osten. Als Nudger seinen Granada schließlich auf den Parkplatz des Dropp Inn Motel lenkte, war er am ganzen Körper in Schweiß gebadet. Das Hemd klebte an seinem Rücken. Die Hitze war kaum mehr auszuhalten, aber die Klimaanlage des Granada dachte immer noch, es wäre Winter.

Das Dropp Inn war ein Relikt aus der Zeit, als auf der Watson Road noch die Route 66 verlaufen war. Es bestand aus lauter einzelnen Häuschen im Cottage-Stil, in denen man wesentlich mehr Platz hatte als in einem regulären Motelzimmer. Die Architektur war ganz im Stil der Hänsel-und-Gretel-Schule, und wenn das Motel auch nicht mehr gerade neuesten Datums war, herrschte in allen Zimmern peinliche Sauberkeit. Außerdem bot es nicht nur reichlich Platz, sondern auch ein Höchstmaß an Anonymität. Auf dem Dach jedes Cottages thronte eine Fernsehantenne, obwohl auf einem Schild über dem Eingang der Rezeption von Kabelfernsehen und einer Riesen-Programmauswahl die Rede war.

Vanita hatte Haus 13. Während Nudger das schwere Gepäck aufs Bett plumpsen ließ, ließ sie erst einmal skeptisch ihren Blick über die zusammengestopselte Einrichtung mit den billigen Stillebendrucken, dem uralten Birkenholzfernsehschrank und dem antiken Eisenbettgestell wandern und sagte: »Finden Sie es hier nicht ein bißchen poplig?«

»Genau aus diesem Grund habe ich Sie hier untergebracht. Sollen die Kerle, die hinter Ihnen her sind, ruhig im Hilton nach Ihnen suchen.«

Er war bestens mit den einzelnen Häuschen vertraut

und wußte, in welchen es eine Hintertür gab und in welchen nicht. Während Vanita die Klimaanlage ausprobierte, vergewisserte er sich, daß die Fenster geschlossen waren. Sogar das kleine Milchglasfenster im graugefliesten Bad war verriegelt.

Vanita stand neben der leise summenden Klimaanlage und nickte zufrieden: »Zumindest werde ich hier nicht vor Hitze eingehen.«

»Und wegen des Essens brauchen Sie sich auch keine Sorgen zu machen. Es gibt in der Nähe mehrere Lokale, die auch zu Fuß problemlos zu erreichen sind.«

»Soll das heißen, ich muß hier kein Einsiedlerdasein führen?«

»Das würden Sie doch gar nicht aushalten. Zumindest nicht lange. Außerdem halte ich es für ziemlich ausgeschlossen, daß Ihnen Ihre Verfolger zufällig gerade dann über den Weg laufen, während Sie sich im nächsten Wendy's einen Hamburger genehmigen.«

»Wenn ich nach zwei Wochen Hamburgerdiät nicht sowieso so dünn geworden bin, daß sie mich gar nicht mehr sehen können.«

Nudger mußte grinsen. »Sie haben dort übrigens auch Salat.« Er schickte sich zum Gehen an. »Rufen Sie jeden Morgen und jeden Abend in meinem Büro an. Wenn ich nicht da bin, hinterlassen Sie eine Nachricht – damit ich weiß, daß bei Ihnen alles in Ordnung ist. Und ich werde mich in der Zwischenzeit schon mal ein bißchen umhören. Ach, und bevor ich's vergesse – ich brauche Ihren Wohnungsschlüssel.«

»Wozu?«

»Falls tatsächlich jemand hinter Ihnen her ist und wegen der Diamanten mit Ihnen sprechen will, dann wird er dort zuallererst nach Ihnen suchen.«

Das ließ sie sich eine Weile durch den Kopf gehen, bevor sie sagte: »Klingt einleuchtend.« Sie holte einen

Schlüsselbund aus ihrer Handtasche, löste einen Messingschlüssel davon und gab ihn Nudger. »Er schließt sowohl die Vorder- als auch die Hintertür.«

Der Schlüssel war warm von ihrer Hand. Er ließ ihn in seine Tasche gleiten. »Lesen Sie?«

»Lesen?«

»Ja, lesen.« Er deutete auf seine Augen und tat so, als blätterte er ein Buch um.

»Klar, ich habe Ihnen doch gesagt, daß ich auf dem College war.« Ah, endlich! Eine Spur von Sarkasmus. Hoffte er zumindest.

»Ich meine aber mehr zum Vergnügen. Bücher, Zeitschriften.«

»Nein, eigentlich kaum. Im wesentlichen beschränkt sich meine Lektüre auf Finanzierungspläne. Bestenfalls kaufe ich mir hin und wieder eine *Cosmopolitan*.«

Nudger wunderte schon lange nichts mehr. »Ich komme morgen mal vorbei und bringe Ihnen das neueste Heft mit.«

»Das wäre nett, danke.« Sie sah sich in ihrer neuen Bleibe um. »Ich komme hier schon zurecht. Ich werde eben ausgiebig fernsehen. Die ganzen Seifenopern. ›Geraldo‹, ›Oprah‹ und wie sie alle heißen. Einfach mal abwarten, wie sich die Dinge entwickeln.« Unter dem laut quietschenden Protest der alten Matratze ließ sie sich auf die Bettkante niederplumpsen, streifte die Schuhe von den Füßen und kräuselte ihre Zehen, deren Nägel im selben Rot lackiert waren wie ihre Fingernägel. »Es war eine gute Idee, mich hier unterzubringen, Nudger. Ich glaube, ich fühle mich hier einigermaßen sicher.«

»Fühlen Sie sich aber lieber nicht zu sicher. Verlassen Sie das Zimmer nur, wenn unbedingt nötig.«

»Ich werde mir Mühe geben.«

Er lächelte ihr, wie er hoffte, aufmunternd zu und ging nach draußen. Vor der Tür blieb er noch einmal stehen, um zu warten, bis sie von innen abgeschlossen und die Sicherheitskette vorgelegt hatte.

Braves Mädchen. Er nahm sich fest vor, ihr eine *Cosmopolitan* mitzubringen. Und vielleicht auch eine Fernsehzeitung.

Warum nicht auch noch gleich seine Wendy's-Gutscheine?

6

Apropos Gewissen.

Hammersmith hatte schon immer gefunden, daß Nudger zuviel davon hatte. Und vielleicht hatte er damit sogar recht. In der untersten Schublade von Nudgers Aktenschrank waren eintausend Dollar weggeschlossen, und das, obwohl alles darauf hindeutete, daß er dafür nicht sehr viel würde tun müssen – zumindest von dem Moment an, in dem bekannt wurde, daß an der Unglücksstelle ein paar Diamanten gefunden worden waren. Für die Leute, die hinter seiner Klientin her waren, wäre dann klar gewesen, daß sie die Steine nicht haben konnte. Aber solange das nicht der Fall war, fühlte er sich verpflichtet, etwas für sein Geld zu tun.

Eigentlich ganz schön blöd. Aber dagegen war nun mal nichts zu machen. Es war fast wie eine Sucht.

Und alles nur wegen seines verdammten Gewissens.

Als er auf der Lindbergh zu Vanitas Wohnung zurückfuhr, überlegte er, wieviel von den tausend Dollar er Eileen in den Rachen werfen sollte, um sie sich wieder für eine Weile vom Leib zu halten. Obwohl inzwischen nur noch die wenigsten kinderlosen, berufstätigen Frauen Anspruch auf Unterhalt geltend machen konnten, hatten Henry Mercato und Eileen das seltene Kunststück geschafft, Nudger sozusagen finanziell zu vergewaltigen.

Eileen verdiente mittlerweile mindestens doppelt soviel wie er, und sicher hätte sie auch längst ganz ungeniert mit Mercato zusammengelebt, wenn sie durch diese traute Zweisamkeit nicht der Möglichkeit beraubt worden wäre, auch noch den letzten lausigen Cent aus Nudger herauszupressen.

Aber Eileen hatte ja den Kragen noch nie voll genug bekommen können. Was sie antrieb, war keineswegs die materielle Not, sondern eine verhängnisvolle Mischung aus Rachsucht und Habgier. Außerdem benutzte sie Mercato inzwischen genauso, wie sie vorher Nudger benutzt hatte; nur wußte Mercato noch nichts von seinem Glück. Clever wie er war, würde er es jedoch früher oder später sicher auch merken. Allerdings hätte Nudger nicht behaupten können, daß er ihm deswegen leid tat. Und ebensowenig war er gewillt, Eileen auch nur einen Cent mehr zu zahlen, als vor fünf Jahren gerichtlich vereinbart worden war. Denn selbst wenn die monatlichen Unterhaltszahlungen tatsächlich heraufgesetzt worden wären, hätte sich Eileen damit nicht zufriedengegeben; und sie hätte auch Mercato keine Ruhe gelassen. Eines Tages würden die beiden noch an ihrer eigenen Gier und Bosheit ersticken.

Als er seinen Wagen auf dem Parkplatz von Vanitas Appartementhaus abstellte, lutschte Nudger bereits wieder eine seiner Magentabletten. Es war vollkommen sinnlos, sich auch nur eine Sekunde mit etwas so Unabänderbarem und Unerfreulichem zu befassen, versuchte er sich einzureden. Besser, er konzentrierte sich auf das, was er nun vorhatte. Was er tun und sagen würde, falls tatsächlich jemand in Vanitas Wohnung auftauchte, um dort nach ihr und den Diamanten zu suchen.

Sein Magen knurrte etwas, das sich vage anhörte wie: »Reeeenn!« Er fischte die Rolle mit den Magentabletten aus seiner Hosentasche, puhlte mit dem Daumen die Silberfolie zurück und schob sich zwei weitere der kalkig weißen Lutschbonbons in den Mund.

In der Wohnung war es still und stickig. Dumme Idee, überhaupt hierher zu kommen, sagte er sich, als er sich auf das unbequeme Sofa setzte. Der Lederbezug fühlte sich feucht und klebrig an, wie die enthaarte Haut einer lebendigen Kuh. Und zwar irgendwo unten am Euter. Igitt! Er stand wieder auf und setzte sich in einen Stahlrohrsessel mit Leinwandbespannung. Wirklich erstaunlich, wie bequem man darin saß. Das überraschte ihn etwa genauso, als hätte er gerade festgestellt, daß Andy Warhol ein ganz normaler Typ von nebenan war.

Da saß er also, ein wahres Vorbild an Arbeitsmoral, und fragte sich wieder einmal, warum er nicht lieber Gebrauchtwagen oder Versicherungen verkaufte. Schließlich schaltete er Vanitas Multi-Millionen-Dollar-Stereoanlage ein und mißbrauchte sie dazu, sich die Übertragung des Nachmittagsmatchs der Cardinals gegen die Mets anzuhören. Jedesmal, wenn er auf dem Parkplatz eine Wagentür schlagen hörte, stand er auf und sah aus dem Fenster. Ab und zu ging er bei dieser Gelegenheit auch noch gleich in die Küche, um sich eine Dose Busch Beer aus dem Eisschrank zu holen.

Das Baseballmatch artete zu einem erbitterten Pitcherduell aus und ging in die Verlängerung. Als schließlich im dreizehnten Inning Todd Worrell aufs Spielfeld kam und die Cardinals souverän zwei zu eins in Führung brachte, kam Nudger zu der Überzeugung, daß er für heute genug getan hatte. Genau wie die Cardinals.

Zumindest hatte er sein Bestes getan und für seine Klientin den Arsch zum Fenster rausgehalten. Schließlich hatte er vorher nicht wissen können, daß der Nachmittag in ihrer Wohnung tatsächlich so ereignislos verlaufen würde. Es hätte ja auch ganz anders kommen können.

Bevor er ging, sah er sich noch ein wenig in der Wohnung um. Darüber wäre sie zwar sicher nicht gerade begeistert gewesen, aber es konnte auf keinen Fall schaden, sich ein näheres Bild von seiner Klientin zu machen.

Finanziell schien es Vanita jedenfalls ganz gut zu gehen. Obwohl sie weiß Gott genug Klamotten in das Motel mitgenommen hatte, war ihr Kleiderschrank noch immer brechend voll. Und die Fummel, die dort hingen, sahen nicht gerade billig aus. Über ein Dutzend eleganter Kostüme. Mindestens dreißig Paar Schuhe, von Joggingschuhen bis zu hochhackigen Stiefeln. Eine kleine Imelda Marcos.

Er machte auch vor ihrem zierlichen Nußbaumsekretär in der Ecke des zweiten Schlafzimmers nicht halt, das ihr offensichtlich als Arbeitszimmer diente. Bis auf ein überzogenes Visa-Konto waren ihre Finanzen bestens geregelt. Da er nirgendwo auf einen Abzahlungsplan für ihren BMW stieß, war die Kiste offensichtlich bereits bezahlt – genau wie sein Ford Granada, Baujahr 79.

In dem Raum stand noch ein zweiter Schreibtisch – ein reines Zweckmöbel aus grauem Blech. Er war voller Unterlagen mit irgendwelchen unverständlichen Finanzdaten, die offensichtlich mit Vanitas Job zu tun hatten. Zinsaufstellungen. Tilgungspläne. Jedenfalls jede Menge Zahlen und nicht annähernd so interessant wie die *Cosmopolitan*.

Nudger setzte sich auf die Schreibtischkante und rief Claudia an. Sie hätte inzwischen eigentlich wieder aus Stowe zurück sein müssen, wo sie während der Sommerferien einen Englisch-Paukkurs für Neuntkläßler gab.

Sie hörte sich etwas außer Atem an, als sie abnahm. Nichts daran auszusetzen; Nudger hörte es gern, wenn sie schwer atmete.

»Ich habe das Telefon schon im Treppenhaus läuten hören«, stieß sie gehetzt hervor. »Deshalb bin ich das letzte Stück gerannt.«

»Du hast wohl gewußt, daß ich es bin.«

»Sei dir deiner Sache nur nicht zu sicher«, wies sie ihn darauf in ihrem strengsten Lehrerinnenton zurecht. »Sonst gibt es eines Tages noch ein bitteres Erwachen.«

»Ich komme gleich bei dir vorbei«, sagte Nudger, »und nehme uns unterwegs noch schnell was zu essen mit.«

»Ich dachte, wir wollten heute abend ausgehen.«

»Ein andermal. Heute sollten wir besser zu Hause bleiben.«

»Warum?« Abrupt hatte ihre Stimme einen anderen Ton angenommen, als hätte sie sofort gespürt, daß irgend etwas nicht stimmte. Diese Frau hatte wirklich übersinnliche Kräfte.

»Das erkläre ich dir, wenn ich bei dir bin.«

»Okay.« Sie kannte ihn inzwischen gut genug, um keine überflüssigen Fragen zu stellen. Sie wußte, wann sie mit Drängen etwas erreichen konnte und wann sie ihn lieber in Ruhe ließ. Das war einer der Gründe, weshalb er sie liebte. Aber nur einer von vielen.

»Ist in der Gallo-Flasche noch Rotwein?« wollte er wissen.

»Vielleicht zehn bis zwölf Zentimeter.«

Das war genug. »Gut. Dann also in einer Stunde.«

Er hängte auf und machte noch einmal eine kurze Runde durch die Wohnung, um sich zu vergewissern, daß er auch alles genauso hinterlassen hatte, wie er es vorgefunden hatte.

Dann schloß er die Wohnungstür ab und ging ins Freie, wo sein Granada in der prallen Sonne stand. Wegen des Rosts an den Kotflügeln und unter den Türen sah der Wagen aus, als könnte er sich jeden Augenblick in seine Bestandteile auflösen. Vielleicht tat er das ja eines Tages tatsächlich.

Er kurbelte erst mal alle Fenster nach unten, bevor er sich hinters Steuer setzte und den Motor anließ.

Als er losfuhr, war er rundum zufrieden mit sich und dem bisherigen Verlauf des Tages.

Bis ihm ein beängstigender Gedanke durch den Kopf schoß. Er war ganz sicher, daß er den Wagen abgeschlossen hatte, bevor er in Vanitas Wohnung gegangen war. Er war jedoch unverschlossen gewesen, als er eben wieder zurückgekommen war.

Oder hatte er ihn doch nicht abgeschlossen? Er ging den ganzen Ablauf noch einmal in Gedanken durch – wie er auf den Parkplatz gefahren war, wie er einen freien Platz gefunden hatte, wie er den Motor abgeschaltet hatte und ausgestiegen war. Ja, und was dann?

Vor seinem geistigen Auge sah er, wie er die Wagenschlüssel in seine Hosentasche steckte, ohne den Wagen abzuschließen. Und dann die ganze Szene gleich noch einmal: wie er vor dem Aussteigen einen kurzen Blick zur Beifahrertür hinüberwarf, ob auch der Knopf nach unten gedrückt war; wie er ausstieg und auf den Knopf auf der Fahrerseite drückte, bevor er die Tür hinter sich zuwarf. Und schließlich eine dritte Version, in der er die Tür auf der Fahrerseite mit dem Schlüssel abschloß, um ihn anschließend in seine Tasche gleiten zu lassen und auf den Eingang des Appartementhauses zuzugehen.

Wie war es nun allerdings wirklich gewesen?

Als er schließlich vor Claudias Appartementhaus hielt, war er zu der Überzeugung gelangt, daß er den Wagen doch abgeschlossen hatte.

Lächelnd trabte er die Treppe zu ihrer Wohnung hinauf; sie lag gleich am Anfang des Flurs im ersten Stock. Wie war er überhaupt darauf gekommen, er hätte den Wagen abgeschlossen? Er litt doch sonst nicht an Verfolgungswahn.

Auf ihre zurückgenommene Art sah Claudia einfach umwerfend aus. Sie hatte ein blaues Kleid an, das trotz des strengen Schnitts die ausgeprägten Rundungen ihrer schlanken Figur nicht ganz verbergen konnte. Dazu trug sie noch immer ihre goldene Halskette und schlichte Goldohrringe. Nur ihre Schuhe hatte sie bereits ausgezogen. Ihre Zehen gruben sich in den weichen Teppich der Diele, als sie darauf wartete, daß er sie küßte.

Er drückte ihr einen Kuß auf die Stirn und raschelte mit den weißen Papiertüten, die er in der Hand hielt.

Sie sagte: »Was rieche ich denn da?«

»White Castle Burgers. Mit Fritten.« White Castle war eine Fast-Food-Kette, die sich vor allem durch ihre viereckigen Hamburger auf viereckigen Brötchen einen Namen gemacht hatte. Die Rinderpasteten hatten Löcher in der Mitte und enthielten jede Menge Zwiebeln. Bei Claudias South-Side-Bekannten liefen White Castle Hamburger nur noch unter der Bezeichnung Belly Bomber, was sie jedoch nicht im geringsten daran hinderte, ihnen weiterhin kräftig zuzusprechen. Bei einigen artete das sogar regelrecht zu einer Sucht aus.

Claudia mußte grienen. Sie hatte ein schmales Gesicht mit einer perfekt geformten Nase, die nur eine Spur zu lang war, ihr aber dadurch einen vornehm-aristokratischen Touch verlieh. Dunkle Augen, vor denen sich nichts verbergen ließ. Je länger man Claudia ansah, um so attraktiver fand man sie; und je länger sie einen ansah, desto schöner wurde sie. Dabei kam eine sehr subtile Verbindung von Weiblichem und Männlichem zustande, und schon war es um einen geschehen. Manche Frauen hatten das einfach so an sich. Sie waren auf eine sehr unterschwellige, aber deswegen keineswegs weniger durchschlagende Art enorm sexy. Sozusagen wenig Volt, aber um so mehr Watt. Sie warf einen kurzen Blick auf die vertrauten weißen Tüten und sagte: »Dazu müßte der Wein hervorragend passen. Ich werde ihn schon mal dekantieren, damit er noch ein bißchen atmen kann.« Manchmal konnte sie ganz schön sarkastisch sein.

Sie nahm Nudger die Tüten ab und trug sie zum Eßtisch. Um ihren eleganten Gang besser beobachten zu können, folgte er ihr in einigem Abstand. Dann ging er in die Küche, holte die Zweiliterflasche Gallo aus dem Kühlschrank und nahm zwei saubere Gläser aus der Geschirrspülmaschine. Teller und Besteck brauchten sie nicht. White Castle Burger und Fritten schmeckten mit den Fingern am besten. Als er sich Claudia gegenüber am Eßtisch niederließ, sagte sie: »Zum Nachtisch ist noch Eis im Gefrierfach. Heute lassen wir den Cholesterinspiegel mal richtig hochschnalzen.«

Sie verteilte die Hamburger auf die mitgelieferten Pappteller, und Nudger schenkte den Wein in die Wassergläser. Im Eßzimmer war es angenehm kühl; die Klimaanlage im Fenster war auch noch für den Wohnraum zuständig. Es war eine geräumige Altbauwohnung, wie es sie in South St. Louis noch relativ häufig gab. Parkettböden, hohe Decken, uralte Gußeisenheizkörper. Reich verzierte, emailleeingelegte Holzvertäfelungen. Hin und wieder auch ein Riß im Putz. Nudger gefiel es hier, und er fühlte sich bei Claudia wesentlich mehr zu Hause als in seiner eigenen Wohnung.

Claudia biß in einen der viereckigen Hamburger. Sie war verrückt nach diesen Dingern, auch wenn sie das unter keinen Umständen zugegeben hätte. Dann nahm sie einen Schluck Wein und sah Nudger über den Rand ihres Glases hinweg forschend an. Schließlich sagte sie: »Du hast am Telefon angedeutet, es hätte einen bestimmten Grund, weshalb wir heute abend zu Hause essen.«

Darauf erzählte er ihr von Eileens und Mercatos konzertierter Aktion, was die Erhöhung seiner Unterhaltszahlungen betraf. Und von dem Gerücht, daß sie jemand damit beauftragt hatten, ihn zu beschatten, um auf diese Weise den Beweis zu erbringen, daß er das Geld, das eigentlich Eileen zustand, mit ihr, Claudia, verpraßte.

»So ein Blödsinn«, schimpfte Claudia los. »Als ob wir ständig in irgendwelchen Drei-Sterne-Restaurants essen gingen.«

»Dabei haben wir das noch kein einziges Mal getan.«

»Und meine Kleider habe ich mir fast ausnahmslos von meinem eigenen Gehalt gekauft.«

»Traurig, aber wahr«, mußte Nudger zugeben. Er packte einen seiner viereckigen Minihamburger aus und schob ihn sich in einem Stück in den Mund. Er zählte nach. Sechs für ihn und wie üblich vier für Claudia. Mal sehen ob er von den sechs Häppchen satt wurde. »Doch nun zu den guten Neuigkeiten. Ich habe heute einen neuen Fall übernommen und kann deshalb Eileen den größten Teil meiner Schulden zurückzahlen.«

»Worum geht es dabei?«

»Ach, dieses Flugzeug, das sie gestern in die Luft gesprengt haben.«

Claudia sah ihn mit unverhohlener Besorgnis an. »Doch hoffentlich nichts Politisches, Nudger?«

»Hier geht es nicht um Politik, sondern um Diamanten.« Er erklärte Claudia den Sachverhalt.

»Demnach könnte das Ganze also auch für dich ziemlich unangenehm werden, wenn die Diamanten nicht wieder auftauchen – falls sie das überhaupt je tun.«

»Warum sollten sie das nicht?« fragte Nudger mit dem Mund voll fettiger Pommes frites.

»Du hast doch eben selbst gesagt, daß die Diamanten gestohlen waren. Vielleicht gibt die Polizei ihre Entdekkung gar nicht bekannt, wenn sie gefunden werden.«

»Wieso denn das?«

»Damit sie etwas wissen, was die Diebe nicht wissen. Vielleicht versprechen sie sich davon irgendeinen Vorteil.«

Nudger spülte die Fritten mit einem Schluck Rotwein hinunter. Seine Finger waren so fettig, daß ihm fast das

Glas aus der Hand glitt. »So was würden vielleicht Polizisten im Fernsehen machen. Aber die Wirklichkeit sieht bekanntlich etwas anders aus. Nein, die Polizei wird es sich bestimmt nicht nehmen lassen, sich damit zu brüsten, daß sie die Diamanten wieder gefunden hat; könnte ja auch sein, daß deswegen jemand befördert wird. Ich gehe jede Wette ein: Die werden das an die große Glocke hängen, komplett mit einer ausgiebigen Pressekonferenz und einer selbstbeweihräuchernden Presseerklärung; und auf Channel Five werden sie ein paar tolle Nahaufnahmen von den Klunkern auf schwarzem Samt bringen.«

»Na, dann aber hoffentlich bald.« Sie aß ihren letzten Hamburger und trank ihr Glas Wein leer. »Sollen wir die Pappbehälter aufheben?« fragte sie dann. »Als Beweis für deinen bescheidenen Lebenswandel, falls dir deine Frau tatsächlich noch mal einen Prozeß anhängt?«

Nudger fand das gar nicht komisch. Im Gegenteil, er kam sich richtig schäbig vor. »Ich esse dieses Zeug keineswegs, bloß weil ich mir nichts anderes leisten kann«, versuchte er sich deshalb zu rechtfertigen. »Ich mag Fast Food, und manche dieser billigen Weine schmecken genausogut wie wesentlich teurere Sorten.«

Sie sah ihn mit einem ganz bestimmten wissenden Lächeln an und sagte: »Ich auch. Laß uns ins Bett gehen, bevor uns davon übel wird.«

Nudger lag auf dem Rücken. Claudia hatte ihren Kopf auf seine nackte Brust gelegt. Über ihnen kreiste der Deckenventilator, und im Fenster summte die Klimaanlage. Trotzdem war es eine Spur zu warm im Schlafzimmer, und es roch nach Schweiß und Sex.

Claudia schlief. Ihr Atem ging tief und ruhig, und mit jedem Atemzug bewegte sich ihr schlanker, sonnengebräunter Arm ein Stück über Nudgers Bauch. Wenn ihre

Lider hin und wieder ins Zucken gerieten, kitzelten ihre Wimpern seine Brust. Vermutlich befindet sie sich gerade in der REM-Schlafphase, dachte Nudger. Was sie wohl gerade träumt?

Was sie auch sonst für Probleme haben mochten, im Bett hatten sie keine. Claudia war zwar erst Anfang Dreißig, aber er war schon Mitte vierzig. Nicht mehr allzulange, und er konnte einen Seniorenausweis beantragen. Manchmal überraschte er sich sogar selbst.

Er fühlte sich rundum zufrieden und war gerade dabei, friedlich wegzudämmern, als das Telefon auf dem Nachttisch klingelte.

Claudia schrak aus dem Schlaf hoch. Blinzelnd nahm sie beim zweiten Läuten ab und warf dabei die Tube mit KY-Gelee auf den Boden. Sie sagte »Augenblick« in den Hörer und reichte ihn Nudger.

Er drückte kühles Plastik an sein Ohr. »Hallo.«

»Nudge? Hier Hammersmith. Du solltest unbedingt hier vorbeikommen. Und zwar so schnell wie möglich.«

Irgend etwas in Hammersmiths Stimme ließ Nudger aufhorchen. »Wo bist du gerade?«

»Am Tatort.«

»Könntest du dich vielleicht etwas deutlicher ausdrükken, Jack«, brummte Nudger gereizt. Ihm war jetzt nicht nach raffinierten Wortspielen.

»Kennst du das Dropp Inn Motel in der Watson Road?«

Nudger schluckte schwer. »Ja.«

»Dann bis gleich.« Damit hatte Hammersmith bereits aufgehängt. Er hatte da einen Spleen, was Telefongespräche betraf, und mußte auf Teufel komm raus immer als erster einhängen. Offensichtlich verlieh ihm das das Gefühl, die Lage unter Kontrolle zu haben.

Die Sonne hatte endlich das Handtuch geworfen und war hinter dem Horizont verschwunden. Es wurde rasch dunkler. Nudger stand auf und drehte sich erst einmal leicht benommen im Kreis, bevor er ins Bad tappte und duschte.

Wieder zurück im Schlafzimmer, suchte er seine Unterwäsche und seine Socken zusammen, wendete sie und begann sich anzuziehen. Er hatte es ziemlich eilig, zum Dropp Inn Motel zu kommen.

»Probleme?« fragte Claudia.

»Was Berufliches.«

»Also doch Probleme.« Sie war nicht der Typ, der sich so leicht etwas vormachen ließ. »Reicht die Zeit noch, um mir zu erzählen, worum es geht?«

»Dazu müßte ich erst mal wissen, um was für Probleme es sich überhaupt handelt.« In diesem Punkt hatte er zwar schon recht konkrete Vorstellungen. Aber an die Konsequenzen wollte Nudger vorher lieber erst gar nicht denken – zumindest, solange er nicht wirklich Gewißheit hatte.

Claudia sagte: »Hammersmith ist doch immer noch bei der Mordkommission?«

»Ich glaube schon«, antwortete Nudger. »Hast du meine Schuhe irgendwo gesehen?«

7

Das Dropp Inn Motel war in rot und blau zuckendes Licht getaucht. Auf der Zufahrt zu den einzelnen Häuschen standen ein halbes Dutzend Streifenwagen und ein ziviler Einsatzwagen der County Police. Als Nudger aus seinem Granada stieg, mußte er unwillkürlich daran denken, daß die Leute, die sich hier an diesem Abend zu einem kleinen außerehelichen Techtelmechtel getroffen hatten, angesichts dieses beeindruckenden Polizeiaufgebots einen ganz schönen Schrecken bekommen haben mußten. Offensichtlich traf das aber auch auf ihn zu;

sonst wäre er nicht so krampfhaft bemüht gewesen, das Ganze von der humorvollen Seite zu betrachten.

Da das Motel nicht mehr zum Stadtbereich von St. Louis gehörte, fiel das, was in Haus 13 passiert war, in den Zuständigkeitsbereich der St. Louis County Police. Bei Kapitalverbrechen, wie zum Beispiel einem Mord, führten die Ermittlungen jedoch sowohl Angehörige der Stadt- wie der Bezirkspolizei durch, um sich durch die häufig außerordentlich diffizile und verworrene Aufteilung der einzelnen Zuständigkeitsbereiche nicht zu sehr gegenseitig bei der Arbeit zu behindern. Und genau so ein Fall war hier offensichtlich eingetreten. Irgendein schwerwiegendes Verbrechen war begangen worden. Unter den mißtrauischen Blicken eines braun uniformierten Bezirkspolizisten blieb Nudger vor Haus 13 stehen und schob sich eine Magentablette in den Mund. Fast automatisch legte der Polizist die Hand an den Griff seines Dienstrevolvers.

Der Kies unter Nudgers Sohlen knirschte laut, als er auf den Eingang von Haus 13 zuging.

»Haben Sie da drinnen zu tun, Sir?« wollte der Uniformierte wissen. Sehr höflich. Sehr förmlich. Ein typischer Roboter in Uniform.

Im selben Moment ertönte aus dem Innern Hammersmiths Stimme: »Lassen Sie den Mann rein.«

Mit sichtlichem Widerstreben trat der Polizist einen Schritt zurück, um Nudger vorbeizulassen.

Im gleichen Moment öffnete Hammersmith die Tür – gerade so, als wäre er hier der Hausherr und empfinge gerade einen Gast zum Abendessen. Würde er Nudger gleich lächelnd auffordern, sich doch schon mal am Vorspeisenbüffet zu bedienen?

Nichts dergleichen. Er sagte kein Wort und sah Nudger nur ernst an, als dieser sich an ihm vorbei nach drinnen drängte.

Mein Gott, war es da drinnen heiß – und so voll von Zivilfahndern, daß man sich kaum umdrehen konnte. Ein kleiner Mann mit dauergewelltem dunklem Haar packte gerade sein blitzendes Arztbesteck in ein braunes Etui. Nudger war sofort klar, daß es sich dabei nur um den Gerichtsmediziner handeln konnte. Von dem Gestank, der in der Luft lag, drehte sich Nudger fast der Magen um. Ihm wurden die Knie weich.

»Alles in Ordnung, Nudge?« fragte Hammersmith.

»Ja, klar.« Von wegen! Der Geruch war unverkennbar. Er machte sich auf das Schlimmste gefaßt.

»Bei ihr nicht«, brummte Hammersmith und deutete auf das Bett.

Gegen den erbitterten Widerstand seiner Augenmuskeln warf Nudger einen zaghaften Blick in die angegebene Richtung.

Die Decke war zurückgeschlagen, und das Laken war dunkel von dem vielen Blut, dessen Geruch die Luft verpestete. An den Stellen, wo die Leiche von Vanita Lane nicht über und über mit Blut verschmiert war, war ihre Haut so weiß wie Wachs. Sie lag auf dem Rücken. Ihre Handgelenke waren mit einem Kabel zusammengebunden und über ihrem Kopf an einer Eisenstange des Bettgestells befestigt. Ihre Fußgelenke waren nicht gefesselt. Sie hatte die Oberschenkel weit gespreizt, aber ihre Fußsohlen berührten sich fast. Ihr Unterleib war dunkel von gestocktem Blut. Nudgers Blick zuckte wieder zu ihren Händen hoch; irgend etwas an ihnen hatte seine Aufmerksamkeit erregt. Unterwegs blieb sein Blick jedoch auf dem Gesicht der Toten haften. Mit einem Ausdruck fassungslosen Grauens, wie man ihn sonst nur von primitiven Masken kennt, starrten ihm daraus zwei leblose blaue Augen entgegen. Das Entsetzen, das aus ihnen sprach, war so abgrundtief, daß es fast unwirklich schien. Und doch berührte es Nudger mehr, als ihm lieb war. Angesichts der gräßlichen Schmerzen, die ihre Züge so entsetzlich verzerrt hatten, mußte der Tod wie eine Erlösung für sie gekommen sein.

Es kostete ihn einige Anstrengung, seinen Blick von ihrem Gesicht loszureißen. Und im selben Augenblick mußte er sich auch schon heftig vornüberbeugen. Nur mit Mühe konnte er noch die bittere Galle hinunterschlucken, die in seine Kehle hochgestiegen war und dort brannte wie Säure.

»Laß uns lieber nach draußen gehen, Nudge«, schlug Hammersmith vor.

Er spürte Hammersmiths Hand auf seiner Schulter. Sie schob ihn in Richtung Tür. Nudger nahm sich zusammen und ging auf etwas wackligen Beinen darauf zu.

Die Luft im Freien schien plötzlich unbeschreiblich süß, die Nacht angenehm kühl. Als könnte er gar nicht genug davon kriegen, sog Nudger die frische Luft in gierigen Zügen in seine Lungen, legte den Kopf in den Nacken und sah zu den Sternen hoch. Sie starrten zurück, teilnahmslos und Millionen Lichtjahre entfernt. Zeit und Entfernung. Auf dem nächsten Stern war Vanita noch am Leben und hatte vielleicht noch nicht mal Rupert Winslow kennengelernt.

»Tut mir leid«, entschuldigte sich Hammersmith. »Ich habe ganz vergessen, daß du einen etwas empfindlichen Magen hast.«

Von wegen vergessen. Nudger sah ihn finster an.

»Willst du denn nicht wissen, wer sie ist?« fuhr Hammersmith fort. »Entschuldigung – ich meine natürlich, wer sie *war*.«

»Ich weiß, wer sie war«, erwiderte Nudger. »Wer hat sie gefunden?«

»Die Tür ihres Häuschens stand halb offen, und im Innern brannte Licht. Zwei Gäste, die zufällig gerade vorbeikamen, haben einen Blick nach drinnen geworfen. Bei der Gelegenheit haben sie gesehen, was du eben gesehen hast, und sofort die Polizei verständigt.«

»Ist sie schon lange tot?«

»Der Doktor sagt, ihrer Körpertemperatur nach zu schließen, höchstens ein paar Stunden. Nach der Autopsie werden wir das genauer wissen. Ob uns das allerdings viel weiterhelfen wird, ist eine andere Frage.«

Nudger stemmte seine Fäuste in die Hosentaschen. Sein Magen hatte sich wieder etwas beruhigt. »Wie bist du eigentlich darauf gekommen, mich anzurufen?«

»Tja, wenn wir heutzutage am Schauplatz eines Mords eintreffen, drücken wir als erstes auf die Wahlwiederholung am Telefon – um zu sehen, mit wem das Opfer zuletzt gesprochen haben könnte. In diesem Fall galt der letzte Anruf der Toten dem Anrufbeantworter in deinem Büro. Dürfte ich vielleicht auch erfahren, warum?«

»Sie war meine Klientin.«

»Das ist aber kein gutes Aushängeschild für deine Firma.«

»Ihr Name ist Vanita Lane.«

»Den haben wir bereits aus dem Ausweis in ihrer Handtasche – zusammen mit ihrer Adresse. Wir haben auch schon ein wenig herumgefragt, welche Autos zu welchen Gästen gehören. Demnach muß der blaue BMW dort drüben ihr Wagen gewesen sein.«

»Ich muß dich dringend um einen Gefallen bitten, Jack.«

Hammersmith steckte sich eine seiner gräßlichen Zigarren an. Seine dicken Backen begannen dabei zu arbeiten wie ein Blasebalg. Er ließ den Deckel seines Feuerzeugs wieder zuschnappen, wog es kurz in seiner Hand und ließ es in seine Hosentasche gleiten. »Und der wäre?« mümmelte er um die Zigarre zwischen seinen Zähnen.

»Wenn du so willst«, rückte Nudger mit der Sprache heraus, »habe ich wichtige Hinweise zur Aufklärung eines Verbrechens zurückgehalten; allerdings bin ich dabei davon ausgegangen, daß die Informationen, die ich zurückgehalten habe, mittlerweile längst allgemein hätten bekanntgemacht werden müssen. Ich dachte, die Diamanten hätten bis zu diesem Zeitpunkt eigentlich längst aufgetaucht sein müssen.«

Hammersmith hob seine bläßlichen Augenbrauen. »Was für Diamanten?«

»Die gestohlenen Diamanten, die sich unter den Trümmern des Flugzeugs befinden, das gestern in die Luft flog.«

Ganz langsam nahm Hammersmith die Zigarre aus dem Mund. »Herrgott noch mal, Nudge. Das hört sich ja an wie ein Fall für das FBI.«

»Die Informationen, die ich zurückgehalten habe, hatten allerdings nichts mit dem Bombenanschlag zu tun. Den hat das FBI bereits dem richtigen Mann angehängt – Rupert Winslow, dem Kerl, der sich in New York die Pulsadern aufgeschnitten hat.«

»Trotzdem möchtest du, daß ich dein kleines Geheimnis für mich behalte. Ist das richtig, Nudge?«

»Ja. Andernfalls könnte ich vielleicht Schwierigkeiten mit meiner Lizenz bekommen. Versteh mich bitte nicht falsch, Jack: Ich verlange nicht von dir, daß du für mich lügst; du sollst nur einen bestimmten Punkt einfach nicht zur Sprache bringen.«

Die Glut der Zigarre leuchtete dunkelrot auf – ein Zeichen, daß es in Hammersmith heftig arbeitete. »Wir haben es hier mit einem Mordfall zu tun, Nudge.«

»Über den werde ich dir alles sagen, was ich weiß – ohne dir etwas zu verschweigen.«

Nachdenklich sog Hammersmith an seiner Zigarre. Dann veränderte er seine Haltung, so daß sein Gewicht gleichmäßig auf beide Beine verteilt war. »Dann schieß schon mal los, Nudge. Mal sehen, was sich machen läßt.«

Nudger erzählte Hammersmith die ganze Geschichte.

Als er damit geendet hatte, warf Hammersmith einen Blick zu Haus 13 hinüber und paffte eine dicke Wolke Zigarrenrauch in die Luft. Im Schein der zuckenden Rotlichter sah sie blutrot aus. Rauch aus der Hölle. Und der Qualm war so dicht, daß davon ein paar Sterne verdunkelt wurden, als er zum Himmel hochstieg. Aber wenigstens überdeckte er den Blutgestank, der Nudger noch immer in der Nase lag.

»Du hast recht, Nudge«, nickte Hammersmith schließlich bedächtig. »Vermutlich hast du vom FBI tatsächlich nichts zu befürchten; der Bombenanschlag auf das Flugzeug ist mehr oder weniger bereits geklärt. Trotzdem könnte deine Aussage natürlich dazu beitragen, die näheren Hintergründe der Flugzeugkatastrophe zu erhellen und die endgültige Bestätigung dafür zu bringen, daß der Anschlag tatsächlich dem richtigen Mann angelastet wurde.«

»Dazu bin ich allerdings in keiner Weise verpflichtet.«

Hammersmith zuckte mit den Schultern. »Darüber ließe sich streiten, aber zumindest ist der Schuldige bereits tot, und die Ermittlungen zu dem Fall sind mehr oder weniger abgeschlossen.«

»Was mich allerdings meine Lizenz und damit mein künftiges Auskommen kosten könnte, ist die Tatsache, daß ich der Polizei den Diamantendiebstahl nicht gemeldet habe.«

»Das allerdings. Dafür würde dir Captain Springer ordentlich die Hölle heiß machen.«

Damit war Captain Leo Springer gemeint, ein skrupelloser Karrierist, der über Leichen gegangen war, um in seine augenblickliche Position aufzurücken, und das auch in Zukunft noch einige Male tun würde. Die meisten anständigen Polizisten in St. Louis haßten und fürchteten Springer. Die Privatdetektive, ob anständig oder nicht, schlugen ausnahmslos einen weiten Bogen um ihn. Springer fand sich nämlich nur sehr ungern damit ab, daß jemand, der nicht seinem Kommando unterstand, ein Verbrechen lösen oder auch nur an seiner Lösung beteiligt sein könnte. So etwas hätte die Polizei nur in ein schlechtes Licht gerückt, hatte er Nudger gegenüber einmal ganz unverblümt erklärt. Da ließ er einen Gauner schon lieber laufen, als so etwas zuzulassen.

Nudger sah auf die Lichter der Autos hinaus, die auf der Watson Road vorbeifuhren. »Tja«, seufzte er schließlich. »So sieht die Sache also aus, Jack.«

Als für einen kurzen Moment der nie abreißende Verkehrsfluß unterbrochen wurde, konnte Nudger im Dunkel hinter den Häuschen plötzlich das Zirpen der Grillen hören. Die zwei Bewohner des nächsten Hauses, ein Mann und eine Frau, hatten die Vorhänge zurückgezogen und starrten neugierig nach draußen, Teil des Geschehens und zugleich völlig unbeteiligt daran.

»Ich werde die Wahrheit zwar nicht verschweigen«, erklärte Hammersmith schließlich. »Aber ich werde sie ein bißchen für dich verdrehen.«

Nudger sah ihn an. »Ich möchte nicht, daß du wegen einer Falschaussage deine Karriere aufs Spiel setzt, Jack.«

»Was sollte dabei schon passieren?« erwiderte Hammersmith. »Es sei denn, du hängst mich hin.«

»Das halte ich für ziemlich unwahrscheinlich.«

»Ich werde erklären, du hättest mir alles, was du mir eben erzählt hast, bereits vor einer Stunde am Telefon gesagt.«

Nudger schöpfte neue Hoffnung. Doch dann kamen ihm doch Bedenken. »Springer wird dir sicher nicht glauben.«

»Ich weiß. Genau deswegen werde ich es ja auch tun – um diesem Dreckskerl eins auszuwischen.«

»Hör mal, Jack…«

»Keine Widerrede, Nudge. Und mach dir meinetwegen mal keine Sorgen. Ich würde so etwas nie tun, wenn ich nicht absolut sicher wäre, daß es auch klappt. Abgesehen davon hast du genügend eigene Probleme am Hals.«

»Ich wüßte nicht, was für Probleme ich mit Vanita Lane und den Diamanten noch haben sollte – jetzt, nachdem sie tot ist.«

»Denk doch mal ein bißchen im voraus, Nudge.«

Das hatte Nudger bereits getan, wenn auch nicht sehr weit. Im wesentlichen kreisten seine Gedanken noch immer um den gräßlichen Anblick, den Vanita Lane auf dem blutverschmierten Bett geboten hatte. »Vermutlich bin ich der letzte, der sie lebend gesehen hat. Deshalb wird sich die Polizei sicher näher mit mir unterhalten wollen. Ich war allerdings den ganzen Abend bei Claudia.«

»In diesem Punkt hast du mit keinerlei Schwierigkeiten zu rechnen«, beruhigte ihn Hammersmith. »Aber vielleicht sollte ich dir bei dieser Gelegenheit gleich mal erzählen, was wir bereits über den Mord wissen. Diese Vanita Lane wurde brutal vergewaltigt – möglicherweise nicht nur von einem Mann; vielleicht auch noch, als sie bereits tot war. Wir haben Sperma in ihrem Mund gefunden. Du weißt ja, wie das ist – vermutlich werden bei der Autopsie auch im Afterausgang und in der Vagina Spermaspuren festgestellt werden. Außerdem hatte sie mehrere Verbrennungen an den Brustwarzen. Sie wurden ihr mit einer brennenden Zigarette beigebracht. Ist dir übrigens an ihren Händen etwas aufgefallen?«

»Ja, irgendwie sahen sie etwas eigenartig aus.«

»Sechs ihrer Finger waren gebrochen. Wenn du also mich fragst, Nudge – diese Frau wurde von ein paar absolut skrupellosen und brutalen Kerlen gefoltert und umgebracht. Wir nehmen an, daß sie versucht haben, sie zum Sprechen zu bringen – zumindest am Anfang. Mit den Fingern. Und als schließlich ihr Widerstand gebrochen war und sie ihnen gesagt hatte, was sie wissen wollten, haben sie sich noch zum Vergnügen über sie hergemacht. Was mir allerdings am meisten Sorgen macht, ist die Art, wie sie sie schließlich umgebracht haben, nachdem sie ihren Spaß mit ihr gehabt haben. Sie haben ihr ein paar Hauptschlagadern aufgetrennt und sie einfach verbluten lassen. Eine sehr schnelle und einfache Methode – etwa so, wie man eine Kuh oder ein Schwein schlachtet. Wir haben es hier also mit ein paar ganz besonders abgebrühten Typen zu tun.«

»Aber sobald die Diamanten wieder aufgetaucht sind…«

»Diese Leute, die nach einem Flugzeugunglück die Absturzstelle untersuchen, verstehen etwas von ihrem Geschäft. Wenn in der Maschine also tatsächlich so viele Diamanten gewesen wären, hätten sie längst ein paar davon finden müssen. Ich kann dir jedoch versichern, daß an der Absturzstelle bisher kein Diamant gefunden wurde. Hast du außerdem nicht gesagt, diese Vanita Lane hätte eine Visitenkarte von dir gehabt? Die Karte, die du ihr am Tag zuvor am Flughafen gegeben hast?«

»Ja.«

»Weißt du noch, ob sie sie wieder in ihre Handtasche gesteckt hat, als sie dich in deinem Büro aufgesucht hat?«

»Ich denke schon. Klar, was denn sonst? Jedenfalls hat sie sie mir nicht zurückgegeben.«

»Wir haben uns selbstverständlich ihre Handtasche vorgenommen, Nudge. Und wir haben das ganze Cottage mit einer Gründlichkeit durchsucht, wie das nur bei einem Mordfall üblich ist. Deine Visitenkarte ist dabei allerdings nirgendwo aufgetaucht.« Hammersmith steckte sich die Zigarre in den Mund, paffte einmal kräftig daran und grinste. »Weißt du, was das bedeutet?«

Das konnte sich Nudger nur zu gut denken.

Wenn die Visitenkarte nicht in Vanitas Handtasche

oder in ihrem Zimmer war, dann konnten sie nur ihre Mörder haben. Sein Magen machte einen Sprung. Kehrte in ein prekäres Gleichgewicht zurück. Wurde eiskalt. Und schrumpfte vor Angst auf die Hälfte seiner Größe zusammen.

Hammersmith nahm seine Zigarre aus dem Mund und starrte auf die Glut, die feuerrot durch das Dunkel leuchtete. »Haus dreizehn. Mein Gott, Nudge! Warum hast du dir keine bessere Nummer ausgesucht?«

»Ich glaube nicht, daß ihr das mehr Glück gebracht hätte.«

»Ich habe damit eigentlich mehr *dich* gemeint.«

Nudger wußte jedoch sehr genau, daß es nicht die *13* war, der er dieses Schlamassel zu verdanken hatte. Es war die *1000*.

8

Hammersmith hatte sich in Leo Springer nicht getäuscht. Der wieselgesichtige kleine Captain nahm Nudgers Vernehmung im Polizeihauptquartier in der Tucker, Ecke Clark, höchstpersönlich vor, und er machte es sehr gründlich. Nach mehreren Stunden voller versteckter Drohungen und unverschämter Andeutungen konnte Nudger kurz nach Mitternacht schließlich wieder nach Hause gehen. Sein Gehirn fühlte sich an wie ein ausgewrungener Putzlumpen.

Als er auf dem Weg zu seinem Granada, den er auf dem Parkplatz der City Hall abgestellt hatte, die Clark überquerte, mußte er durch eine dichte Wolke winzig kleiner Insekten – vermutlich Schnaken. Es waren so viele, daß er sie sogar in die Nase bekam. Das hatte ihm gerade noch gefehlt.

Trotz des Dunkels konnte er schon von weitem den

Strafzettel sehen, der unter dem Scheibenwischer steckte. Da er nicht damit gerechnet hatte, daß seine Vernehmung so lange dauern würde, war die Parkuhr längst abgelaufen. Er hatte Springer während der Vernehmung sogar mehrere Male darauf aufmerksam gemacht, daß er dringend seine Parkuhr füttern müßte. Aber Springer hatte ihn nur aalglatt angegrinst und gesagt: »Das finde ich ja wirklich hochinteressant. Sie sind bis über beide Ohren in einen Mordfall verwickelt und machen sich Sorgen, Sie könnten einen Strafzettel bekommen? Finden Sie das nicht ein bißchen übertrieben, Nudger?«

Springer hatte sogar recht gehabt. Seine Befürchtungen waren tatsächlich völlig grundlos gewesen. Nudger entfernte den Wisch von seiner Windschutzscheibe und studierte ihn im orangen Licht der Parkplatzbeleuchtung. Erst jetzt stellte er fest, daß es gar kein Strafzettel war. Es war eine kurze Nachricht, mit schwarzem Filzstift in ordentlichen Druckbuchstaben geschrieben. »Morgen früh in Ihrem Büro.« Unterzeichnet war das Ganze mit D. D. S.

Lange starrte Nudger auf die drei Initialen, die er eigentlich als Abkürzung für Doctor of Dental Surgery (Zahnchirurg) kannte. Er dachte kurz angestrengt nach, ob er vielleicht seinem Zahnarzt noch Geld schuldete. Ganz sicher war er sich in diesem Punkt zwar nicht, aber andrerseits neigten Zahnärzte nicht dazu, ihren säumigen Patienten spät nachts Drohbriefe an die Windschutzscheibe zu heften. Zumindest die meisten Zahnärzte. Unwillkürlich mußte er dabei an den Film *Der Marathon-Mann* denken; dort versucht ein ehemaliger Nazi-Zahnarzt sein Opfer zum Sprechen zu bringen, indem er ihm ohne Narkose jede Menge Löcher in die Zähne bohrt. Schon allein von dem Gedanken daran lief es ihm eiskalt den Rücken hinunter.

Er zerknüllte den Zettel und steckte ihn in seine Hosentasche. Dann kramte er den Autoschlüssel heraus und stieg in seinen Wagen. Er fuhr jedoch nicht sofort los, sondern blieb erst einmal eine Weile erschöpft hinterm Steuer sitzen, um sich etwas von den Strapazen des zermürbenden Polizeiverhörs zu erholen. Ob man nun schuldig war oder nicht – so etwas ging eindeutig etwas mehr an die Substanz als eine kurze Frage nach dem werten Befinden.

Schließlich fuhr er durch die ausgestorbenen nächtlichen Straßen zu seiner Wohnung. Dort angekommen, sperrte er sofort die Tür hinter sich ab und vergewisserte sich als erstes, ob auch alle Fenster fest verriegelt waren. Er fühlte sich kaputt und ausgelaugt und brauchte dringend Schlaf; sonst hätte es ihm durchaus passieren können, daß er vor Erschöpfung umkippte und nicht mehr hochkam. Erst jetzt wurde ihm bewußt, daß er schrecklichen Durst hatte. Bei der Polizei hatte er die ganze Zeit nicht einen Schluck zu trinken bekommen und litt wegen der Hitze vermutlich schon an akutem Flüssigkeitsmangel. ›Jemanden wie eine Zitrone ausquetschen‹ war eine Redensart, die Captain Springer offensichtlich sehr wörtlich nahm.

Nudger holte sich eine Dose Busch Beer aus dem Kühlschrank, setzte sich damit aufs Sofa und nahm einen kräftigen Schluck. Dann streifte er sich die Schuhe von den Füßen und ließ sie auf den Boden plumpsen, streckte die Beine aus und schlug sie an den Knöcheln übereinander. Beim zweiten Schluck spürte er ganz deutlich, wie das kalte Bier in seiner Kehle stach.

Er wischte sich mit dem Handrücken ein bißchen Schaum vom Kinn.

Und schlief auf der Stelle ein.

Als er wieder aufwachte, klebten seine Lippen aufeinander, und der Atem fuhr rasselnd durch seine Nase. Auch seine Augen waren kaum aufzukriegen. Aber schließlich schaffte er es doch, seine Lider hochzuklappen, auch wenn sie sich dabei anfühlten, als hingen sie an ein paar rostigen Scharnieren. Die Helligkeit stach in seinen Augen. Ohne den Kopf von der Lehne des Sofas zu heben, drehte er ein gerötetes Auge in Richtung Armbanduhr.

Zehn Uhr vormittags. Später, als er sonst aufstand.

Und das war nicht das einzige, was etwas ungewöhnlich war. Er lag auf dem Sofa, nicht im Bett. Und das in voller Kleidung. Nur seine Schuhe lagen mit einwärts gestellten Spitzen herrenlos vor ihm auf dem Boden.

Er setzte sich auf, aber ein stechender Schmerz im Kopf ließ ihn heftig zusammenzucken. Erst jetzt fiel ihm wieder ein, was am Vorabend passiert war und wie es dazu gekommen war, daß er auf dem Sofa eingeschlafen war. Vorsichtig beugte er sich vor und sah zu Boden. Nicht weit von den Schuhen lag die blau-weiße Bierdose. Von dem ausgelaufenen Bier zeichnete sich auf dem grauen Teppich ein dunkler Fleck ab. Die Dose mußte ihm wohl irgendwann aus der Hand gefallen sein; jedenfalls konnte er sich nicht erinnern, sie abgestellt zu haben. Er bückte sich, um sie aufzuheben. Ein letzter Rest Bier schwappte hohl plätschernd in der Dose herum. Allein von dem Geräusch wurde ihm übel.

Nachdem er die Dose auf den Couchtisch gestellt hatte, stand er auf und schleppte sich ins Bad. Der Gummizug seiner Socken hatte sich über Nacht tief in die Haut seiner Knöchel geschnürt. Seine rechte Sohle fühlte sich plötzlich feucht und kalt an. Erst nach einer Weile wurde ihm klar, daß er versehentlich in den Bierfleck auf dem Teppich getreten war.

Er hatte also nicht geträumt.

Nach einer langen, kalten Dusche fühlte er sich gleich besser. Doch als er sich angezogen hatte und in die Küche ging, mußte er feststellen, daß sich an diesem Tag auch

Mr. Coffee gegen ihn verschworen hatte: die Kaffeemaschine hatte den Geist aufgegeben. Zähneknirschend starrte er auf das klare Wasser im Glasbehälter und den pampigen Kaffeesatz im Filter. Gleich heute abend würde er Mr. Coffee nach allen Regeln der Kunst zu Leibe rücken. Mal sehen, ob an dem blöden Ding noch irgend etwas zu retten war. Die zusehends mehr vergilbende Kaffeemaschine war eines der wenigen Andenken an seine Ehe mit Eileen und hatte vermutlich einfach aus Altersschwäche ihren Geist aufgegeben. Nudger wußte nicht recht, ob er darüber nun traurig sein sollte oder nicht. Jedenfalls würde es ihm zu einem nicht unbeträchtlichen Maß an post-eileenscher Befriedigung verhelfen, das sperrige Monstrum in den Müll zu werfen. Das Recht, Mister genannt zu werden, hatte es sich sowieso nie verdient.

Er fuhr ins Büro und mußte feststellen, daß an der defekten Parkuhr gerade ein Lieferwagen entladen wurde. Da es so aussah, als würde der Kombi dort noch eine ganze Weile herumstehen, fuhr er um den Block und parkte hinter dem Doughnut-Shop. Er schloß seinen Wagen ab und ging durch die Hofdurchfahrt zu seinem Büro. Schwerer Uringeruch lag in der Luft. Eine neue Wandmalerei verkündete das nahende Weltenende. Für ein paar Leute traf das sicher zu. Als er auf der anderen Seite wieder herauskam, sah ihn Danny am schmierigen Schaufenster des Ladens vorbeigehen und winkte ihn nach drinnen.

Nudger betrat den Laden. An der blankpolierten Stahltheke saß ein einziger Gast, ein zerzauster älterer Mann, der ein bißchen obdachlos wirkte. Er hatte einen Dunker Delite und ein Glas Wasser vor sich stehen und machte den Eindruck, als versuchte er sich gerade mühsam dazu durchzuringen, in den Doughnut zu beißen, der aussah, als wäre er vom Tag zuvor übriggeblieben. Vielleicht wäre er besser beraten gewesen, auf dieses zweifelhafte Vergnügen zu verzichten.

»Im Büro wartet bereits jemand auf dich«, sagte Danny und schlug mit dem grauschleirigen Handtuch, das er immer in seinem Gürtel stecken hatte, nach einer Fliege. Die Fliege flog auf und ließ sich, von dieser Attacke scheinbar nicht sonderlich beeindruckt, ein Stück weiter wieder nieder.

Wie Nudger das blöde Vieh um diese Ruhe beneidete. Er hatte nämlich vor Angst ein heftiges Flattern im Magen.

Zu seiner Beruhigung versuchte er sich jedoch einzureden, daß die Diamantendiebe wohl kaum Danny Bescheid gesagt hätten, wenn sie ihn tatsächlich in seinem Büro hätten abfangen wollen. Kaltblütige Killer hatten für derlei Höflichkeiten in der Regel nicht viel übrig.

»Ein Klient?« fragte Nudger. Vielleicht war es ja der mysteriöse D. D. S., der ihm gestern nacht diesen Zettel unter den Scheibenwischer geklemmt hatte.

»Das hat er nicht gesagt. Könnte aber durchaus sein. Er hat sich einen Dunker Delite gekauft und mit nach oben genommen.«

Na, großartig! Dann hatte er ja vielleicht gleich noch eine Leiche am Hals. Allerdings vermied es Nudger tunlichst, diesen Gedanken laut auszusprechen. Danny war ebenso stolz auf seine Backkünste wie empfindlich, was Kritik an seinen cholesterinstrotzenden Erzeugnissen betraf. Um Danny zu verletzen, hätte man schon das Feingefühl einer Abbruchbirne gebraucht. »Wie sah der Mann denn aus?« wollte Nudger wissen. In der Regel bekam er von Danny immer eine kurze Personenbeschreibung der Leute, die er in Nudgers Büro geführt hatte.

Abwesend wischte sich Danny an seinem Handtuch die Hände ab, als wären sie naß. »Ein typischer Geschäftsmann, würde ich sagen. Schätzungsweise Anfang

Vierzig. Schicker Anzug. Mit einem kleinen Aktenkoffer. Wirkte ganz ruhig und überhaupt nicht nervös. Ich habe ihn die Treppe raufgehen gehört. Anschließend kam er wieder nach unten und in den Laden. Wollte wissen, wo er dich finden könnte. Darauf habe ich ihm gesagt, daß du eigentlich jeden Augenblick hier sein müßtest und ob ich ihm aufschließen sollte, damit er in deinem Büro auf dich warten kann – genau so, wie ich das mit allen potentiellen Klienten mache. Er sagte, klar, und dann kaufte er sich einen Dunker Delite und eine Tasse Kaffee, und ich habe ihn nach oben gebracht und gesagt, er soll sich's dort bequem machen. Die Klimaanlage habe ich auch gleich angestellt, damit er dort oben nicht eingeht vor lauter Hitze.«

»Was hat er für einen Eindruck gemacht?« fragte Nudger weiter. Danny legte manchmal die untrügliche Menschenkenntnis des reinen Toren an den Tag.

»Ganz ruhig und zufrieden, würde ich sagen.«

»Na, prima. Und sonst?«

»Was sonst?«

»Wirkte er irgendwie nervös oder hektisch oder irgendwas?«

»Keine Spur. Er machte einen ganz... normalen Eindruck.«

»Vielleicht wie ein Nazi-Zahnarzt?«

»Wie bitte?«

»Schon gut, vergiß es.«

Der Alte an der Theke rutschte von seinem Hocker und schlurfte nach draußen. Den Doughnut hatte er in eine weiße Papierserviette gewickelt. Selbst der schlimmste Körpergeruch war nichts gegen das süßliche Backpulveraroma, das den ganzen Doughnut-Shop erfüllte. Vielleicht war der Mann ein alter Kriegsveteran, dem die Erwähnung der Nazis den Appetit verdorben hatte. Oder vielleicht war er es gewesen, der das neue Das-Ende-ist-

(Z W I S C H E N D U R C H :)

Ein „Dunker Delite“ ist ein fragwürdiger Genuß: Das cholesterinstrotzende Erzeugnis – besonders, wenn vom Vortage übriggeblieben – ist bestimmt nicht jedermanns Sache.

Da loben wir uns doch eine kleine leichte Mahlzeit für zwischendurch. Im Handumdrehn zubereitet, schenkt sie uns neue Energie auf dem Weg zur Lösung des Falles, die …

nahe-Graffiti an die Brandmauer im Hinterhof geschmiert hatte; und nun wollte er möglichst nicht den Anfang der Show versäumen.

»Tasse Kaffee, Nudge?«

Dieses Angebot rief widerstreitende Gefühle in Nudger wach. Angesichts des potentiellen Klienten, der oben auf ihn wartete, hätte er nichts dringender brauchen können als eine Tasse starken Kaffee, aber das Gebräu, das Danny in seiner Kaffeemaschine fabrizierte, hätte diesen Namen schwerlich verdient. Andrerseits enthielt es auch kein Koffein.

Nudger nickte. »Danke gerne, Danny.«

Zufrieden drehte Danny an einem Hahn des riesigen chromblitzenden Monstrums. Unter bedrohlichem Zischen begann es in den Rohren auf der Seite der Kaffeemaschine heftig zu gurgeln, und wenige Augenblicke später plätscherte etwas dampfende schwarze Brühe in einen Pappbecher.

»Bitteschön.« Danny stellte den Kaffee auf die Theke. Dann beugte er sich ein Stück nach rechts, holte einen Dunker Delite aus der Glasvitrine und legte ihn neben dem Pappbecher auf eine Papierserviette. »Das ist übrigens ein frischer.«

Nudger bedankte sich noch mal. Dann sagte er: »Wenn ich mich in einer halben Stunde nicht bei dir gemeldet habe, dann ruf die Polizei.«

Die Besorgnis ließ Dannys Bassetgesicht noch mehr nach unten sacken. »Wieso? Ist mit dem Kerl da oben irgend etwas nicht in Ordnung?«

»Eigentlich nicht. Aber sicher ist sicher.« Nudger wikkelte den Doughnut in die Serviette, was unwillkürlich Assoziationen an einen in ein Leichentuch gehüllten Toten in ihm weckte. Mit der vermeintlichen Leiche in der einen, dem Becher Kaffee in der anderen machte er sich dann auf den Weg nach oben, um dort den geheimnisvollen D. D. S. zu treffen, der gestern nacht den Zettel unter seinen Scheibenwischer geklemmt hatte. Als er die schmale Treppe hinaufstieg, mußte er unwillkürlich an das Dropp Inn Motel denken. An das viele Blut. Und an das, was diese Kerle Vanita angetan hatten.

Nudgers Magen machte einen heftigen Satz, so daß er um ein Haar den Dunker Delite hätte fallen lassen. Aber tapfer stieg er weiter die Treppe hinauf und öffnete die Tür zu seinem Büro.

9

Der Mann, der in dem Stuhl vor seinem Schreibtisch saß, stand nicht auf, als Nudger das Büro betrat. Statt dessen schaute er nur auf, hörte auf zu kauen und schluckte einen Bissen Dunker Delite hinunter. Schien ihm tatsächlich zu schmecken, das Zeug. Sagte: »Sie Nudger?«

»Ja, ich«, nickte Nudger, ging hinter seinen Schreibtisch und setzte sich. Der Fremde zuckte mit keiner Wimper, als ihn der Drehstuhl laut anquietschte. Vielleicht hatte er ihn schon ausprobiert, bevor Nudger aufgetaucht war.

Er stand auf und wischte sich achtlos ein paar Krümel von seinem weißen Hemd; es schien ihn nicht zu stören, daß sie auf den Boden fielen. Der Mann war mittelgroß und trug einen braunen Anzug mit extrem feinen Nadelstreifen und eine rote Krawatte mit einem faustgroßen Knoten. Er griff in die Innentasche seines Jacketts und holte einen kleinen Lederbehälter heraus, dem er mit elegantem Schwung eine todschicke goldene Visitenkarte entnahm und Nudger mit gönnerhafter Geste überreichte. Sie fühlte sich von der Dunker-Delite-Glasur etwas klebrig an und besagte, daß der Mann Bill Stockton hieß und für die Versicherungsgesellschaft Sloan Trust als Ermittler tätig war.

Nudger legte die Visitenkarte neben die batteriebetriebene Digitaluhr, die er letztes Jahr als Prämie dafür erhalten hatte, daß er eine Zeitschrift abonniert hatte. Der billige Plastikwecker ging schon seit Monaten nicht mehr richtig und blinkte lediglich unablässig die Zahlenfolge eins bis neunundfünfzig, als wäre die Erde aus der Bahn geraten und in eine andere zeitliche Dimension eingetreten.

»Nehmen Sie doch wieder Platz, Mr. Stockton«, forderte Nudger seinen Besucher auf.

Stockton nahm seinen Becher mit Kaffee von Nudgers Schreibtisch und setzte sich. Schlug die Beine übereinander und sagte: »Gut, der Kaffee.« Das versetzte Nudger sofort in höchste Alarmbereitschaft.

»Und erst der Doughnut.« Mit einer kurzen Kopfbewegung deutete Nudger auf den halb verzehrten Dunker Delite, der neben der Stelle, wo der Kaffee gestanden hatte, auf einer Papierserviette lag.

»Da bin ich anderer Meinung«, sagte Stockton. Sieh mal einer an! Der Mann war offensichtlich für einige Überraschungen gut.

Nudger puhlte den Deckel von seinem Kaffeebecher und stellte ihn auf den Plastikrand seiner Schreibtischauflage – allerdings ohne etwas davon zu trinken. Die dafür nötige Überwindung mußte er erst noch aufbringen.

Stockton hatte ein rundes Gesicht mit kleinen, braunen Augen und einem winzigen, dünnlippigen Mund. Mit seiner kurzen Hakennase sah er aus wie ein aufgeplusterter Vogel. Wenn er lächelte, kamen winzige scharfe Zähne zum Vorschein – Zähne, wie sie Vögel hätten, wenn sie Zähne gehabt hätten. Er sagte: »Diamanten, Mr. Nudger.«

»Welche und was soll mit ihnen sein?«

»Gestohlene Diamanten, die ich im Auftrag meiner Versicherungsgesellschaft schon seit eineinhalb Monaten zu finden versuche. Das zu Ihrer Frage, welche. Was die Frage betrifft, was mit ihnen sein soll, bin ich bei der Suche nach ihnen auf Ihre Spur gestoßen.« Er sah sich im Büro um.

Vor diesem Kerl nahm er sich besser in acht. Wieviel wußte er tatsächlich? Das war nicht der erste Versicherungsdetektiv, der ihm über den Weg lief, und ein paar dieser Burschen hatten bei ihrer Jagd nach Provisionsprozenten Tricks aus dem Ärmel geschüttelt, die selbst Houdini vor Neid hätten erblassen lassen. Nudger sagte: »Ich habe keine Diamanten gestohlen, Mr. Stockton.«

»Das habe ich auch nie behauptet. Aber Sie haben für eine gewisse Vanita Lane gearbeitet, die gestern nacht im Dropp Inn Motel ermordet wurde.«

»Ach, Sie haben die Morgenzeitung schon gelesen.«

»Das war nicht nötig. Ich wußte schon vorher, daß Vanita Lane Sie engagiert hat, und ich war gestern abend, nachdem die Polizei angerückt war, beim Motel draußen. Hier bin ich nun, um Sie zu fragen, was Ihnen Vanita Lane über die Diamanten erzählt hat.«

In Insiderkreisen war das längst kein Geheimnis mehr. Deshalb beschloß Nudger, Stockton reinen Wein einzuschenken. »Sie hat behauptet, sie hätten sich an Bord des Flugzeugs befunden, das vor zwei Tagen am Flughafen in die Luft flog.«

»So war es aber nicht.«

»Sie meinen, das hätte sie nicht gesagt?«

»Nein, es war nicht so, daß die Diamanten an Bord der Maschine waren.«

»Vielleicht sind sie auch nur noch nicht gefunden worden«, gab ihm Nudger zu bedenken.

»Ich würde eher sagen, daß sie nie an Bord der Maschine waren.«

»Sie hat da aber etwas anderes behauptet.«

Stockton lachte. Dann nahm er einen Schluck von seinem Kaffee, als bräuchte er ganz dringend was Flüssiges, um sich von diesem Um-den-heißen-Brei-Gerede nicht den Mund zu verbrennen. »So pietätlos es auch sein mag, über Tote schlecht zu reden, Mr. Nudger, war Vanita Lane trotz alledem eine Frau, die bei jeder sich bietenden Gelegenheit das Blaue vom Himmel heruntergelogen hat. Kurzum: Sie war eine pathologische Lügnerin.«

In Nudger flackerte wieder Hoffnung auf. »Sie meinen, sie hatte in Wirklichkeit gar nichts mit diesem Diamantendiebstahl zu tun?«

»Im Gegenteil, sie hatte sogar eine ganze Menge damit zu tun. Als Rupert Winslows Geliebte hat sie von Anfang an über den ganzen Coup Bescheid gewußt.«

»Daß sie Winslows Geliebte war, hat sie auch mir erzählt. Allerdings hat sie mir gegenüber behauptet, sie hätte sich schon vor einiger Zeit von ihm getrennt.«

»Da habe ich vom Personal im Meridian Hotel York aber was anderes gehört. Sie hat fast die ganze letzte Woche in New York mit ihm verbracht. Und die beiden sollen während dieser Zeit kaum aus dem Bett gekommen sein.«

Nudger riskierte einen Schluck von seinem Kaffee. Brrr! Grauenhaft! Die Brühe schmeckte, als hätte sich irgendein Tier in Dannys Kaffeemaschine verkrochen, um dort in Ruhe sterben zu können. »Davon hat sie mir nichts erzählt.«

»Wie bereits gesagt, nahm sie es mit der Wahrheit nicht allzu genau. Wenn sie Ihnen allerdings erzählt hat, daß Rupert Winslow in Wirklichkeit Opfer eines Mordes geworden ist, hat sie ausnahmsweise mal nicht gelogen.«

»Sie hatte schreckliche Angst.«

»Tatsächlich?«

»Ja. Die war bestimmt nicht gespielt.«

Stockton setzte ein besserwisserisches Klugscheißergrinsen auf. »Genausowenig wie Ihre, wie?«

»Sie meinen, weil die Diebe vielleicht auf die Idee kommen könnten, ich hätte die Diamanten?«

Stockton zuckte mit den Schultern. »Wenn sogar Sie diese Möglichkeit in Betracht ziehen, ist es doch nur naheliegend, daß das auch die Diamantendiebe tun werden.«

Unter dem laut quietschenden Protest des Schreibtischstuhls begann sich Nudger nachdenklich hin und her zu drehen. »Und Sie? Wie sehen Sie das Ganze?«

»Tja – Vanita Lane war mehr als nur eine Lügnerin. Sie hat zur Erreichung ihrer Ziele auch ihren Körper recht geschickt einzusetzen verstanden. Rupert Winslow scheint das nicht weiter gestört zu haben, zumal er sich diesen Wesenszug nicht selten auch für seine eigenen Ziele und Zwecke zunutze gemacht haben dürfte. Allerdings hat sie es auch in ihrem eigenen Interesse in puncto partnerschaftlicher Treue nicht sehr genau genommen. Von Nymphomanie zu sprechen, wäre in ihrem Fall also sicher keine Übertreibung.« Ein anzüglich-vertrauliches Grinsen. »Na, Mr. Nudger, wie war das eigentlich bei Ihnen? Sind Sie auch bei ihr gelandet?«

Nudger starrte Stockton finster an. »Nein«, erwiderte er jedoch ganz ruhig. »Mit meinen Klientinnen lasse ich mich auf so etwas grundsätzlich nicht ein. Sie etwa?«

»Hin und wieder. Als Winslow tot in seinem Hotelzimmer aufgefunden wurde, bekam es Vanita mit der Angst zu tun. Deshalb hat sie Sie damit beauftragt, sich der Sache anzunehmen. Um Sie für diese nicht ganz ungefährliche Aufgabe entsprechend zu motivieren, hat sie Sie mit ihren weiblichen Reizen geködert. Zumindest wäre das in ihrem Fall das Naheliegendste gewesen.«

Langsam hatte Nudger diese Unterstellungen satt. Zugleich wurde ihm von Minute zu Minute unbehaglicher. »So leid es mir tut, Sie enttäuschen zu müssen: Mein Verhältnis zu Miß Lane war rein geschäftlicher Natur.

Ebensowenig weiß ich etwas über diese Diamanten, die sich angeblich in meinem Besitz befinden sollen. Ich habe mit der ganzen Sache nicht das geringste zu tun.«

»Wenn es nur so einfach wäre, Mr. Nudger. Machen Sie sich lieber schon mal darauf gefaßt, daß die Leute, die diese Diamanten gestohlen haben, alles versuchen werden, um die Wahrheit aus Ihnen herauszubekommen. Was mich betrifft, so sind mir durch Moral und Gesetz die Hände gebunden; ich kann Ihnen nur in aller Höflichkeit ein paar Fragen stellen.«

»Mir gegenüber hat Miß Lane behauptet, die Diamanten hätten sich an Bord des Flugzeugs befunden«, erklärte Nudger. »Als ich den Fall übernommen habe, bin ich davon ausgegangen, daß es nur noch eine Frage der Zeit sein könnte, bis sie bei den Aufräumungsarbeiten an der Unglücksstelle gefunden würden. Und sobald dann die Presse über diesen sensationellen Fund berichtet hätte, hätte sich die ganze Geschichte von selbst erledigt.«

»Aber die Diamanten wurden nicht gefunden und werden auch nicht gefunden werden. Und das heißt, daß Sie ein paar Leute am Hals haben, die ziemlich ungemütlich werden können. Und Sie werden sich diese Leute nur wieder vom Hals schaffen können, wenn bekannt wird, daß die Diamanten wieder aufgetaucht und an ihren rechtmäßigen Besitzer zurückgegeben worden sind. Im Klartext: Wenn Ihnen auch nur halbwegs etwas an Ihrer Gesundheit und einem langen Leben liegt, sollten Sie die Diamanten lieber mir aushändigen.«

»Das würde ich selbstverständlich tun, wenn ich sie hätte.«

»Die Steine sind schätzungsweise eine Million Dollar wert, Mr. Nudger. Das viele Geld wird Ihnen allerdings herzlich wenig nützen. Man wird Ihnen nämlich nicht mehr viel Zeit lassen, um es auszugeben. Was kann sich zum Beispiel Rupert Winslow heute noch kaufen? Oder wird Vanita Lane je wieder einen Einkaufsbummel machen?«

Nudger griff nach seinem Pappbecher, stellte ihn aber, ohne etwas daraus zu trinken, wieder zurück. »Glauben Sie im Ernst, ich hätte diese Diamanten?«

»Ehrlich gestanden, bin ich mir in diesem Punkt nicht sicher. Aber falls Sie sie haben oder wissen, wo sie sind, dann tun Sie uns beiden einen Gefallen und händigen die Steine mir aus. Sie haben da Ihren Kopf ziemlich weit aus dem Fenster gestreckt, Mr. Nudger, und ich kann Ihnen nur dringendst raten, ihn schnellstens wieder einzuziehen.«

»Wenn ich Sie so reden höre, beginne ich mir allmählich tatsächlich zu wünschen, ich hätte diese Diamanten oder wüßte zumindest, wo sie sind. Aber das ist nun mal leider nicht der Fall.«

Darauf starrte ihn Stockton für eine Weile wortlos an, und zwar so, wie man sonst nur einen leblosen Gegenstand betrachtet – eine Leiche zum Beispiel. »Zu dumm«, sagte er schließlich und stand auf. »Falls Sie sich trotzdem noch mal mit mir in Verbindung setzen wollen, ich wohne im Clarion Hotel. Ansonsten können Sie auch unter der Nummer auf meiner Visitenkarte anrufen; meine Firma wird Ihre Nachricht an mich weiterleiten.«

Nudger griff noch einmal nach der Karte. Die Vorwahl war 212. Wenn ihn nicht alles täuschte, war das die Nummer von New York.

Stockton knöpfte sein Jackett zu und ging zur Tür. Genauer hätte man eigentlich sagen müssen: er schritt. An der Tür drehte er sich noch einmal kurz um, sagte: »Viel Glück«, und verließ das Büro.

Nudger lauschte dem Geräusch seiner Schritte auf der Treppe. Hörte, wie die Tür zur Straße aufging und wieder zufiel.

Dann saß er lange in seinem Drehstuhl, starrte aus dem

Fenster und dachte darüber nach, was Stockton gesagt hatte. Er war sich nicht recht sicher, wieviel er davon glauben sollte.

Wie eine Nymphomanin hatte Vanita eigentlich nicht gewirkt. Wäre das tatsächlich der Fall gewesen, hätte sie sich sicher an ihn heranzumachen versucht, als er sie zum Dropp Inn Motel hinausgebracht hatte. Ganz bestimmt.

In einem Punkt hatte Stockton allerdings sicher recht: In den Augen der Diamantendiebe deutete vieles darauf hin, daß sich die Steine nur in seinem Besitz befinden konnten.

Und das hieß natürlich auch, daß sie mit allen Mitteln versuchen würden, sie zurückzubekommen. *Schluck!*

Laut flatternd ließ sich eine Taube auf dem Fensterbrett nieder. Mit aufgeplusterter Brust glotzte sie Nudger herausfordernd an, als wollte sie sagen: »Tu doch endlich was.« Der blöde Vogel hatte eine auffallende Ähnlichkeit mit Stockton.

Nudger wußte zwar nicht, was er tun sollte, aber irgend etwas mußte er tun.

Er warf einen Blick auf seinen Terminkalender, an dessen Rand ein Name gekritzelt war.

Marcy Lou Dee. Vanitas kleine Schwester Marlou.

Nudger griff nach einem Kugelschreiber und machte einen Kreis um den Namen.

Höchste Zeit, mit Marlou zu sprechen.

10

Marlou Dees Adresse herauszufinden bot Nudger wieder einmal Gelegenheit, seine detektivischen Fähigkeiten unter Beweis zu stellen. Aber nur ein bißchen. Es gab nur eine M. L. Dee im Telefonbuch.

Mit einem dumpfen Knall warf Nudger die dicke Schwarte in die Schreibtischschublade zurück und schob sie schwungvoll zu. Dann starrte er lange auf Marlous Adresse und Telefonnummer; er hatte sie sich auf die Rückseite eines Buchclubausverkauf-Umschlags notiert, den er aus dem Papierkorb gefischt hatte.

Nach einigem Hin und Her beschloß er, sie nicht vorher anzurufen, sondern gleich persönlich bei ihr vorzusprechen; schließlich war nicht abzusehen, wieviel Marlou über das Berufs- und Liebesleben ihrer älteren Schwester wußte beziehungsweise zu erzählen bereit war. Es war also in jedem Fall besser, sie mit einem unangemeldeten Besuch zu überraschen. Wenn sie nämlich vorhatte, ihm ein paar hübsche Lügenmärchen aufzutischen, dann waren sie mit Sicherheit etwas stümperhafter und weniger phantasievoll, wenn sie keine Zeit mehr hatte, sich vorher etwas zurechtzulegen.

Nachdem er Danny Bescheid gesagt hatte, daß er eine Weile unterwegs wäre, stieg er in seinen Granada und fuhr auf der Manchester bis zur Chouteau und von dort in südlicher Richtung auf der Grand Avenue weiter. Die Sonne hatte das Wageninnere bis ins Unerträgliche aufgeheizt. Gegen diese Gluthitze kam die Klimaanlage selbst beim besten Willen nicht mehr an.

Bis er die Shenandoah Street erreicht hatte, wo Marlou wohnte, klebte sein Rücken vor Schweiß an den Polstern. Er fuhr ein paar wenig einladende Häuserzeilen entlang und parkte schließlich in einem Fleckchen sonnengesprenkeltem Schatten gegenüber von einem teerpappegedeckten Vierfamilienhaus, das Marlou nur sehr widerwillig unter seinem Dach zu beherbergen schien.

In dem heruntergekommenen Viertel begannen sich nur ganz zaghaft die ersten Sanierungsmaßnahmen bemerkbar zu machen. Jedenfalls war es bisher noch nicht von der Schickeria entdeckt worden, so daß sich die

Grundstückspreise noch in Grenzen hielten; bei den wenigen Sanierungsprojekten handelte es sich ausschließlich um kostengünstige Sozialwohnungen, die sich ganz im Rahmen des bisher Üblichen bewegten. Die Bewohner des Viertels setzten sich aus Angehörigen aller Rassen und Hautfarben zusammen, wobei allerdings arme weiße Familien zahlenmäßig mit Abstand am stärksten vertreten waren. Zum Schutz gegen Einbrecher waren viele Erdgeschoßfenster der sanierten Häuser mit massiven Eisengittern gesichert. Die Trendsetter unter den neuen Bewohnern des Viertels wußten, worauf sie sich hier eingelassen hatten. Deshalb igelten sie sich erst einmal in ihren Spekulationsobjekten ein und hofften ansonsten darauf, daß ihr Riecher sie nicht getäuscht hatte und die Grundstückspreise schon bald kräftig ansteigen würden.

Nudger schloß den Wagen ab und überquerte die Straße. Das Haus, in dem Marlou wohnte, machte einen ziemlich maroden Eindruck. Die grüne Farbe an Dachrinnen und Fensterrahmen begann bereits überall abzublättern. Zum Eingang führte eine brüchige Betontreppe hinauf, und unter dem verbeulten Vordach kreiste ein Schwarm Wespen, der nur darauf zu warten schien, sich wie ein Jagdbombergeschwader auf jeden herabzustürzen, der es wagte, in ihren Luftraum einzudringen.

Nudger entdeckte Marlous Namen unter dem Klingelknopf für die linke Wohnung im ersten Stock. Er drückte auf den Knopf und wartete. Dabei warf er immer wieder einen argwöhnischen Blick zu den in Wartestellung lauernden Wespen hinauf. Wenn es wirklich einen Gott gibt, dachte er unwillkürlich, warum hat er dann diese Kreaturen erschaffen? Aber andrerseits hatte Er uns ja auch mit den Tauben beglückt.

Nach etwa einer Minute hörte er im Innern des Hauses jemand die Treppe herunterkommen. Eine Fußbodendiele knarzte.

Die Tür ging auf, und vor ihm stand eine Frau in einer engen Levi's und einer weiten, weißen Bluse. Sie war mittelgroß, eher zu klein tendierend; eine gewisse Schlaksigkeit ließ sie jedoch größer erscheinen, als sie war. Sie war um die dreißig, hatte karottenfarbenes Haar, große, grüne Augen und eine kleine, gerade Nase. Ihre Haut war für eine Rothaarige sehr untypisch – hell, aber ohne eine einzige Sommersprosse, wenn man von ein paar ganz schwachen Sprenkeln auf ihrem Nasenrücken absah. Sie war barfuß; ihre Füße waren klein, mit kurzen, breiten Zehen, und auffallend schmutzig. Sie sah ihn mit zur Seite geneigtem Kopf fragend an und wartete, daß er etwas sagte. Ihm fiel auf, daß ihre Augen stark gerötet waren. Sie hatte geweint.

»Marlou Dee?«

Sie sah ihn erstaunt an und spitzte verwundert ihre vollen Lippen. Als sie schließlich zu sprechen begann, zeigte sich, daß sie leicht vorspringende Vorderzähne hatte. »So nennen mich eigentlich nur meine nächsten Freunde und Verwandten.«

»Ihre Schwester Vanita hat mir von Ihnen erzählt. Wirklich schrecklich, welches Ende es mit ihr genommen hat.«

Über Marlous grüne Augen schien sich ein feuchter Schimmer zu legen, als sie Nudger darauf forschend ansah. »Ich komme gerade aus dem Leichenschauhaus«, sagte sie schließlich. »Ich habe Vanitas... ich habe sie identifiziert.« Für einen Moment vollführten die Muskeln unter ihrer Gesichtshaut seltsame Zuckungen. Doch dann holte sie tief Luft und hatte sich wieder unter Kontrolle. »Sie müssen entschuldigen, aber das hat mich ziemlich mitgenommen.«

Nur mit Mühe konnte er dem Bedürfnis widerstehen, sie in die Arme zu schließen, ihr tröstend übers Haar zu streichen und ihr gut zuzureden, daß sie eines Tages auch über diesen Verlust hinwegkommen und das Leben wieder in rosigerem Licht sehen würde. Sie hatte so eine rührend kindliche Verletzlichkeit an sich, die sie vermutlich ihr ganzes Leben beibehalten würde. Er stand jedoch nur verlegen da und sagte: »Sie müssen wirklich Schreckliches durchgemacht haben.«

Bitter lächelnd schüttelte sie den Kopf. Dabei wurde sichtbar, daß ihre beiden oberen Vorderzähne ziemlich weit auseinanderstanden. »Es war nicht annähernd so schlimm, wie ich dachte. Fast so, als hätte man einen völlig fremden Menschen vor sich. Ich kann es noch immer nicht begreifen, daß Vanita tot ist. Wenn wir uns auch nicht sehr oft gesehen haben, standen wir uns doch sehr nahe.«

»Das hat mir auch Vanita erzählt.«

»Tatsächlich? Warum?«

»Sie hat mich damit beauftragt, ihr zu helfen.«

»Ihr zu helfen?«

»Sie hatte Angst.«

Argwöhnisch kniff Marlou die Augen zusammen. Da sie dabei auch die Nase hochzog, sah sie aus wie eine Zwölfjährige. »Sind Sie etwa ein Freund von Rupert?«

»Nein, ich bin Privatdetektiv. Nudger ist mein Name.« Er zeigte ihr seinen Ausweis. Es schien sie nicht sonderlich zu beeindrucken, die Bekanntschaft eines echten Privatdetektivs zu machen.

Marlou schniefte und putzte sich die Nase, indem sie sich, wie das sonst nur Schulmädchen tun, mit der flachen Hand von unten über die Nase fuhr. Sie wirkte von Minute zu Minute jünger. »Wie sich herausgestellt hat, hatte sie ja auch allen Grund, Angst zu haben.«

»Allerdings. Hat man Ihnen bei der Polizei gesagt, weshalb sie ermordet worden sein könnte?«

Marlous Augen weiteten sich. Gleichzeitig machte sich ein wachsamer Ausdruck in ihnen breit. »Nein. Ich bin eigentlich davon ausgegangen, daß sie das Opfer irgend so eines Sexualverbrechers geworden ist. Zumindest hat mir niemand was anderes erzählt. Überhaupt hat mir niemand viel erzählt. Nur jede Menge Fragen haben sie mir gestellt. Fragen, nichts als Fragen.« Plötzlich durchlief ihren Körper ein leichtes Zucken – gerade so, als käme sie erst in diesem Augenblick wieder richtig zu sich. »Mein Gott, da lasse ich Sie einfach vor der Tür in der Hitze rumstehen. Kommen Sie doch herein, Mr. Nudger.«

Er folgte ihr eine mit Gummimatten ausgelegte Holztreppe ins Obergeschoß hinauf. Die Wohnung war erst vor kurzem frisch gestrichen worden; der Parkettboden war von unzähligen Farbspritzern übersät. Die Möbel waren abgenutzt und wild zusammengewürfelt. Die Mitte des Wohnzimmers nahm ein ovaler Flickenteppich ein, und von der Decke baumelte ein windschiefer alter Messingleuchter. In die Öffnung des marmornen Kamins war ein Stück Pappe geklemmt. Außerdem war es in der Wohnung kaum kühler als im Freien.

Trotz der ärmlichen Einrichtung war die Wohnung jedoch auffallend sauber und ordentlich und strahlte etwas Gemütliches aus. Auf dem Tisch vor dem durchgesessenen grünen Sofa stand eine St. Louis Cardinals-Tasse; sie war halb voll mit Kaffee. Ein selbstgebautes Regal stand voll mit Taschenbüchern, meistens irgendwelche Liebesromane. Vielleicht träumte Marlou von irgend so einer Heathcliffe-Type auf einem weißen Hengst, der sie mit einem strahlenden Lächeln zu sich in den Sattel hob und dann mit ihr auf der Shenandoah Road gen Westen davongaloppierte, in eine teure Vorstadtgegend und einem besseren Leben entgegen. Oder von einer etwas realistischeren Variante dieses Typs, irgendeinem Kerl mit fester Stellung und einem abbezahlten weißen Chevy. Wie es schien, lebte die gute Marlou in einer Welt wie aus dem Quelle-Katalog.

»Nehmen Sie doch Platz, Mr. Nudger.« Sie deutete auf den verblichenen Lehnsessel gegenüber vom Sofa. »Eine Tasse Kaffee?«

»Nein, danke. Ich hatte heute morgen schon welchen.« Er setzte sich. Spürte, wie sich eine Feder in seine rechte Pobacke bohrte. Verlagerte sein Gewicht, bis er bequemer saß. Zumindest etwas. »Was für Fragen hat Ihnen die Polizei gestellt?«

Sie ließ sich in einer Ecke des Sofas nieder, griff nach der Cardinals-Tasse und nahm einen Schluck daraus. »Sie wollten wissen, wie gut ich Rupert kannte. Ich habe ihnen gesagt, so gut wie gar nicht, was ja auch der Wahrheit entspricht. Ich habe diese Type nur ein paarmal gesehen; er kam ab und zu mit, wenn ich mit Vanita mal ausgegangen bin.« Bei der Erwähnung des Namens ihrer Schwester legte sich ein feuchter Schimmer über ihre Augen. Sie wischte mit dem Handrücken darüber. Dann nahm sie noch einmal einen Schluck Kaffee und stellte die Tasse auf den Tisch zurück. Niedergeschlagen sagte sie: »Mein Gott, ich kann es immer noch nicht fassen.«

Um sie von ihrem Kummer abzulenken, schnitt Nudger noch einmal das Thema Rupert an. »Sie hatten wohl keine sehr hohe Meinung vom Freund Ihrer Schwester?«

Sie hob ihre schmalen Schultern und ließ sie wieder fallen. »Mein Gott, dem hätte kein halbwegs vernünftiger Mensch auch nur für fünf Pfennig über den Weg getraut. Sie können mir glauben: der hat Vanita nicht nur einmal ganz schön reingelegt. Aber sie war ja so hingerissen von ihrem Rupert, daß sie keine zwei Minuten später auf seine nächste faule Nummer hereinfiel. Statt Rupert hat sie ihn immer Ropes genannt; allerdings ist mir bis heute nicht klar, wie sie so naiv sein konnte. Bei dem sah doch sogar ein Blinder, daß er nichts taugte. Nur Vanita nicht. Liebe scheint tatsächlich blind zu machen.«

»Manchmal auch stumm – eine tragische Mischung.«

»Da haben Sie jetzt aber wirklich was Wahres gesagt, Mr. Nudger. Sie sollten Philosoph sein, nicht Detektiv.«

Nachdem sie ihn für so weise wie Plato hielt, beschloß Nudger, ganz offen mit ihr zu reden. »Wissen Sie etwas von den Diamanten?«

Sie zeigte so gut wie keine Reaktion. »Von welchen Diamanten?«

»Hat Sie denn die Polizei nicht danach gefragt?«

Ihre Stirn legte sich in Falten. »Von irgendwelchen Diamanten war bisher mit keinem Wort die Rede. Was soll damit gewesen sein?«

Nur zu deutlich war Nudger bewußt, daß er sich hier in die Ermittlungen zu einem Mordfall einmischte; und das war etwas, wovor ihn Springer ausdrücklich gewarnt hatte. Andrerseits hatte Springer natürlich gut reden; er wurde ja auch nicht von einer Bande brutaler Mörder verdächtigt, etwas zu besitzen, was sie unbedingt haben wollten. »Es deutet einiges darauf hin, daß Vanitas Mörder dachten, sie hätte ein paar Diamanten, die eigentlich ihnen gehörten.«

Ein unschuldiges, zahnlückiges Lächeln. Begleitet von ungläubigem Staunen. »Vanita war auch nicht reicher als ich. Fast alles, was sie hatte, hat sie entweder geschenkt bekommen oder für tausend Jahre im voraus auf Raten gekauft. Wenn sie also irgendwelche Diamanten gehabt hätte, hätte sie die sicher noch nicht abbezahlt gehabt.«

»Die Diamanten waren gestohlen«, klärte sie Nudger auf.

»Ach so!« Und dann: »Rupert! Dieses Schwein! Das hat sie alles nur Rupert zu verdanken.«

Nudger nickte. »Könnte durchaus sein.«

»Hat das damit zu tun, daß Rupert dieses Flugzeug in die Luft gejagt hat?«

»Damit hängt alles zusammen.«

»Dann erzählen Sie mir am besten mal alles, was Sie über diese Geschichte wissen«, forderte sie ihn auf.

Für einen Moment zögerte Nudger. Andrerseits würde früher oder später sowieso Stockton bei Marlou aufkreuzen, und vielleicht fragte sie die Polizei ja auch gar nicht, wer ihr zuerst von Rupert und den Diamanten erzählt hatte.

Scheiß auf Springer und seine Drohungen.

Nudger holte tief Luft. Und erzählte Marlou, was er über Rupert Winslow und die zweimal gestohlenen Diamanten wußte. Und warum die Leute, die die Diamanten haben wollten, so brutal mit Vanita umgesprungen waren.

11

Nachdem Nudger den Granada an der defekten Parkuhr abgestellt hatte, schlängelte er sich zwischen den vorbeifahrenden Autos hindurch über die Straße. Der Asphalt war von der Sonne so stark aufgeheizt, daß ihm die Hitze die Hosenbeine hochstieg. Er sprang gerade auf den rettenden Gehsteig, als er den Mann in Dannys Doughnut-Shop von seinem Hocker rutschen sah.

Er hatte Nudger beobachtet und so lange gewartet, bis er die Manchester überquert hatte. Als er nun entschlossen auf die Tür zusteuerte, wurde hinter ihm die weißgeschürzte Gestalt Dannys sichtbar, der hinter der Theke stand und hilflos die Schultern hob. *Leider konnte ich dich nicht früher warnen, Nudge.*

Eileens Anwalt Henry Mercato öffnete die Tür und kam nach draußen. Er war klein und gedrungen, und auf unerklärliche Weise wirkte seine fette Wampe genauso männlich und herausfordernd wie bei anderen Typen ein aufgepumpter Brustkorb. Er trug einen dreiteiligen blauen Nadelstreifenanzug, eine blau-rot gestreifte Krawatte und blankpolierte schwarze Wingtip-Schuhe – seine Anwaltsuniform. Sein schwarzes Haar und die Schultern seines Anzugs waren wie immer dicht mit Schuppen übersät. Das Grinsen, das sich beim Anblick Nudgers über seine Lippen legte, war etwa so vertrauenerweckend wie das eines Kannibalen, der fette Beute witterte. Seine Zähne waren weiß und gerade, seine Haut makellos und sein fast genau in der Mitte gescheiteltes Haar mit reichlich Pomade penibel in Form gebracht. Bis auf die Schuppen sah er aus, als käme er geradewegs aus dem Schaufenster eines Herrenbekleidungsgeschäfts.

In weiser Voraussicht machte er sich gar nicht erst die Mühe, seine Hand auszustrecken. »Mr. Nudger, ich muß Sie dringend sprechen.«

Nudger ließ seine Hände in seine Hosentaschen gleiten. »Wegen Eileen?«

Mercato nickte. Über seinen Lippen lag noch immer dieses Haifischgrinsen.

»Ich habe ihr bereits erklärt«, sagte Nudger, »daß ich alle meine Schulden zurückzahlen werde. Sie muß mir nur etwas Zeit lassen.«

Mercatos Grinsen verflog. Dafür blitzte in seinen dunklen Augen etwas auf. »Inzwischen ist aber schon eine Menge Zeit verstrichen.«

Nudger wurde langsam unbehaglich, und das nicht nur von der Sonne, die ihm unerträglich heiß in den Nakken brannte. Er war jetzt nicht in der Stimmung für einen verbalen Schlagabtausch mit dem Anwalt seiner Ex-Frau. »Sind Sie hier, um mir eine gerichtliche Vorladung zu überbringen, oder was?«

»Sie wissen ganz genau, daß so etwas nicht zu meinen Aufgaben zählt, Mr. Nudger. Aus langer Erfahrung müßte eigentlich selbst Ihnen klargeworden sein, daß die Gerichte über andere Mittel und Wege verfügen, Sie vorladen zu lassen.«

»Was wollen Sie also?«

»Das werde ich Ihnen gleich sagen. Allerdings wird es etwas länger dauern, als ich in dieser Hitze herumstehen möchte.«

Seufzend forderte ihn Nudger deshalb auf: »Also gut, kommen Sie mit rauf.«

Er schloß die untere Eingangstür auf und stieg die schmale Treppe zu seinem Büro hinauf. Entfernte das handgeschriebene Schild mit der Aufschrift BIN GLEICH ZURÜCK. WENDEN SIE SICH AN DEN INHABER DES DOUGHNUT-SHOPS IM ERDGESCHOSS. Öffnete die Tür. Und machte Mercato Platz, damit er vor ihm eintreten konnte.

»Puuh!« stöhnte der Anwalt. »Hier ist es ja noch heißer als draußen. Und komisch riechen tut es hier.«

»Nach Doughnuts.«

»Richtig.« Das sagte er in einem Ton, als hätte ihm Nudger gerade eine Quizfrage richtig beantwortet.

Nudger warf das Pappschild auf den Schreibtisch und stellte die Klimaanlage an. Irgend etwas stimmte nicht damit; statt des üblichen gluckernden Summens war auch noch ein metallisches Plinkern zu hören. Vielleicht schlug der Ventilator gegen irgendwas.

Er sagte: »Es wird gleich kühler werden.« Dann setzte er sich auf den Drehstuhl. *Quiiietsch!* Forderte Mercato nicht auf, Platz zu nehmen. Drehte sich langsam hin und her. *Quiiietsch! Plinker plinker plinker. Quiiietsch! Plinker plinker plinker.*

Mercato stand gelassen vor ihm. Nur an seinem Hals steuerte ein Schweißtropfen zielstrebig auf den Rand seines weißen Hemdkragens zu, um schließlich darin zu verschwinden. Er sagte: »Ich bin im Auftrag von Miß Vogel hier. Wegen der noch ausstehenden Unterhaltszahlungen.«

Nudger zuckte mit keiner Wimper. *Miß Vogel?* Im ersten Moment begriff er nicht, von wem Mercato eigentlich sprach. Erst nach ein paar Sekunden dämmerte es ihm: Eileens Mädchenname. Er kannte Mercato und hätte diesen miesen kleinen Schürzen- und Schadensersatzjäger am liebsten kurzerhand aus seinem Büro geworfen. Nur leider hatte Mercato das Recht auf seiner Seite. Deshalb setzte Nudger in aller Höflichkeit noch einmal von neuem an: »Ich habe ihr bereits klargemacht: Wenn ich das nötige Geld habe...«

»Sicher, sicher«, winkte Mercato ab. Sein Goldring blitzte in den Sonnenstrahlen, die es durch das schmutzige Fenster schafften, kurz auf. »Die Sache ist nur, daß Eil... Miß Vogel Grund zu der Annahme hat, daß Sie durchaus über das nötige Geld verfügen, es aber für andere Dinge ausgeben, anstatt es an sie zurückzuzahlen.«

Nudgers Magen machte sich bemerkbar. »Wie recht sie wieder mal hat, Henry! Deshalb habe ich ja auch diese todschicke Wohnung drüben in der Sutton und dieses tolle Büro hier.« *Plinker plinker plinker.* »Und wo wohnt Eileen im Moment? Draußen in Frontenac. In einem Haus mit Pool, wenn ich richtig informiert bin.«

»Den Pool braucht sie aus therapeutischen Gründen – wegen ihrer Rückenbeschwerden.«

»Weil sie ständig ihr vieles Geld herumschaufeln muß?«

»Glauben Sie im Ernst, mit solchen haltlosen Anschuldigungen würden Sie etwas erreichen, Nudger?«

»*Haltlos?* Eileen hat mich schon längst bis auf den letzten Tropfen Blut ausgesaugt. Was will sie eigentlich noch von mir?«

»Nur, was ihr von Rechts wegen zusteht.«

»Mit dem Spruch kommen mir auch die Stadtwerke und der Hausbesitzer. Sie kriegt sowieso, was mir danach noch übrigbleibt, Henry. Alles, was ich noch in der Tasche habe, nachdem ich das Dach über meinem Kopf und das bißchen Essen im Kühlschrank bezahlt habe.«

»Vor dem Gesetz ist es vollkommen unerheblich, welche Suppenmarke Sie essen, Nudger, auch wenn es ein No-Name-Produkt ist. In diesem Zusammenhang zählt nur, daß Sie allem Anschein nach über genügend Geld verfügen, um es für irgendwelche Damenbekanntschaften auszugeben und sie in teure Restaurants auszuführen, während Sie Ihrer ehemaligen Ehefrau den ihr zustehenden Unterhalt vorenthalten. Allein anhand der Tatsache, daß Sie Ihrem Job in dieser Bruchbude nachgehen, können Sie niemand hinters Licht führen. Sie müßten ja auch schön blöd sein, sich ein teures Büro in Clayton zu mieten. Eindruck schinden müssen Sie in Ihrem Job nicht. Die meisten Ihrer Klienten kommen doch sowieso aus der Unterschicht.«

»Für was für Damenbekanntschaften soll ich mein sauer verdientes Geld zum Fenster hinausgeworfen haben?«

»Eine gewisse Claudia Bettencourt ist doch eine Dame?«

»Das will ich doch hoffen.«

»Erst vor einem Monat hat Miß Vogel Sie beide bei Al Baker's dinieren gesehen. Dabei handelt es sich immerhin um eines der teuersten Restaurants der Stadt, und ganz sicher bewegen sich die Preise dort nicht in einem Rahmen, der es gerechtfertigt erscheinen ließe, dort das Geld auszugeben, das eigentlich schon am darauffolgenden Tag auf Miß Vogels Konto hätte überwiesen werden müssen.«

Deshalb also dieses ganze Theater. »Das war eine Ausnahme«, führte Nudger zu seiner Rechtfertigung an. »Clau ... Miß Bettencourt hatte sich kurz zuvor wegen Krebsverdachts gründlich untersuchen lassen. Als sich herausstellte, daß sie völlig gesund ist, haben wir das gefeiert. Wir haben keineswegs eine mehrtägige Kneipentour unternommen, sondern sind nur schlicht und einfach zum

Abendessen gegangen. Und wenn Eileen das nicht paßt, dann kann sie mich mal.«

Die Klimaanlage war der Hitze noch immer nicht Herr geworden. *Plinker plinker.* Mercatos Gesicht wurde zusehends röter. Er begann sich innerlich wie äußerlich aufzuheizen. »Was ihr nicht paßt, ist im Klartext nichts anderes als das Geld, das Sie ihr schuldig sind, Nudger. Ich will Ihnen mal was sagen: Mein Vorschlag war, Sie einfach vor Gericht zu zitieren, Sie wegen Zahlungsrückstand zu verklagen und gleichzeitig einen Antrag auf Erhöhung Ihrer monatlichen Unterhaltszahlungen zu stellen. Das könnte sie ohne weiteres machen – nichts einfacher als das. Aber *sie* war es, die den Vorschlag gemacht hat, ich sollte noch einmal versuchen, vernünftig mit Ihnen zu reden, Ihnen noch einmal eine Chance geben.«

»Doch wohl nur, um sich die Anwaltskosten zu sparen. Ihnen ist doch durchaus zuzutrauen, daß Sie Honorar von meiner Frau nehmen, obwohl Sie schon seit einiger Zeit klammheimlich Tisch und Bett mit ihr teilen.«

Mercatos Augen traten bedrohlich weit vor. »Miß Vogels Privatleben tut hier nicht das geringste zur Sache.«

»Und meines genausowenig.«

Mercato schüttelte den Kopf. »Genau aus diesem Grund habe ich ihr geraten, einen unterbelichteten Neandertaler wie Sie gleich vor Gericht zu zitieren. Wenn man mit Leuten wie Ihnen vernünftig zu reden versucht, ist das die reinste Zeitverschwendung.«

»Dann betrachten Sie unser Gespräch bitte für beendet, Henry. Verlassen Sie unverzüglich diesen Raum.«

»Noch eines«, sagte Mercato, obwohl Nudger bereits demonstrativ eine Schreibtischschublade geöffnet hatte und so tat, als suchte er nach irgendwelchen wichtigen Unterlagen – irgend etwas jedenfalls, um seine Hände zu beschäftigen. »Ich nehme Ihnen nicht ab, daß Sie nicht imstande sind, Ihre Schulden zurückzuzahlen.«

Einen kurzen Augenblick lang fragte sich Nudger, ob Mercato etwas von den verschwundenen Diamanten wußte und dachte, Nudger hätte sie.

Aber das war völlig ausgeschlossen. In der Presse war bisher noch mit keinem Wort von irgendwelchen Diamanten die Rede gewesen. Vermutlich wollten die Polizei und die Versicherungsgesellschaft diesen Sachverhalt so lange wie möglich geheim halten.

»Sie haben doch jede Menge Klienten, Nudger. Eben erst stand in der Zeitung zu lesen, daß einer von ihnen ermordet wurde.«

»Wenn Sie auch nur einen Funken Verstand hätten«, entgegnete Nudger ganz ruhig, »dann wüßten Sie auch, daß tote Klienten kein Honorar mehr zahlen. Wiedersehen, Henry.«

»Sie werden noch...«

»Von Ihrem Anwalt hören?«

»Nein, Sie Arschloch, wir werden uns vor Gericht wiedersehen!« Mercato richtete sich zu voller Größe auf und zog mit beiden Händen am Revers seiner Anzugjacke – wie ein drittklassiger Schauspieler in der Rolle eines altgedienten Politikers, der gerade eine zündende Rede gehalten hat. Dann drehte er sich um und ging zur Tür.

»Henry«, hielt ihn Nudger zurück, bevor er die Tür hinter sich zuziehen konnte. »Sie sollten sich einen anderen Schneider suchen; man kann Ihre Rückenflosse sehen.«

Mercato wollte bereits mit einer anderen Gehässigkeit kontern, überlegte es sich dann aber doch anders. Eine gewisse Lockerheit befiel seine napoleonisch kleine Statur. *Schwer, ihn sich mit Eileen im Bett vorzustellen.* Er sagte: »Meine Rückenflosse ist genausogut zu sehen wie die Schlinge um Ihren Hals, Nudger. Und das beste ist, daß Sie sie sich selbst zuziehen werden. Typen von Ihrer Sorte tun das immer.« Sein Gesicht wurde von einem breiten Grinsen gespalten, als er das Büro verließ. Er schloß die Tür so behutsam, daß das leise Klicken in dem hartnäckigen *Plinker plinker plinker* der Klimaanlage gerade noch zu hören war.

Nudger wühlte noch eine ganze Weile weiter in der Schublade, bis ihm bewußt wurde, daß er damit nur angefangen hatte, um Mercato gegenüber den Beschäftigten zu spielen. In Wirklichkeit hatte er gar nichts gesucht.

Er schob die Schublade wieder zu, streckte sich nach hinten und schlug mit der flachen Hand gegen die Klimaanlage. Das seltsame metallische Geräusch verstummte. Vielleicht hatte es Mercato verursacht. Maschinen reagierten auf bestimmte Menschen eindeutig allergisch. Nudger wußte das deshalb so gut, weil er auch einer von ihnen war.

Er zog eine andere Schublade heraus, suchte nach einer frischen Rolle Magentabletten und puhlte die Silberfolie zurück. Kaute ein paar der kalkigen Scheiben, lauschte dem mahlenden Geräusch seiner Backenzähne und dachte darüber nach, was Henry Mercato bezüglich der Schlinge um seinen Hals gesagt hatte.

Er konnte nicht verleugnen, daß darin ein Fünkchen Wahrheit steckte.

12

Nudger sagte: »Die Scholle.«

Claudia stand im Durchgang zur Küche und hielt zwei Packungen Tiefkühlkost in der Hand.

»Außer du willst sie morgen lieber selber essen«, fügte er hinzu. »Ich kann mir auch die Ravioli warm machen.«

»Ich habe dir doch gesagt, daß es mir völlig egal ist, Nudger. Nur frieren mir langsam die Hände ab. Entscheide dich also endlich, damit ich irgend etwas in die Mikrowelle schieben kann.« Da sie zu einem Elternabend mit anschließendem Spaghettiessen mußte, mußte Nudger allein essen. Sie warf einen kurzen Blick auf die Uhr im Eßzimmer. »Ich muß in zwanzig Minuten los.«

»Dann mach die Scholle«, sagte Nudger. »Ja, die Scholle.« Sie drehte sich um und verschwand in der Küche. Kaum hatte er Scholle gesagt, überkam ihn ein unerklärlicher Heißhunger auf was Italienisches. Ravioli. Sicher hätte sie es nicht begriffen, wenn er seine Entscheidung rückgängig gemacht hätte. Besser, er blieb bei der Scholle. Wenn sie fertig war, würde er sie aus ihrem Pappbehälter nehmen und auf einen Teller geben. Er würde etwas Weißwein dazu trinken. Wie bei einem richtigen Essen.

Er stand auf und ging in die Küche. Das Licht in der Mikrowelle brannte, und man konnte das leise Geräusch des Gebläses hören. Er setzte sich an den Küchentisch und sagte: »Henry Mercato war heute bei mir.«

»Dieser miese kleine Halsabschneider?«

»Ja.« Er beobachtete, wie sie den Hahn über der Spüle aufdrehte und sich die Hände wusch. »Offensichtlich hat uns Eileen letzten Monat bei Al Baker's essen sehen. Das ist der Grund, weshalb sie einen Antrag auf Erhöhung meiner Unterhaltszahlungen stellen wollen.«

»Hast du ihm auch erzählt, daß wir dort alle zehn Jahre mindestens einmal essen gehen?«

»Völlig unnötig. Das weiß er.«

»Wenn Eileen das Geld so dringend braucht – was hatte sie dann bei Al Baker's zu suchen?«

Das war eine Frage, die Nudger gern Mercato gestellt hätte.

»Ich unterrichte«, fuhr Claudia fort, während sie sich an einem Geschirrtuch die Hände abtrocknete. »Und du tust... was du eben tust. Wie will Eileen vor Gericht begründen, daß du ihr noch mehr zahlen sollst? Hat sie sich nicht erst kürzlich ein größeres Haus gekauft?«

»Mit Pool. Laut Mercato braucht sie ihn für therapeutische Zwecke. Ihr Rücken.«

»Ach, ihr Rücken. Vermutlich...« Claudia verstummte abrupt und sah nach der Scholle.

»Was ist damit?«

»Ach, nichts.« Sie öffnete die Klappe der Mikrowelle, drehte die Scholle auf die andere Seite und stellte noch einmal die Uhr. Laut Leuchtanzeige war Nudgers Essen in sechs Minuten fertig. »Ich muß mich jetzt fertig machen«, sagte Claudia. »Kannst du so lange auf den Fisch aufpassen?«

»Klar.«

Claudia ging zum Umziehen ins Schlafzimmer, und Nudger starrte auf die Uhr, wo der Countdown für die Scholle lief. Er konnte sie inzwischen schon riechen. Sie roch nicht annähernd so gut, wie sie aussah. Aber das war ja bei Fisch immer so.

Er beschloß, mit der Fernbedienung seinen Anrufbeantworter abzuhören. Um den Wandapparat in der Küche erreichen zu können, drehte er sich auf seinem Stuhl herum. Er wählte erst seine Büronummer und dann die Codenummer, die seinen Anrufbeantworter auf Betrieb schaltete. Mensch und Mikrochip.

Piep! »Hi! Mr. Nudger, hier ist Ihr Freund Chris. Wenn Sie einen nagelneuen Toyota gewinnen wollen, brauchen Sie nur...«

Nudger hatte keine Lust, seinem Freund Chris, den er nie persönlich kennengelernt hatte, länger zuzuhören. Da es aber bei Fernabfrage nicht möglich war, den Anrufbeantworter auf schnellen Vorlauf zu schalten, ließ er Chris' sensationelles Angebot geduldig über sich ergehen. Als nächstes kam eine nachhaltige Drohung von Eileen. Dann jemand, der ihm eine Grabstätte auf einem Friedhof verkaufen wollte. Oder war das noch einmal Eileen, und sie hatte diesmal nur ihre Stimme verstellt?

Piep! »Mr. Nudger, hier spricht Marlou Dee.« Er konnte die Anspannung, die in ihrer Stimme mitschwang, sofort spüren. »Heute stand den ganzen Nachmittag ein Mann auf der Straße herum und hat meine Wohnung beobachtet. Ich habe die Vorhänge zugezogen, aber als ich nach einer Weile wieder nach draußen gesehen habe, war er immer noch da. Vor etwa fünf Minuten kam er sogar ins Haus und hat an meine Tür geklopft. Ich habe mich aber nicht gemeldet. Darauf ist er wieder gegangen. Er sitzt jetzt in seinem Wagen, als würde er auf jemand warten. Irgendwie ganz schön unheimlich, dieser Kerl...«

Die Sprechzeit auf dem Anrufbeantworter war um.

Piep! »Sie können zwei wunderbare Ferienwochen auf Jamaica gewinnen, wenn Sie...«

Nudger hängte auf. Holte sich Claudias Telefonbuch und schlug noch einmal Marlous Nummer nach. Ging in die Küche zurück und tippte mit dem Zeigefinger sorgfältig die einzelnen Ziffern ein.

Als auch nach dem fünften Läuten niemand dranging, war Nudger klar, daß das auch in nächster Zeit niemand tun würde.

Trotzdem ließ er es noch vier weitere Male läuten, bevor er auf die Gabel drückte und Hammersmiths Nummer wählte. Er erzählte ihm von Marlou Dee und der Nachricht, die sie auf seinem Anrufbeantworter hinterlassen hatte. Sobald er Hammersmith ihre Adresse durchgegeben hatte, hängte er auf.

Nudger schaltete die Mikrowelle aus und ging ins Schlafzimmer. Claudia war im Bad und hatte die Tür abgeschlossen. Er klopfte leise dagegen und sagte: »Ich muß mal.«

»Ich wollte gerade unter die Dusche.«

»Nein, ich meine, ich muß weg. Die Sache ist ziemlich dringend. Kannst du die Scholle wieder einfrieren?«

Aus dem Bad kam ein abruptes Zischen, als sie die Dusche anstellte. Vielleicht antwortete sie ihm noch etwas, und er konnte es wegen des Rauschens nur nicht hören. Aber das herauszufinden, war jetzt nicht die Zeit. Er brüllte: »Bis später«, und rannte nach unten zu seinem Wagen.

Marlous Wohnung lag nur fünfzehn Minuten von der Claudias entfernt. Nudger war vor Hammersmith da. Aber am Straßenrand stand bereits ein Streifenwagen. Da jedoch sein Blaulicht nicht eingeschaltet war, hatten sich noch keine Schaulustigen um ihn versammelt. Aber vielleicht lag das auch nur daran, daß die Bewohner dieses Viertels generell einen weiten Bogen um jedes Polizeiauto machten.

Nudger parkte hinter dem Streifenwagen und stieg aus. Beim Betreten des Mietshauses stiegen wieder Erinnerungen an Vanitas blutüberströmte Leiche in ihm hoch; dementsprechend kostete es ihn einige Überwindung, die Treppe hinaufzulaufen. Einerseits hatte er es furchtbar eilig, in Marlous Wohnung zu kommen; andrerseits sträubte sich alles in ihm, sie zu betreten.

Mein Gott, was wohl dort wieder auf ihn warten würde!

Die Tür stand offen. Aus dem Innern konnte Nudger gedämpfte Stimmen hören. Er erhaschte einen kurzen Blick auf einen blau uniformierten Ellbogen. Erst jetzt fiel ihm ein, daß vielleicht Bill Stockton herausgefunden hatte, daß Vanita eine Schwester hatte; vielleicht war er der Mann gewesen, der sie den ganzen Nachmittag beobachtet hatte. Auszuschließen war diese Möglichkeit jedenfalls nicht. Falls Stockton nicht sowieso schon von Marlous Existenz gewußt hatte, wäre er früher oder später fast unvermeidlich auf ihre Fährte gestoßen. Es war nicht einmal auszuschließen, daß er Nudger zu ihrer Wohnung gefolgt war, als er sie das erste Mal aufgesucht hatte.

Nudger betrat die Wohnung. Mit vorgehaltener Pistole hielt dort ein uniformierter Polizist einen Mann in Schach, der sich weit vornübergebeugt mit beiden Händen an der Wand abstützte, als würde er sich mit aller Kraft dagegenstemmen.

Der Mann war nicht Stockton. Er kam Nudger zwar irgendwie bekannt vor, aber er konnte ihn nicht einordnen.

Ein zweiter Polizist, der seinen Revolver noch an seinem Gürtel hängen hatte, drehte sich zu Nudger herum und rief: »Halt! Keine Bewegung!«

Nudger blieb in der offenen Tür stehen. Sagte: »Ich habe eben die Polizei verständigt. Wo ist Marlou?«

»Wer?«

»Die Frau, die hier lebt.«

Der Polizist, der den Mann an der Wand in Schach hielt, sagte: »Im Schlafzimmer.«

Vanita war im Dropp Inn Motel in ihrem Bett gestorben.

Wie in Trance ging Nudger auf die Schlafzimmertür zu. Der andere Polizist sagte zwar, er sollte das lieber sein lassen; aber er hörte ihn kaum. *Vielleicht war nur er an allem schuld.*

Er hatte die Schlafzimmertür erreicht.

»An Ihrer Stelle würde ich da lieber nicht reingehen.«

Doch Nudger ignorierte die Warnung. Schluckte. Riß die Tür auf.

»Oh!« entfuhr es Marlou.

Sie stand in ihren offenen Levi's neben dem Bett und hatte die Arme in ein schwarzes T-Shirt geschoben – eben im Begriff, es sich über den Kopf zu streifen. Sie trug keinen BH.

Sobald sie sich von dem Schrecken erholt hatte, stach sie mit dem Kopf durch die Kragenöffnung des T-Shirts und zog es so ruckartig nach unten, daß fast der Stoff gerissen wäre. Das einzige, was sich auf dem Bett befand, war eine Raggedy-Ann-Puppe, die dämlich grienend gegen das Kopfkissen gelehnt saß. Sie schien sich köstlich über Nudger zu amüsieren.

»Ich... äh, Entschuldigung«, stieß er stotternd hervor. »Ich habe eben meinen Anrufbeantworter abgehört und habe darauf sofort bei Ihnen anzurufen versucht. Und als sich dann niemand gemeldet hat...«

Sie lächelte. »Schon gut, Mr. Nudger. Als dieser Kerl, von dem ich Ihnen erzählt habe, keine Ruhe gab, wurde es mir irgendwann einfach zu dumm; ich habe ihn auf dem Flur zur Rede gestellt. Als ich dann wieder in die Wohnung wollte, um zu telefonieren, wollte er mich daran hindern. Er meinte, er wäre noch nicht fertig mit mir.«

»Ist das der Mann, den die zwei Polizisten im Wohnzimmer festgenommen haben?«

»Ja.«

»Hat er Sie mit Gewalt daran gehindert, in Ihre Wohnung zurückzugehen?«

»Nicht wirklich. Er hat mir nur gedroht.«

»Weswegen haben Sie ihn zur Rede gestellt?«

»Sie werden es nicht glauben...«

»Ist das ein Freund von Ihnen?« Der Polizist, der Nudger davor gewarnt hatte, ins Schlafzimmer zu gehen, betrat den Raum. Er starrte Nudger mißtrauisch an.

»Klar«, nickte Marlou. »Kein Problem, Officer.«

Einen Moment sah sie der Uniformierte verständnislos an, zuckte mit den Schultern und trollte sich wieder ins Wohnzimmer. Die Tür ließ er allerdings offen.

Nudger wollte ihm bereits folgen. Marlou zupfte ihr T-Shirt zurecht. Es hatte eines von diesen gelben Smiley-Gesichtern, direkt über ihren Brüsten. Nudger gab sich Mühe, nicht daran zu denken, als sie ihm ins Wohnzimmer folgte.

Der Kerl an der Wand stand inzwischen aufrecht, und

der andere Polizist hatte seinen Revolver wieder ins Holster zurückgesteckt. Dafür hielt er seinen Knüppel in der rechten Hand; bereit, notfalls sofort davon Gebrauch zu machen.

Plötzlich wurden im Treppenhaus aufgeregte Schritte hörbar. Wenige Augenblicke später kam trotz aller Leibesfülle Hammersmith beschwingt in den Raum geschwebt. Fett, aber gelenkig – wie ein Seehund im Wasser.

Die beiden Uniformierten erkannten ihn sofort. Strafften sich in den Schultern und setzten dienstliche Mienen auf. Eine Spur gelangweilt vielleicht, aber sehr wachsam. Der mit dem Knüppel sagte: »Er hat mit den Fäusten gegen die Tür gehämmert, als wir hier ankamen, Lieutenant.«

»Der da?« fragte Hammersmith mit einem hinterhältigen Grinsen in Richtung Nudger.

»Nein, Sir, nicht der. Das ist ein Freund oder wie man es nennen will der Frau, die hier wohnt. Der da...« Mit einer kurzen Kopfbewegung deutete er auf den Mann, der wie ein begossener Pudel im Raum stand. »Ein gewisser Mr. Edward Franks. Die junge Frau hier, Miß Marcy Lou Dee, behauptet, er hätte sie beschimpft und ihr gedroht.«

Erst jetzt fand Nudger Zeit, diesen Franks genauer in Augenschein zu nehmen. Er war schätzungsweise Ende Vierzig, und da ihm das Hemd aus dem Hosenbund gerutscht war, als er sich gegen die Wand gestützt hatte, war sein Nabel zu sehen. Er machte keinen sehr sauberen Eindruck. Franks hatte dünnes, schmutzigblondes Haar und blaue Triefaugen. Ein fleischiges, fleckiges Gesicht. Das Ganze schien ihm etwas peinlich zu sein, aber er wirkte weder verängstigt noch aggressiv, jedenfalls nicht wie ein in die Enge getriebener Mörder und Diamantendieb.

»Und was ist mit ihm?« wollte Hammersmith wissen.

Einer der Uniformierten antwortete: »Mr. Franks ist Privatdetektiv. Angeblich arbeitet er für eine Anwaltskanzlei. Wie heißt sie gleich wieder, Franks?«

»Schlozzel, Barnes und Schlozzel«, kam Franks seinem Gedächtnis zu Hilfe.

Der Polizist schrieb etwas in sein ledergebundenes Notizbuch. »Mit zwei Z?«

»Und einem C.«

Für einen Moment zog der Polizist verwirrt die Stirn in Falten. Dann schrieb er rasch weiter und klappte das Notizbuch zu.

Das also war des Rätsels Lösung. Henry Mercato war Sozius bei Schlozzel, Barnes und Schlozzel.

»Ich wollte von Miß Dee nur wissen«, führte Franks zu seiner Rechtfertigung an, »inwieweit sie mit dem Fall zu tun hat, an dem ich gerade arbeite.«

»Was ist das für ein Fall?« wollte Hammersmith wissen.

Franks warf einen kurzen Blick zu Nudger hinüber. »Ich versuche den Beweis zu erbringen, daß der ehemalige Mann unseres Klienten sein Geld in einem nicht zu rechtfertigenden Maß mit anderen Frauen ausgibt, anstatt seinen Unterhaltsverpflichtungen nachzukommen.«

Jetzt wußte Hammersmith also Bescheid. Er schüttelte so heftig den Kopf, daß seine dicken Backen ins Zittern gerieten. »Und wer ist Ihr Klient?«

»Schloz...«, wollte Franks gerade seine alte Leier wieder herunterbeten.

»Und deren Klient?« unterbrach ihn Hammersmith.

»Das muß ich im Interesse meiner Klienten leider vertraulich handhaben, Lieutenant.«

»Es ist Eileen, Jack«, schaltete sich an dieser Stelle Nudger ein.

Alle sahen ihn an.

»Dieses miese Schwein von Mercato läßt mich und

Claudia beschatten. Vermutlich ist mir Franks heute nachmittag hierher gefolgt; und er dachte natürlich gleich, ich wäre unterwegs zu irgendeinem Schäferstündchen. Auf die Idee, daß mein Besuch berufliche Gründe haben könnte, ist er in seiner schmutzigen Phantasie erst gar nicht gekommen.«

»Genau in diesem Punkt wollte ich mir Klarheit verschaffen«, versuchte sich Franks zu rechtfertigen. »Das ist schließlich mein Job. Deshalb verstehe ich auch gar nicht, warum sich die Dame gleich so aufgeregt hat.«

»Sie hat Sie für jemand anderen gehalten«, klärte ihn Hammersmith auf. »Das haben übrigens auch wir getan. Aus diesem Grund hat Nudger sofort die Polizei eingeschaltet, als er erfuhr, daß Miß Dee von einem Fremden belästigt wurde.«

»Sie haben mich für jemand anderen gehalten?«

»Sie sind da mitten in die Ermittlungen zu einem Mordfall hineingeplatzt, Franks«, stauchte ihn Hammersmith zusammen.

Über Franks' Triefaugen huschte ein Hauch von Panik. »Tut mir leid, Lieutenant, aber ich hatte keine Ahnung, daß die Dame tabu ist. Woher hätte ich das auch wissen sollen?«

Ohne auf seine Frage einzugehen, sagte Hammersmith: »Wer hat Sie mit diesen Ermittlungen beauftragt? Mercato?«

»Ja«, nickte Frank, plötzlich erstaunlich kooperationsbereit. Hier handelte es sich ja auch um einen Mordfall.

»Sind Sie Nudger heute nachmittag hierher gefolgt? Ist das der Grund, weshalb Sie auf Miß Dee aufmerksam geworden sind?«

»Genauso war es. Ich habe den Auftrag, dem Herrn da zu folgen, wenn er sich mit irgendwelchen Frauen trifft. Das ist alles, was ich getan habe. Nur meinen Job.«

»Das haben Sie uns schon mal gesagt.« Hammersmith

sah Franks stirnrunzelnd an. »Sie waren doch mal bei der Polizei?«

»Ja, eine Weile. Im Zweiten Revier.«

Jetzt konnte sich Nudger wieder an ihn erinnern. Franks war vor drei oder vier Jahren aus dem Polizeidienst entlassen worden, nachdem er mit der schwarzen Frau eines Feuerwehrmanns ziemlich grob umgesprungen war. Er hatte sie mit einer Frau verwechselt, die wegen Scheckbetrugs gesucht wurde. Unter anderem hatte Franks dabei ein paar rassistische Bemerkungen fallengelassen. Darauf hatte er bei einem Interview der Presse gegenüber die gleichen Bemerkungen wiederholt und seine Vorurteile zu rechtfertigen versucht. Und nun war er also in Nudgers Branche gelandet. Na, prima.

Franks straffte unwillkürlich die Schultern. »Ich wäre in diesem Fall für jeden Hinweis von seiten der Polizei selbstverständlich sehr dankbar, Lieutenant.« Eben war diese Ratte noch so klein mit Hut gewesen, und schon wurde er wieder frech.

Hammersmith fischte eine seiner abscheulichen Zigarren aus der Brusttasche seines Hemds, entfernte die Zellophanhülle und steckte sich die Zigarre in den Mund. Dann sah er Franks finster an, und ohne die Zigarre aus dem Mund zu nehmen, knurrte er: »Und jetzt verschwinden Sie. Ich will Sie hier nicht mehr sehen.«

Nachdem Franks' Schritte im Treppenhaus verhallt waren, schickte Hammersmith auch die beiden Streifenpolizisten los. Als auch sie gegangen waren, ging er ans Fenster und sah nach draußen. Nach einer Weile sagte er: »Seit wann weißt du von Miß Dees Existenz, Nudger?«

»Ihre Schwester hat mir von ihr erzählt.«

Hammersmith, immer noch die nicht angezündete Zigarre im Mund, wandte sich vom Fenster ab und sah Marlou an: »Ist es tatsächlich so gewesen? Hat dieser Franks Sie wegen Nudger ausquetschen wollen?«

»Ja. Und vor allem hat er mir gleich ganz unverschämt unterstellt, daß ich was mit ihm hätte. Sie wissen schon, so eine kleine Romanze zwischen mir und Mr. Nudger.«

Hammersmith schnaubte: »Wäre nicht das erste Mal, daß Franks den Sachverhalt so hingedreht hätte, daß er genau das herausgefunden hätte, was er herausfinden wollte.«

Marlou lächelte ihr bestes Blauer-Himmel-und-wogende-Weizenfelder-Lächeln und sagte: »Meinetwegen können Sie gern rauchen, Lieutenant.«

Gütiger Gott, nein! durchzuckte es Nudger. Das hättest du lieber nicht sagen sollen, Mädchen.

Doch Hammersmith hatte bereits sein Feuerzeug gezückt – und keine Minute später mehr zur allgemeinen Luftverschmutzung beigetragen als die gesamte Hertz-Flotte.

Marlou schien der dichte Qualm nicht im geringsten zu stören. Sie sagte: »Mr. Franks hat mich etwa eine Stunde lang beobachtet. Und als ich mich gerade umziehen wollte, um in das Bestattungsinstitut zu fahren, in dem meine Schwester aufgebahrt liegt, klopfte es an der Tür (*demnach hatte sie das T-Shirt also* ausziehen *wollen, als Nudger ins Schlafzimmer platzte*) und ... na ja, und dann ist mir einfach der Kragen geplatzt. Ich habe die Tür aufgerissen und diesem Kerl ordentlich die Meinung gesagt.«

»Aber Ihnen muß doch klar gewesen sein, daß es sich bei diesem Mann um den Mörder Ihrer Schwester hätte handeln können«, versetzte Hammersmith fassungslos.

»Das war natürlich nicht ganz auszuschließen«, gab Marlou zu.

Nudger bestätigte das in der Überzeugung, daß offensichtlich beide Dee-Schwestern mehr Courage hatten, als gut für sie war.

Hammersmith nahm einen kräftigen Zug von seiner Zigarre. Paffte grünliche Gewitterwolken zur Decke hoch.

»Wollen Sie gegen Franks Anzeige erstatten? Wegen Hausfriedensbruch zum Beispiel? Oder wegen Androhung körperlicher Gewaltanwendung?«

»Würde das denn etwas nützen?«

»Nein. Außerdem dürfte er Sie in Zukunft sowieso in Frieden lassen. Er weiß ja inzwischen, daß Sie Nudgers Charme nicht erlegen sind.«

Marlou warf Nudger einen kurzen Blick zu. War sie dabei tatsächlich leicht rot geworden, oder bildete er sich das nur ein?

»Ich muß wieder los, Nudge«, verabschiedete sich Hammersmith. »Sonst noch etwas, was ich für Sie tun kann, Miß Dee?«

»Nicht, daß ich wüßte, Lieutenant. Und vielen Dank, daß Sie so schnell jemanden vorbeigeschickt haben.«

Hammersmith strahlte übers ganze Gesicht, paffte noch mehr Rauch in die Luft und glitt grazil aus der Wohnung.

Als Nudger Marlou ansah, feixte sie ihn an wie die Raggedy-Ann-Puppe. »Hatte ich vielleicht eine Angst. Nach dem, was mit Vanita passiert ist, ist das ja auch kein Wunder.«

»Den Eindruck haben Sie aber gar nicht gemacht«, entgegnete Nudger. »Sie sind auch das zweite Mal wieder an die Tür gegangen.«

In ihren grünen Augen leuchtete ein seltsames Feuer auf. »Ich habe eben Dee-Blut in den Adern, Mr. Nudger. Eine Weile lasse ich mir ja eine Menge gefallen; aber irgendwann ist Schluß – dann kann ich ganz schön ungemütlich werden.«

Nudger mußte grinsen. »Das werde ich mir merken, Marlou. War eigentlich in der Zwischenzeit schon ein gewisser Stockton bei Ihnen?«

»Dieser Versicherungsheini? Klar. Sie waren keine Stunde weg, als er bereits hier aufkreuzte. Hat mir gar nicht gefallen, wie er über Vanita gesprochen hat. Und *er* hat mir auch nicht gefallen. Irgendwie hat mich der Kerl an Heck Adams erinnert; der hat damals für unser High-School-Footballteam Linebacker gespielt.«

»Was Sie nicht sagen? Stockton sieht eigentlich nicht unbedingt wie der typische Football-Crack aus.«

»Eher schon nach Baseball«, nickte Marlou. »Aber das hat Heck auch gespielt. *First base*.«

»Stockton hat mir einige nicht gerade schmeichelhafte Dinge über Vanita erzählt. Ich frage Sie das zwar nur sehr ungern, Marlou, aber war daran vielleicht doch ein Fünkchen Wahrheit?«

Das trug ihm einen vernichtenden Dee-Blick ein. Ob sie damit auch Löffel verbiegen konnte?

»Ich meine, auch nur ansatzweise«, bohrte Nudger weiter. »Es ist sehr wichtig, daß ich in diesem Punkt Klarheit habe. Ihre Schwester hat mir ein anständiges Honorar gezahlt, und deshalb sehe ich es als meine Aufgabe, sie nachträglich von allen falschen Anschuldigungen reinzuwaschen – ganz abgesehen davon, daß ich natürlich auch Ihren und meinen Hals retten will, falls die Killer auf die Idee kommen sollten, die Diamanten könnten sich in unserem Besitz befinden.«

»Wie gesagt, hatte ich mit Vanita nie sehr engen Kontakt und weiß deshalb auch über ihr Privatleben so gut wie nichts.«

»Aber was wissen Sie darüber?«

Marlou nagte eine Weile an ihrer Unterlippe herum. Dann stemmte sie plötzlich die Fäuste in ihre knochigen Hüften und sah Nudger herausfordernd an: »Na schön, Vanita hatte eine gewisse Schwäche für Männer. Besonders für Rupert Winslow. Aber auch für Männer im allgemeinen.«

»Könnte man demnach also sagen, daß sie ziemlich viele Männerbekanntschaften hatte?«

»Na ja, schon möglich. Aber so genau weiß ich das auch nicht.«

»Und wie sah es mit Drogen aus?«

»Mit Drogen?«

»Hat sie welche genommen? War sie vielleicht sogar abhängig?«

»Nicht, daß ich wüßte. Ich habe Ihnen doch bereits gesagt, Mr. Nudger: es waren die Männer, von denen sie nicht losgekommen ist.«

Inzwischen schon, dachte Nudger, ohne diesen Gedanken laut auszusprechen. Statt dessen fragte er weiter: »Nahm es Vanita denn mit der Wahrheit immer sehr genau? Ich meine, hat sie die Dinge vielleicht hin und wieder in einem etwas anderen Licht dargestellt?«

»Na ja, ein bißchen vielleicht schon.«

»Marlou?« Nudger sah sie eindringlich an.

»Na schön«, seuzfte sie. »Hin und wieder hat sie einem schon ein paar reichlich abenteuerliche Geschichten aufgetischt. Aber das hat sie eigentlich mehr zum Spaß gemacht, glaube ich.«

Schwestern! dachte Nudger. Das war nicht sein erster Fall, in den zwei Schwestern verwickelt waren, und ein paarmal hatte er bei diesen Gelegenheiten ganz schön dumm dagestanden. Und nun das hier! »Ziehen Sie sich schon mal um, Marlou; wenn Sie wollen, begleite ich Sie zum Bestattungsinstitut.«

Über ihre Lippen legte sich ein überraschtes und dankbares Lächeln. »Wirklich? Das ist aber nett von Ihnen. Ehrlich gestanden, hat mir schon ziemlich davor gegraut, ganz allein ins Bestattungsinstitut fahren zu müssen.«

»Kein Problem. Außerdem könnte es ja ganz interessant sein zu sehen, wer dort sonst noch aufkreuzt – ganz abgesehen davon, daß Vanita meine Klientin war.«

Marlou berührte Nudger kurz am Arm und verschwand ins Schlafzimmer, um sich umzuziehen. Nudger entging der knackige Schwung ihrer Hüften keineswegs. Und noch immer spürte er ihre Berührung auf seinem Arm.

Unwillkürlich fragte er sich, ob in Dee-Adern vielleicht noch etwas mehr floß als ein hitziges Temperament.

13

Das Delgado-Bestattungsinstitut in der Southwest Avenue lag in einem Teil von St. Louis, der gemeinhin als ›The Hill‹ bekannt ist. Hier wohnten vorwiegend Italiener, und Nudger fragte sich, warum Marlou ihre Schwester ausgerechnet hier zur letzten Ruhe betten lassen wollte. Die Gründe dafür wurden ihm jedoch schnell klar, als sie ihm erzählte, daß ihr das Bestattungsinstitut jemand von der Polizei empfohlen hatte. Die Polizei von St. Louis rekrutierte sich zu einem nicht unbeträchtlichen Anteil aus Italienern, und deshalb hatte Delgado schon eine ganze Reihe von Polizisten zu Grabe getragen.

Trotzdem war Nudgers erster Gedanke: Mafia. Allerdings deutete nichts darauf hin, daß Vanita irgendwelche Verbindungen zu diesem Verein gehabt haben könnte. Außerdem spielte das organisierte Verbrechen in St. Louis keine nennenswerte Rolle mehr, seit Jimmy Michaels vor einigen Jahren in seinem Wagen in die Luft geflogen und die Leisure-Gruppe durch die Verhängung einiger ziemlich langer Haftstrafen empfindlich geschwächt worden war.

Auf dem Parkplatz des Bestattungsinstituts stellte Nudger seinen Wagen direkt neben dem von Marlou ab und ging mit ihr nach drinnen. Sie trug ein schlichtes dunkelgrünes Kleid, das ihr eine Nummer zu groß war. Hochhackige schwarze Schuhe. Keinen Schmuck. Und auch kein Make-up. Das und ihre fast jungenhafte Figur ließen sie aussehen wie ein hochgeschossenes Schulmädchen. Die breite Lücke zwischen ihren Vorderzähnen hätte sie sogar noch jünger erscheinen lassen, aber ihr war im Moment nicht nach Lächeln.

In der pompösen Eingangshalle flüsterte ihr Nudger ins Ohr, er hätte eben einen alten Bekannten entdeckt, mit dem er kurz sprechen wollte. Marlou nickte und ging allein auf den Raum zu, in dem Vanita aufgebahrt war. Nudger berührte sie am Arm und bot ihr an, sie zu begleiten, aber sie versicherte ihm, daß sie auch allein zurechtkäme. Ihr Gang war zwar nicht mehr ganz so zielstrebig, aber sie steuerte trotzdem mit erstaunlicher Entschlossenheit auf den Sarg ihrer Schwester zu. Ein handfestes Mädchen vom Lande, das tat, was getan werden mußte. So ähnlich war sie wohl auch an die Sache herangegangen, als es darum ging, die Leiche ihrer Schwester zu identifizieren.

Nudger ging auf einen großen Mann in einem grauen Anzug zu, der mit gesenktem Kopf und über dem Bauch verschränkten Händen dastand und abwesend in das runde Becken des Springbrunnens starrte, der in der Mitte der Eingangshalle friedlich vor sich hinplätscherte. Nichts deutete daraufhin, daß ihn der Mann bemerkt hatte. Genau das Gegenteil war jedoch der Fall. Nudger blieb neben dem Mann stehen und starrte ebenfalls in das Wasserbecken, in dem träge ein paar Goldfische herumschwammen. Erst nach einer Weile sagte er: »Tag, Joe. Jemand gestorben, den du kennst?«

Detective Sergeant Joe Martini antwortete: »Soll das eine rhetorische Frage sein, oder willst du darauf wirklich eine Antwort?«

»Rhetorisch.«

Martini nickte in Richtung auf die Fische. »Bekommst du da nicht auch Lust, irgendwo an einem einsamen Fluß zu stehen und deine Angel auszuwerfen?«

»Ich denke dabei eher an panierte Scholle.«

»Warum?«

»Das ist eine lange Geschichte.«

»Dann verschone mich lieber damit.« Erst jetzt drehte sich Martini herum und sah Nudger an. Er hatte ein fleischiges Gesicht mit sanften braunen Augen. Schwarzes Haar, das langsam grau wurde. Eine halbrunde Narbe auf der linken Wange, die von einer zerbrochenen Bierflasche herrührte, als er vor etwa zehn Jahren bei einem nächtlichen Einsatz eine wüste Kneipenschlägerei zu schlichten versucht hatte. »Ich hab' dich eben mit Vanita Lanes Schwester reinkommen sehen, Nudger.«

»Du hast vollkommen richtig gesehen, Joe. Die Tote war meine Klientin.«

Martini kicherte leise. »Dich zu engagieren, ist wohl nicht ganz ungefährlich.«

Nudger wußte, daß Martini auf ›Tränentour‹ hier war. Es war gängige Polizeipraxis, einen Beamten zum Begräbnis eines Mordopfers abzubestellen. Es wäre nicht das erste Mal gewesen, daß ein Mörder am Begräbnis seines Opfers teilnahm. Unauffällig beobachtete Martini jeden, der das Bestattungsinstitut betrat und dann auf den Raum zusteuerte, wo Vanita Lane aufgebahrt lag.

»Schon jemand Interessantes hier gewesen?« wollte Nudger wissen.

»Nein. Nur ein paar kleine Fische. Scheint ja komische Freunde gehabt zu haben, diese Frau.«

»Wie zum Beispiel Rupert Winslow.«

»Das allerdings«, brummte Martini. »Der gute Ropes. Meine Fresse, was'n Arschloch! So eine miese Nummer habe ich wirklich selten gesehen. Wo diese Flasche seine Finger mit im Spiel hatte, ist garantiert was schiefgegangen.«

»Trotzdem hat sie ihn geliebt.«

»Es sind ja nicht immer nur Gegensätze, die sich anziehen. Oder vielleicht war sie es auch, die ihn zu dem gemacht hat, was er war. Und er hat sie in was hineingezogen, was sie schließlich das Leben gekostet hat. Karma. Oder ausgleichende Gerechtigkeit. Oder wie du es sonst nennen willst.«

»Gehst du nicht ein bißchen streng mit ihr zu Gericht? Muß ja nicht jeder gleich heilig gesprochen werden.«

»Das trifft wohl auf keinen von uns zu«, nickte Martini. »Außer auf Mutter Teresa vielleicht. Aber die wird uns wohl heute abend kaum mit ihrem Besuch beehren.«

»So was kann man nie wissen.«

»Wie sollte sie? Sie ist doch gar nicht in der Stadt.«

»Wenn du mir einen Gefallen tun willst«, machte Nudger ihrem Wortgefecht ein Ende, »dann sag mir bitte Bescheid, wenn jemand Interessantes aufkreuzt.«

»Ich werde nur Hammersmith Bescheid sagen. Und der kann es dann ja dir weitererzählen. Ich kann mir so was nicht leisten.«

»Klar. Wer kann das schon außer Mutter Teresa?«

Martini räusperte sich leise. »Und wenn du jetzt vielleicht endlich mal...«

Nudger wußte, was er meinte. Martini wollte möglichst keine Aufmerksamkeit auf sich lenken, und das wäre ihm auf Dauer schwerlich gelungen, wenn Nudger noch länger neben ihm stehen geblieben wäre und mit ihm die Goldfische angestarrt hätte. Nudger nickte und steuerte auf den Nebenraum zu, in dem Vanita aufgebahrt lag.

Delgados Leute verstanden etwas von ihrem Geschäft. Die Tote lag in einem Sarg, der mit weißem Satin ausgekleidet war. Nur ihre obere Körperhälfte war sichtbar. Nudger versuchte, möglichst nicht daran zu denken, wie er unter dem blauen Kleid aussah. Ihre entstellten Hände steckten in fleischfarbenen Gummihandschuhen und sahen fast normal aus. Die Augen waren geschlossen, die Lippen leicht aufeinandergepreßt.

Kaum war Nudger vor dem offenen Sarg stehengeblieben, gesellten sich zwei Männer zu ihm. Ihre Anzüge wirkten noch schäbiger als die Klamotten, die er zu Hause im Schrank hängen hatte. Einer von ihnen flüsterte: »Herr im Himmel! Sie sieht ja noch aus wie lebendig.«

»Allerdings«, nickte der andere. »Liegt flach auf dem Rücken, und wenn sie gleich den Mund aufmacht, kommt jede Menge dummes Zeug raus.« Keiner der beiden Männer verzog während des Wortwechsels eine Miene. Anschließend gingen sie auf eine kleine Gruppe von Trauergästen zu, die sich um eine schwülstige Sitzgruppe in bestem Gelsenkirchner Barock versammelt hatten.

Nudger näherte sich Marlou, die etwas abseits neben einem farbenprächtigen Blumengebinde stand. Ein Blick auf die Karte, die in dem Gebinde steckte, verriet ihm, daß die Blumen von ihr selbst waren. Als sie Nudger bemerkte, versuchte sie tapfer zu lächeln. Sie war fast so bleich wie ihre Schwester.

»Kennen Sie ein paar von den Leuten hier?« fragte Nudger.

»Nur flüchtig. Einige kenne ich nur namentlich. Der Mann dort drüben hat mir zum Beispiel erzählt, daß er in dem Lokal arbeitet, in dem auch Vanita mal als Bedienung gejobt hat. Dort sind auch die zwei Männer angestellt, die vorhin am Sarg neben Ihnen gestanden sind. Und die Frau mit dem breitkrempigen Hut – ihr hat der andere Laden gehört, in dem Vanita vor längerer Zeit mal gearbeitet hat.«

»Welcher andere Laden?«

»Nicht das Lokal, meine ich.«

»Was war das für ein Laden?«

»Ein Massagesalon, glaube ich. Das war, als sie noch sehr jung war. Noch vor der Zeit, als sie Rupert kennengelernt hat.« Einen Augenblick lang sah es so aus, als würde Marlou in Tränen ausbrechen. Aber sie holte tief Luft und hatte sich rasch wieder im Griff. »Mein Gott, wenn sie nur immer noch dort arbeiten würde und diesem Schwein nie begegnet wäre.«

»Tja«, sagte Nudger und zuckte hilflos mit den Schultern. »Glauben Sie, Sie kommen hier allein zurecht?«

»Klar. Ich werde tun, was getan werden muß. Das war schon immer meine Devise.«

Das bezweifelte Nudger nicht eine Sekunde. Er legte kurz seine Fingerspitzen auf ihren Handrücken. »Ich melde mich morgen wieder bei Ihnen.«

Sie sah ihn aus großen Augen an. »Vielen Dank für alles, Mr. Nudger. Aber bevor es zu irgendwelchen Mißverständnissen kommt, möchte ich gern noch etwas klarstellen: Ihnen ist hoffentlich klar, daß ich nicht gerade vermögend bin. Ich meine, ich habe Sie nie damit beauftragt, Vanitas Mörder zu suchen – obwohl ich natürlich gerne wüßte, wer die Schweine sind, die ihr das angetan haben. Ich kann mir einfach keinen Privatdetektiv leisten.«

Nudger berührte ihre kühle Hand noch einmal. Sie erinnerte ihn an Vanitas Hände, die in Gummihandschuhen über ihrer Brust gefaltet waren – Vanitas Hände, die endlich Frieden gefunden hatten, ohne jedes Gefühl und frei von Schmerzen. *Ein Massagesalon*. »Ich arbeite immer noch für Ihre Schwester«, erklärte er ruhig. »Und für mich.«

Sie ließ geräuschvoll ihren Atem entweichen und nickte. Beim Anblick des Lächelns, das sich dann über ihre Lippen legte, schnürte es ihm unwillkürlich die Kehle zusammen. Sie fuhr mit der Zunge über die Lücke zwischen ihren Zähnen und preßte dann die Lippen zusammen. Einen Augenblick lang sah sie aus wie ihre tote Schwester.

Nudger murmelte: »Die Sache mit Vanita tut mir wirklich aufrichtig leid.« Und als er sich dann zum Gehen anschickte, versuchte er krampfhaft so zu tun, als hätte sie nicht bemerkt, wie gepreßt seine Stimme plötzlich klang.

Martini stand noch immer am Springbrunnen. Nudger warf ihm im Vorbeigehen nur einen kurzen Blick zu. Der Polizist in Zivil schien noch tiefer in den Anblick der Goldfische versunken. Sicher war er nicht allein hier. Sein Partner hatte sich vermutlich irgendwo draußen auf der Straße postiert, um die Vorgänge vor dem Bestattungsinstitut im Auge zu behalten. Das beruhigte Nudger etwas. Immerhin war nicht ganz auszuschließen, daß die beiden Polizisten nicht die einzigen waren, die in Delgados Bestattungsinstitut nach Leuten Ausschau hielten, die mit Vanita Lane oder Rupert Winslow unter einer Decke steckten.

Nudger rechnete nicht damit, daß ihm jemand vom Bestattungsinstitut zu seiner Wohnung folgen würde.

Er hatte sich nicht getäuscht. Niemand war hinter ihm her.

Sie warteten schon im Wohnzimmer auf ihn.

14

Einer stand am Fenster. Der andere saß mit verschränkten Armen auf der Lehne des Sofas. Beide Männer sahen Nudger wortlos an. Und lächelten. Der am Fenster war Mitte Dreißig und sehr gut aussehend, wenn sein typisch amerikanisches Allerweltsgesicht mit dem dichten, schwarzgelockten Haar für Nudgers Geschmack auch eine Spur zu hübsch war. Er war nicht besonders groß. Aber er hatte eine auffallend athletische Figur. Schmale Taille, mächtiger Brustkorb, breite Schultern. Damit hätte er die idealen Voraussetzungen für einen guten Quarterback mitgebracht, nur eben einen Kopf zu klein. Er war auch typisch amerikanisch gekleidet: marineblauer Blazer, graue Hose, rot-weiß gestreifte Krawatte. In dem Aufzug hätte er glatt für die Republikaner Spenden sammeln gehen können.

Sein Begleiter war schon etwas älter, schätzungsweise Anfang Fünfzig. Er sah aus wie einer von diesen Billardsalonhaien, der gerade einen Dummen geleimt hat, und trug eine schwarze Hose und ein grau-schwarz kariertes Sportsakko mit soviel Seidegehalt, daß das Grau einen silbrigen Glanz hatte. Das weiße Hemd stand am Kragen offen und gab den Blick auf eine goldene Halskette frei. Er war so dürr wie ein Gerippe, und das Sakko hing von seinen Schultern wie von einem Kleiderbügel. Dazu hatte er ein langes Pferdegesicht. Weit hervortretende braune Augen. Auffallend große, gelbe Zähne. Die Gesichtshaut in einem ganz ähnlichen Ton. Kurzum: der Typ sah ziemlich krank aus. »Ach, Mr. Nudger!« sagte er, als hätten er und sein Begleiter schon eine Weile auf ihn gewartet.

Auf dem Boden zwischen den beiden Männern stand ein kleiner quadratischer Vogelkäfig mit einem gelben Kanarienvogel – gerade so, als wären sie unterwegs zu Freunden und hätten den Vogel für deren Kinder als Geschenk gekauft. Der Kanarienvogel sang nicht. Er saß auf seiner Stange und plusterte sein Gefieder auf. Vermutlich wußte der arme Vogel nicht recht, was das Ganze eigentlich sollte. Genau wie Nudger.

Der schnieke Typ am Fenster lächelte noch immer wie eine zum Leben erwachte Zahnpastareklame.

Nudger sagte: »Und Sie beide sind...?«

»Hier, um Sie zu sprechen«, sprach das Skelett den Satz für ihn zu Ende. Er nahm seine Arme auseinander und ließ die langen gelben Finger seiner rechten Hand in die Tasche seines Seidensakkos gleiten. Das alles tat er mit einer betont lässigen Beiläufigkeit, die ungefähr so überzeugend wirkte wie ein Fisch auf Rädern. Sein Atem war von einem leisen Pfeifen begleitet, als wäre ihm die Luft zu dünn zum Atmen. Seine vortretenden Augen waren mit fast fanatischer Starre auf Nudger geheftet, als er den Vorschlag machte: »Warum kommen Sie nicht rein und setzen sich schon mal auf den Sessel da?« Das war mehr als nur eine höfliche Einladung. Durchaus möglich, daß er eine Kanone in der Tasche seines Sakkos stecken hatte. Vielleicht aber auch nicht.

Aber allein diese Möglichkeit war für Nudger Anlaß genug, seiner Aufforderung nachzukommen. Langsam ging er auf den Lehnsessel zu, der schräg neben dem Sofa stand, und setzte sich. Das Skelett behielt ihn dabei scharf im Auge und bohrte mit der Zunge fortwährend an der Innenseite seiner Backe herum, als hätte er etwas zwischen seinen Zähnen stecken. Der Schönling schaute wieder aus dem Fenster.

Nudger sagte: »Hätten Sie vielleicht die Freundlichkeit, mir zu sagen, worum es hier eigentlich geht?« Allerdings hatte er diesbezüglich schon eine ziemlich konkrete Vorstellung.

»Um Diamanten«, erwiderte der Schönling, ohne den Blick vom Fenster abzuwenden.

»Dafür habe ich auch eine Schwäche.«

»Das kann ich sehen.« Der Mann wandte sich nicht vom Fenster ab.

»Um es genau zu sagen«, fiel das Skelett ein, »sind wir hier, um Sie zu fragen, was Ihnen die verstorbene Miß Vanita Lane über diese Diamanten erzählt hat.«

»*Diese* Diamanten? *Was für* Diamanten?«

Das Skelett lächelte. Das brachte sein Pferdegebiß hervorragend zur Geltung. Und sein ausgezehrtes Gesicht legte sich in Falten wie altes Pergament. Er hechelte asthmatisch: »Wir glauben, daß Miß Lane wußte, wo sich ein paar Diamanten befinden, die uns gehören.«

»Sie meinen, die verstorbene Miß Lane.«

»Ach ja, natürlich. Offensichtlich muß ich darauf des Nachdrucks halber auch weiterhin hinweisen. Wie gesagt, wir glauben also, daß sie Ihnen erzählt hat, wo die Diamanten sind. Demnach sind Sie der einzige, der weiß, wo die Steine sind.«

Auch wenn sich seine beiden Besucher noch immer nicht vorgestellt hatten, wußte Nudger sehr genau, wen er vor sich hatte: die Männer, die Vanita Lane gefoltert, vergewaltigt und ermordet hatten. Er stand kurz davor, den Kopf zu verlieren. Aber er hatte gegen diese Kerle nur eine Chance, wenn er kühlen Kopf bewahrte – damit seine kleinen grauen Zellen unter optimalen Bedingungen arbeiten konnten. Er dachte kurz nach. Warum sollte er es nicht einfach mit der Wahrheit versuchen? »Miß Lane war der Überzeugung, die Diamanten hätten sich an Bord der Unglücksmaschine befunden.«

Die beiden Männer starrten Nudger nur wortlos an.

»Ich meine die Maschine aus New York«, beeilte er sich deshalb stotternd hinzuzufügen, »die am Flughafen in die Luft geflogen ist.«

Der Schönling sagte: »Selbst die stärkste Explosion kann einem Diamanten nichts anhaben. Was Härteres als einen Diamanten werden Sie auf der ganzen Welt nicht finden – außer uns vielleicht.«

»Das wußte Vanita nicht.«

Traurig schüttelte das Skelett den Kopf. »Das können Sie jemand anderem erzählen. Eine Frau wie Vanita, die kannte sich mit Diamanten aus.«

»Trotzdem wußte sie nicht, wo diese speziellen Diamanten sind.«

»Hat sie Sie damit beauftragt, sie zu finden?«

»Ja.« Nudger hielt es nicht für angeraten, durchblicken zu lassen, daß sie eigentlich an ihn herangetreten war, daß er sie vor den beiden Männern schützte, die nun vor ihm standen und ihn finster anstarrten.

»Und?« wollte das Skelett wissen. »Sind Sie bei Ihrer Suche schon vorangekommen? Schon irgendeine Idee, wo die Steine sein könnten?«

»Ehrlich gestanden, bin ich inzwischen zu der Überzeugung gelangt, daß es diese Diamanten nie gegeben hat. Vanita Lane hatte nämlich eine überaus rege Phantasie und einen ebenso ausgeprägten Hang zur Übertreibung.«

Der Schönling grinste. »Nicht nur eine *rege* Phantasie.«

»Ja, ja, sie hatte so ihre kleinen Macken«, fiel das Skelett mit ein.

»Sie war ein hinterhältiges und verlogenes Stück Dreck«, sagte der Schönling leise.

»Das kann man wohl sagen«, pflichtete ihm das Skelett bei. »Aber wir wollen hier nicht über irgendwelche Tote schlecht reden.«

Nudger mußte an Vanitas gebrochene Finger denken, an die fleischfarbenen Gummihandschuhe, die man ihr im Bestattungsinstitut übergestreift hatte. »Wenn sie gewußt hätte, wo die Diamanten sind, hätte sie es Ihnen bestimmt gesagt.«

»Das denken *Sie*.« *Hechel. Hechel.* »Ich meine, selbst wenn wir... Na gut, sie könnte natürlich wirklich nicht gewußt haben, wo sie sind – oder was Rupert Winslow sonst mit ihnen gemacht hat.«

»Ganz sicher sind wir in diesem Punkt allerdings nicht«, flocht der Schönling ein.

Das Grinsen des Skeletts wurde so breit wie das eines Totenschädels. »Das allerdings. Wegen Miß Lanes vorher bereits erwähnter Macken und weil dieses Luder verdammt hart im Nehmen war.«

»Ja, wirklich kaum kleinzukriegen«, nickte der Schönling.

»Wenn sie etwas über die Diamanten gewußt hätte, hätte sie es Ihnen bestimmt gesagt.« Er achtete peinlichst darauf, den brutalen Mord mit keinem Wort zu erwähnen – um den beiden bloß keinen Anlaß zu geben, das gleiche hier in seiner Wohnung noch mal zu wiederholen. Aber aus welchem anderen Grund hätten die beiden sonst hier sein sollen? Die Angst schnürte ihm die Kehle zu. Er schluckte und faßte sich abwesend an den Bauch.

»Was haben Sie denn?« fragte das Skelett.

»Einen empfindlichen Magen.«

»Und das in Ihrem Job? Ist das nicht etwas hinderlich?«

»Hin und wieder.«

»Die Sache ist«, kam das Skelett wieder zum Thema zurück. »Miß Lane war so hart im Nehmen, daß wir einfach nicht sicher sein können, ob sie uns wirklich die Wahrheit gesagt hat – trotz der ziemlich schmerzhaften Begleitumstände. Dieser Frau wäre es durchaus zuzutrauen, daß sie uns sogar dann noch das Blaue vom Himmel heruntergelogen hat, als sie bereits auf dem besten Weg dorthin war.«

»Wäre ja auch nicht das erste Mal gewesen«, flocht der Schönling am Fenster ein. Schon wieder schlecht über eine Tote gesprochen. Nudger beschloß, es ihm diesmal noch durchgehen zu lassen.

Das Skelett gab ein leise rasselndes Geräusch von sich, das wohl ein Lachen sein sollte, und schüttelte den Kopf. »Wollen Sie wissen, was ihre letzte Tat war, Nudger? Sie hat meinen Freund bespuckt. Stellen Sie sich das mal vor! Hat ihm einfach mitten ins Gesicht gespuckt, bevor er ... Wie dem auch sei, die Dame verfügte über erstaunliches Durchhaltevermögen. Ich muß sagen, wir waren schwer beeindruckt.«

»Wie gesagt, kaum kleinzukriegen«, sagte der andere. »Wie sieht es in dieser Hinsicht eigentlich mit Ihnen aus, Nudger? Sind Sie auch aus solchem Holz geschnitzt?«

»Ich bin da wohl eher aus Balsaholz. Jedenfalls weiß ich nicht mehr, als ich Ihnen bereits gesagt habe.«

Das Skelett nickte, weise wie der Tod. »Könnte sein. Außerdem sind wir nicht hier, um Ihnen auf den Zahn zu fühlen – auch wenn das bei Ihnen sicher wesentlich einfacher wäre. Sie sind nicht unbedingt der Typ, der noch zu spucken anfängt, wenn es dem Ende zugeht.«

Er nickte noch einmal, diesmal in Richtung auf den Schönling. Der bückte sich, öffnete die Tür des Vogelkäfigs und holte den Kanarienvogel heraus. Er hielt ihn behutsam in seiner rechten Hand und strich ihm zärtlich über den Kopf, als versuchte er ihn zum Singen zu bringen.

Das Skelett sagte: »Mögen Sie Vögel, Nudger?«

»Klar.« *Bloß keine Tauben.*

Der Schönling stellte sich neben Nudgers Sessel. Dann streckte er die Hand aus, in der er den Kanarienvogel hielt, damit Nudger ihn gut sehen konnte.

Und drückte zu.

Der Vogel riß den Schnabel auf, aber kein Laut kam daraus hervor. Verzweifelt zuckte sein Kopf von einer Seite auf die andere. Wie ein verirrter Zweig zwängte sich ein Bein zwischen den Fingern der Faust hindurch und trat in panischer Angst um sich. Grinsend drückte der Schönling immer fester zu. Aus dem Schnabel des Vogels begann etwas hervorzutreten. Nudgers Magen revoltierte heftig. In seinem Kopf begann sich alles zu drehen. Trotzdem konnte er den Blick nicht abwenden. Und wie aus weiter Ferne hörte er sich sagen: »Herrgott noch mal, hören Sie endlich auf!«

»Wie Sie meinen«, sagte der Schönling und warf Nudger, was von dem Vogel noch übrig war, vor die Füße. Lachte und sagte: »Vielleicht schaffen *Sie* es, ihn zum Singen zu bringen.«

Nur die nackte Angst hinderte Nudger daran, aufzuspringen und dem Mann ins Gesicht zu schlagen. Aber genau darauf hatten sie es natürlich angelegt.

Das Skelett sagte: »Machen Sie einfach so weiter wie bisher, Nudger. Suchen Sie nach den Diamanten. Allerdings mit einem Unterschied: ab sofort sind *wir* Ihre Klienten. Ist das klar?«

»Ja.« Nudger war unfähig, den Vogel anzusehen.

Das Skelett schlurfte auf die Tür zu. Der Schönling folgte ihm und wischte sich ihm Gehen an seinem Taschentuch die Hände ab – gerade so, als hätte er an seinem Wagen eine kleine Reparatur vorgenommen und sich dabei die Finger schmutzig gemacht.

Der Schönling hielt dem Skelett die Tür auf. Beide gingen auf den Flur hinaus. Das Skelett streckte jedoch noch einmal den Kopf zur Tür herein. »Wir werden uns zur gegebenen Zeit bei Ihnen melden – um zu sehen, wie Sie vorangekommen sind. Und jetzt räumen Sie schon den Vogel weg. Und schreiben Sie sich vor allem eines hinter die Ohren: Auch wenn es uns nicht gelungen ist, den Vogel zum Singen zu bringen – *Sie* werden wir auf jeden Fall dazu bringen. Das nur für den Fall, daß Sie auf dumme Ideen kommen und uns irgend etwas zu verheimlichen versuchen sollten.«

Nudger saß da und lauschte dem Geräusch ihrer Schritte, die sich über den Flur entfernten. Noch bevor sie die Treppe erreicht hatten, begannen sie über irgend etwas Witze zu machen. Laut hallte ihr Lachen durch das Treppenhaus. Worüber lachten sie wohl? Über Vanita? Den zerquetschten Kanarienvogel? Oder Nudger?

Für die beiden machte das wohl nicht viel Unterschied.

Dann konnte Nudger sie nicht mehr hören. Widerstrebend schaute er auf den toten Vogel hinab. Statt dessen sah er jedoch Vanita vor sich liegen. *Herr im Himmel!*

Er holte ein paar Papiertücher aus der Küche und räumte den Vogel weg, obwohl sich ihm dabei fast der Magen umdrehte.

Tolle Geschichte, in die er da hineingeraten war.

15

Am nächsten Morgen war es bereits neun, als Nudger aus dem Bett kroch. Nach einem kurzen Zwischenstop in seinem Büro fuhr er ins Dritte Revier, um mit Hammersmith zu sprechen. Für Nudger war neun Uhr ziemlich spät. Er war stocksteif, und sein Kopf fühlte sich an, als versuchte jemand von innen ein Loch durch seine Stirn zu bohren. Die Sonne stach so grell durch die Windschutzscheibe, daß er heftig niesen mußte. Und davon wiederum begannen seine Augen zu tränen und seine Nase zu laufen. Meine Fresse, war das ein Leben!

In der linken Hand hatte er das Lenkrad, in der rechten hielt er einen Styroporbecher mit Kaffee, den ihm Danny mit auf den Weg gegeben hatte. Er nahm im Fahren immer wieder kleine Schlucke davon. Der Becher hatte einen Plastikdeckel mit einer kleinen dreieckigen Trinköffnung. Trotzdem tropfte ihm beim Trinken etwas Kaffee übers Kinn. Das störte ihn jedoch nicht. Falls der Niesanfall Vorbote einer Sommererkältung war, würde Dannys Kaffee jedem Virus in kürzester Zeit den Garaus machen.

Als er das Polizeirevier erreichte, fühlte sich Nudger wieder etwas besser. Die Kopfschmerzen waren fast weg.

Er stellte den Wagen auf dem Besucherparkplatz ab und ging auf den Seiteneingang zu. Hammersmiths Pontiac stand im Schatten. In den Staub auf der Fahrertür hatte jemand LEGALISIERT MARIJUANA geschmiert. Vielleicht war es sogar Hammersmith selbst gewesen, um die Leute vom Rauschgiftdezernat zu ärgern; manchmal konnte er einen ganz schön hinterfotzigen Humor an den Tag legen.

Hammersmith war bereits mehr als zwei Stunden im Dienst. Nudger hatte schon am Vorabend mit ihm telefoniert. Er wurde also erwartet. Trotzdem tat Hammersmith ziemlich überrascht, als Nudger in sein Büro kam; eigentlich hatte er schon um acht mit seinem Besuch gerechnet. »Was ist denn mit dir los, Nudge? Hast du aus Versehen Springers Tür erwischt, bevor du hierher gefunden hast?«

»Nein, ich habe nur verschlafen.«

»Hast wohl zu lange Einkaufsfernsehen geschaut?«

»Von wegen«, brummte Nudger. »Es war die Angst, die mir den Schlaf geraubt hat – keine Goldketten im Sonderangebot.«

Hammersmith massierte sich seine dicke, glattrasierte Wange. Mit der anderen Hand bedeutete er Nudger, Platz zu nehmen. Nudger setzte sich auf den unbequemen Stuhl vor seinem Schreibtisch. Hammersmith hatte einen Stapel Formulare mit den Tagesberichten der Streifenpolizisten vor sich liegen.

»Das solltest du mal lesen.« Mit einer zellophanverpackten Zigarre tippte Hammersmith auf das oberste Formular. »Ständig ist da von Verdächtigen mit blonden Haaren und Augen die Rede. Oder von Opfern mit geköpften Armen und Beinen.«

»Manche Dinge ändern sich eben nie«, tröstete ihn Nudger. »Außerdem muß man nicht das Zeug zum Literaturnobelpreisträger haben, um ein guter Polizist zu sein.«

»Gott sei Dank. Norman Mailers haben wir jedenfalls keine unter uns.« Er lehnte die Zigarre gegen den Aschenbecher, so daß sie direkt auf Nudger gerichtet war – wie eine Rakete kurz vor dem Abschuß. Nudger wußte, daß seine Zeit in Hammersmiths Büro begrenzt war. Das Verbrechen war sozusagen ein Dauerzustand, und Hammersmith hatte beide Hände voll zu tun. Mit einer eleganten Handbewegung gab er Nudger zu verstehen, daß er seiner ungeteilten Aufmerksamkeit gewiß sein konnte. »Also, was ist passiert, Nudge?«

Das erzählte ihm Nudger.

Hammersmith saß da wie ein entspannter Buddha und starrte beim Zuhören unverwandt auf einen Punkt, der schräg oberhalb von Nudgers Kopf an der Wand lag. In seinem breiten rosigen Gesicht zeigte sich keine Reaktion.

Erst als Nudger geendet hatte, senkte Hammersmith den Blick, um ihn zum erstenmal direkt anzusehen: »Glaubst du, die zwei sind dir vom Bestattungsinstitut in deine Wohnung gefolgt?«

Nudger wußte, was Hammersmith dachte. Aber in diesem Punkt mußte er ihn enttäuschen. »Ich hatte eigentlich den Eindruck, daß sie schon eine ganze Weile auf mich gewartet haben. Du könntest ja mal Martini fragen. Aber ich möchte wetten, daß er die beiden nicht bemerkt hat.«

»Ach, du hast Martini im Bestattungsinstitut gesehen?«

»Nur, weil ich ihn kenne«, sagte Nudger. »Sonst hätte ich ihn vermutlich für einen Trauergast gehalten, der bei den Goldfischen Trost sucht.«

»Wie bitte?« Hammersmith machte eine Bewegung, als wollte er nach seiner Zigarre greifen. Offensichtlich verstand er an diesem Tag keinen Spaß.

»Ach, nur so eine Redewendung«, winkte Nudger ab.

»Die Beschreibung deiner zwei Besucher sagt mir leider nichts.«

»Das wundert mich keineswegs. Es dürfte sich bei diesem netten Duo um zwei Diamantendiebe aus New York handeln, die sich auch noch ganz ungeniert damit großgetan haben, Vanita Lane umgebracht zu haben.«

»Ich hoffe nur, daß du eines Tages Gelegenheit finden wirst, das vor Gericht zu wiederholen.« Hammersmith wuchtete seine zwei Zentner von seinem Stuhl hoch, sagte: »Einen Augenblick bitte«, und tänzelte mit gewohnter Grazie aus seinem Büro – gerade so, als hätte

Michail Barischnikow zwanzig Kilo zugelegt und seine Ballettschuhe gegen eine Polizeiuniform eingetauscht.

Etwa fünf Minuten später kam er mit ein paar voluminösen Verbrecheralben und einem langen, mehrmals gefalteten Computerausdruck zurück. »Alle Namen auf dieser Liste sind an der Ostküste aktiv geworden. Willst du sie dir hier durchsehen oder in einem der Vernehmungszimmer?«

»Lieber in einem Vernehmungszimmer. Dann bist du auch nicht weiter gestört.«

»Wie du meinst.«

Hammersmith führte ihn den Gang hinunter in einen kleinen Raum, dessen Wände in typischem Behördengrau gestrichen waren. Das einzige Fenster hatte eine Drahtglasscheibe, und die Deckenlampe war durch ein Gitter geschützt. Unwillkürlich wurde Nudger dadurch an den Vogelkäfig erinnert. Sein Magen krampfte sich zusammen.

»Sag mir Bescheid, wenn du damit durch bist«, sagte Hammersmith. »Dann bringe ich dir die nächsten.«

Er schloß die Tür hinter sich und überließ Nudger sich selbst.

Die Einrichtung des Raums bestand aus zwei stabilen alten Holzstühlen und einem zerschrammten Eichenholztisch, dessen Ränder vom Schweiß der Verzweiflung dunkler waren als der Rest. Beklommen ließ Nudger den Blick über die kahlen Wände und das winzige verstaubte Fenster wandern. Nur gut, daß er nicht an Platzangst litt.

Er ließ sich auf den bequemeren der beiden Stühle nieder. Überflog den Computerausdruck, schlug dann die erste Verbrecherkartei auf und ging es wie ein Familienalbum Seite für Seite durch.

Nach einigem Blättern stieß er schließlich auf ein Foto, bei dem es sich eindeutig um den jüngeren der beiden Männer handelte – den Schönling, der den Kanarienvogel in seiner Hand zerquetscht hatte. Neben seinem Namen und den wichtigsten Lebensdaten war auch sein Vorstrafenregister vermerkt. Roger Bobinet, alias Bobby Rogers, alias Roger Bing. Zum Zeitpunkt seiner ersten Festnahme wegen Autodiebstahls war er zweiunddreißig gewesen. Demnach war er inzwischen sechsunddreißig. Eins zweiundsiebzig groß, einundachtzig Kilo schwer. Haarfarbe schwarz, Augen blau. Keine besonderen Kennzeichen. Die Fahndungsfotos sahen aus wie die Bewerbungsaufnahmen eines ehrgeizigen jungen Schauspielers. Als wären die Gefängniskluft und die Nummer über seiner Brust Requisiten für eine Humphrey-Bogart-Schurkenrolle in einer Collegeaufführung von *Der versteinerte Wald* gewesen. Nicht einmal seine Augen verrieten ihn. Nur die wenigsten Mütter hätten vermutlich etwas einzuwenden gehabt, wenn der nette Roger Bobinet eines Tages vor ihrer Tür gestanden wäre, um ihre Tochter abzuholen.

Einige dieser Mütter hätten ihre Tochter vielleicht nie wiedergesehen.

Nudger markierte die Seite mit Bobinets Fotos mit seinem Daumen und ging mit dem dicken Wälzer in Hammersmiths Büro zurück. Ein Polizist, den er flüchtig kannte, führte einen Mann in Handschellen zu den Arrestzellen und nickte ihm im Vorübergehen kurz zu. Der Festgenommene, ein muskulöser Schwarzer mit nacktem Oberkörper, sagte immer wieder: »Es gibt einfach keine Gerechtigkeit in diesem Scheißland, wenn man kein Geld für einen Anwalt hat...« Er zog seine Beine hinter sich her wie ein Jugendlicher, der nicht in die Schule wollte. Vielleicht hatte er gar nicht so unrecht mit dem, was er sagte, fand Nudger.

Hammersmith telefonierte gerade. Er schnitt ein Gesicht, als er Nudger hereinkommen sah. Nudger setzte sich wieder auf den Stuhl vor dem Schreibtisch und hielt das Verbrecheralbum aufgeschlagen in seinem Schoß. Hammersmith starrte beim Telefonieren unverwandt an die Decke, als befände sich dort eine Dachluke, durch die er gern das Weite gesucht hätte. Er sagte: »Ja, ja, ja«, in den Hörer. Und dann: »Nein, nein, nein.« Schließlich hängte er ohne ein Wort des Grußes ein. Demnach konnte es niemand aus dem Hauptquartier gewesen sein.

»Einen habe ich schon gefunden«, sagte Nudger. Er beugte sich vor, legte das aufgeschlagene Album auf den Schreibtisch und tippte auf Roger Bobinets Foto.

Hammersmith stützte sein fleischiges Kinn auf seine Faust und sah sich das Foto aufmerksam an. »Sieht aus wie einer der halbwüchsigen Freunde meines Sohnes.«

»Als die Fotos aufgenommen wurden, war er bereits zweiunddreißig.«

»Genausogut könnte er neunzehn oder neununddreißig sein. Eines von diesen Gesichtern, wie? Wie Johnny Carson vor ein paar Jährchen.«

Nudger konnte zwar keine Ähnlichkeit zwischen Johnny Carson und Roger Bobinet feststellen, sagte aber nichts dergleichen. Die Zigarre lehnte noch immer wie eine Minuteman-Rakete am Aschenbecher.

»Wir werden seine Daten gleich mal durch das NCIC laufen lassen.« Hammersmith stand auf, nahm das Verbrecheralbum vom Schreibtisch und klemmte es sich unter den Arm. »In einer Minute bin ich wieder zurück. Die Wunder des Computerzeitalters.« Das NCIC (National Crime Information Center), die nationale Verbrechensinformationszentrale des FBI, war eine Art landesweite Datenbank, in der sämtliche Basisinformationen über Kriminelle gespeichert waren. Der Hauptcomputer im FBI-Hauptquartier enthielt etwa zwanzig Millionen Daten über gesuchte oder vermißte Personen, gestohlene Wertgegenstände und Vorstrafenregister. Diese Einrichtung bestand nun schon seit mehr als zwanzig Jahren und hatte sich seitdem als sehr nützlich erwiesen.

Nudger sagte, daß es ihm nichts ausmachte zu warten. Wenn Bobinet sogar in St. Louis wegen Autodiebstahls registriert war, standen die Chancen ziemlich hoch, daß auch das FBI etwas über ihn vorliegen hatte.

Diesmal war Hammersmith schneller zurück als beim erstenmal. Er hielt wieder einen dieser weiß-grünen Computerausdrucke in der Hand. Das Lächeln, das diesmal um seine Lippen spielte, gefiel Nudger allerdings ganz und gar nicht. »Ein ausgesprochen reizender Mensch, dieser Bobinet«, begann er, setzte sich hinter seinen Schreibtisch und überflog den Ausdruck. »Mit sechzehn hat er bereits zum erstenmal gesessen. In New Jersey. Wegen Vergewaltigung. Darauf folgte mit neunzehn ein längerer Gefängnisaufenthalt in New York. Wegen Einbruchs und Gewaltanwendung mit einer tödlichen Waffe – und das auch noch ausgerechnet mit einer Armbrust. Dann wurde er endlich erwachsen, gab sich nicht mehr mit derlei kindischem Kleinkram ab. Festnahme, aber keine Verurteilung wegen der brutalen Folterung und Ermordung einer Bardame in Newark. Im Augenblick wird er wegen Entführung und Ermordung eines zwölfjährigen Mädchens in New York gesucht.« Hammersmith ließ den Computerausdruck auf seinen Schreibtisch fallen. »Diesem Kerl ist alles zuzutrauen, Nudge. Du solltest besser auf der Hut sein.«

»Wem sagst du das? Du müßtest doch eigentlich am besten wissen, daß ich von Natur aus zur Vorsicht neige.«

»Du magst ja alle möglichen Eigenschaften haben – aber ganz sicher bist du auch ein bißchen bescheuert.«

»Danke für die Blumen.«

»Na, sagen wir mal lieber ›verbohrt‹, statt ›bescheuert‹ – obwohl das manchmal auf dasselbe hinauslaufen kann. In diesem Fall könnte es auch ›tot‹ bedeuten.«

Nudger wußte, daß Hammersmith recht hatte. Obwohl ihm ›hartnäckig‹ lieber gewesen wäre als ›verbohrt‹.

»So normal Kerle wie dieser Bobinet nach außen hin auch scheinen mögen«, fuhr Hammersmith fort, »handelt es sich allerdings oft gerade bei diesen harmlosen Typen um die gefährlichsten Psychopathen – vor allem, wenn sie so eine Latte von Vorstrafen vorzuweisen haben. Das ist, als hätte man es mit Angehörigen einer anderen Spezies zu tun; sie haben zwar irgendwie gelernt, sich so anzupassen, daß sie nicht auffallen, aber richtig menschlich geworden sind solche Kerle trotzdem nie. So eine Type bringt dich mit derselben Selbstverständlichkeit um, wie ein Farmer einem Hühnchen den Hals umdreht; nur würde er sich vermutlich mehr Zeit dafür lassen und sich einen Spaß daraus machen.«

Nudger sah sich zwar nicht gerade gerne in der Rolle des Opferhuhns, aber er verstand sehr gut, worauf Hammersmith hinauswollte. »Wie lange ist es schon her, daß er dieses Mädchen in New York umgebracht hat?«

»Angeblich umgebracht hat«, korrigierte ihn Hammersmith.

»Na gut. Vielleicht war's ja auch ein anderer.«

Mit zusammengekniffenen Augen überflog Hammersmith den Ausdruck. »Das war... hmmm, vor achtzehn Monaten. Übrigens habe ich hier auch eine Liste von Bobinets aktenkundigen Partnern. Ich habe sie bereits durch den Computer überprüfen lassen. War allerdings keiner darunter, auf den deine Personenbeschreibung zutrifft.«

»Der andere Kerl muß ja nicht immer so dünn gewesen sein«, gab Nudger zu bedenken. »Vielleicht hat er wegen einer schweren Krankheit sehr stark abgenommen. Dadurch könnte sich sein Gesicht sehr verändert haben.«

»Das wäre eine Möglichkeit. Ich werde vom NCIC gleich mal ein paar Fotos anfordern. Das gibt mir Gelegenheit, unser Fax mal wieder zum Einsatz zu bringen.« Hammersmith lehnte sich zurück und packte die Zigarre aus. Holte sein silbernes Feuerzeug mit der Riesenflamme heraus. Steckte sich die Zigarre an und grinste Nudger durch die erste Rauchwolke zufrieden an. Audienz beendet.

Nudger hielt den Atem an, bis er aufgestanden war und seine Nase auf eine Höhe gebracht hatte, wo die Luft zum Atmen noch nicht durch dichten Qualm verpestet war. »Vielen Dank für deine Hilfe, Jack.«

»Gern geschehen, Nudge.« Hammersmith legte die Zigarre in den Aschenbecher. Wie eine Kobra unter den Klängen der Flöte des Schlangenbeschwörers wand sich der Rauch der Decke entgegen. Vermutlich war er auch genauso tödlich. »Ich nehme an, daß sich dieser Bobinet und sein Freund telefonisch bei dir melden werden. Sag mir bitte sofort Bescheid, wenn das der Fall ist.«

»Soll ich ihnen nicht lieber ein Treffen vorschlagen? Dann könntest du ihnen einen Hinterhalt legen und sie vielleicht sogar festnehmen.«

»Das ist doch wohl nicht dein Ernst? Auf so etwas würden die sich doch nie einlassen. Wenn überhaupt, dann tauchen diese beiden völlig unerwartet bei dir auf – und zwar dann, wenn es *ihnen* in den Kram paßt.«

»Willst du mein Telefon abhören lassen?«

»Das wäre die Mühe nicht wert. Profis wie die rufen von einer Zelle an und quatschen nicht lange.«

Der Qualm, der von der Zigarre aufstieg, schien inzwischen Nudgers Witterung aufgenommen zu haben. Bedrohlich kräuselte er sich genau auf ihn zu. Nudger zog sich in Richtung Tür zurück.

»Ich sage dir sofort Bescheid, wenn sie anrufen, Jack.«

»Falls sie *persönlich* bei dir auftauchen, laß es mich ebenfalls wissen – und zwar möglichst, sobald sie gegangen sind. Falls du dann noch dazu fähig bist.«

Nudger schluckte. Sein Magen spielte verrückt. Er war sich nicht sicher, ob der Grund dafür seine Angst war oder der Zigarrenrauch.

Er hatte bereits die Türklinke in der Hand, als ihm Hammersmith noch hinterherrief: »Das hat man davon, wenn man wildfremden Frauen seine Visitenkarte gibt.«

16

Kaum hatte Nudger sein Büro betreten, begann das Telefon zu klingeln. Er nahm den Hörer ab und schaltete gleichzeitig die Klimaanlage ein. Sie fing sofort wieder mit ihrem blöden *Plinker plinker plinker* an. Es hörte erst auf, als er einmal kräftig gegen die Verkleidung schlug.

»Mr. Nudger?«

Er erkannte den ländlichen Einschlag von Marlou Dees Stimme sofort. Sagte ihr, daß er tatsächlich Mr. Nudger wäre und daß es Nudger allein auch täte.

»Haben Sie denn keinen Vornamen?«

»Schon, aber er gefällt mir nicht.«

»Na gut, Nudger. Weswegen ich anrufe: Ich glaube, jemand... war in meiner Wohnung.«

»Wie kommen Sie darauf?«

»Ein paar Dinge stehen nicht mehr so da wie heute morgen, bevor ich einkaufen gegangen bin. Ich meine, die Wohnung ist nicht irgendwie durcheinander; es fehlt nichts, und es sieht auch nicht so aus, als wäre irgendwas verrückt. Trotzdem bin ich ganz sicher, daß ein paar Dinge nicht am selben Platz stehen wie zuvor – wenn es auch nur ein paar Zentimeter sind, die sie verrückt sind. Auch die Gewürze im Küchenschrank stehen nicht mehr so wie sonst. Das Kurkuma war zum Beispiel immer ganz hinten, und der Salbei ist jetzt da, wo vorher das Kurkuma war.«

Eine Nachbarin auf Fenchelklau, dachte Nudger. »Haben Sie schon beim Silberbesteck nachgeschaut?« Im selben Moment wurde ihm jedoch bereits bewußt, daß er kein Recht hatte, sich über Marlou lustig zu machen. War ja auch kein Wunder, daß sie nach der Begegnung mit Edward Franks gleich wegen jeder Kleinigkeit die Flöhe husten hörte.

»Mein ganzes Besteck besteht nur aus ein paar billigen Stahlmessern und -gabeln, die ich in irgendwelchen Steak 'n' Shake-Restaurants geklaut habe, Mr. Nudger. Und die würde wohl niemand mitgehen lassen. Außerdem ist das nicht nur in der Küche so. Die Couchpolster im Wohnzimmer sehen zum Beispiel auch aus, als hätte jemand die Bezüge abgenommen und anschließend wieder draufgemacht, ohne sich noch einmal auf das Sofa zu setzen. Und der Couchtisch steht auch anders da als zuvor.«

Nudger mußte an den Komiker denken, der behauptet hatte, seine gesamte Wohnungseinrichtung wäre gestohlen und durch lauter vollkommen identische Gegenstände ersetzt worden. Nur war das hier alles andere als komisch. Vermutlich hatten Bobinet und das Skelett herausgefunden, daß Vanita eine Schwester hatte. Es war nicht einmal auszuschließen, daß Nudger selbst sie auf ihre Spur geführt hatte. Nudger, der Kuß des Todes. Er schauderte.

»Ich komme sofort bei Ihnen vorbei und sehe mir das Ganze mal an.«

»Das wäre nett, Nudger. Ich glaube, ich bin in letzter Zeit doch etwas nervös.« Das hörte sich wie eine Entschuldigung an. Als täte es ihr leid, ihn wegen so einer Lappalie zu behelligen.

»Mir geht es genauso«, gestand ihr Nudger. »Scheint wohl ansteckend zu sein. Bis in einer halben Stunde also.«

Sie öffnete ihm die Tür, bevor er klopfen konnte. Diesmal trug sie ein schulterfreies Oberteil zu ihrer Levi's. Wenn sie nicht gerade zu einer Beerdigung ging, gehörten Levi's wohl zu ihrer Standardausrüstung. Dieses Exemplar war schon ziemlich durchgewetzt und ausgewaschen und unglaublich eng; es hätte ihn nicht gewundert, wenn sie sich flach aufs Bett hätte legen müssen, um sich Zentimeter für Zentimeter hineinzuzwängen. Schleunigst verbannte er das Bild, das diese Vorstellung in ihm hervorrief, wieder aus seinem Kopf. Das Oberteil war aus einem leuchtend blauen Stretchmaterial, das sich wie angegossen um ihre flachen Brüste legte. Wenn sie eine leichte Drehung mit dem Oberkörper machte, kamen unter dem Stoff auch ihre Rippen zum Vorschein. Sie gehörte zu der Sorte Frauen, die bis in die Wechseljahre eine Figur hatten wie ein hochgeschossener Teenager.

Sie trat einen Schritt zurück, um ihm Platz zu machen. Als sie dabei lächelte, kam die Lücke zwischen ihren Vorderzähnen zum Vorschein. Und die seltsame Geruchsmischung aus Parfüm und Schweiß, die ihm in die Nase stieg, als er an ihr vorbei die Wohnung betrat, übte eine seltsam erregende Wirkung auf ihn aus.

Die altersschwache Klimaanlage im Fenster kämpfte unter Aufbietung ihrer letzten Kräfte gegen die Hitze an; wie es schien, mit Erfolg. Denn es war angenehm kühl in der Wohnung. Eine andere Frage war allerdings, wie lange das noch so bleiben würde. Wegen des Kondenswassers hatte sich auf dem Plastikgrill der Klimaanlage bereits eine dicke Eisschicht gebildet, die den Luftaustausch jeden Augenblick zum Erliegen bringen konnte.

Marlou entging nicht, daß Nudger einen besorgten Blick in Richtung Klimaanlage warf. »Ich muß das Ding spätestens nach einer Stunde wieder abstellen. Sonst vereist es nämlich so stark, daß es nicht mehr richtig funktioniert. Eigentlich hätte der Hausbesitzer den Kasten schon längst reparieren lassen müssen. Aber bis er sich dazu mal aufrafft, muß ich eben die Hälfte der Zeit schwitzen.«

»Nur gut, daß ich hier bin, während der Kasten funktioniert.«

»Wenn die Chancen fifty-fifty sind, ist das mehr, als man in der Regel erwarten kann.«

»Was für ein kluges Mädchen.« Nachdem er sich eine Weile ausgiebig im Wohnzimmer umgesehen hatte, ging er in die Küche, wo ihm Marlou zeigte, welche Gegenstände verrückt worden waren. Gewürzgläser und Lebensmittelpackungen, die an einem anderen Platz standen. Wer auch immer sich hier umgesehen hatte, hatte keine Ahnung von Gewürzen – kein Gefühl für Thymian. Als Marlou die Gewürzschublade wieder zuschob, stieg daraus ein solches Düftechaos aus, daß Nudger um ein Haar niesen mußte. »Sogar die Mayonnaise stand weiter hinten im Kühlschrank«, sagte sie. »Dort steht sie sonst nie. Wenn ich mir ein Sandwich mache, gebe ich immer Mayonnaise drauf. Deshalb habe ich das Glas ständig griffbereit.«

»Nehmen Sie dazu denn keinen Ketchup oder Senf?«

»Nicht auf Sandwiches. Was das Essen betrifft, bin ich ziemlich eigen.«

»Und wie steht's mit dem Schlafzimmer?«

»Die Sachen im Schrank und in der Kommode sehen auch so aus, als hätte sich dort jemand zu schaffen gemacht. Wollen Sie mal sehen?«

»Ich glaube Ihnen auch so.« Nudger war längst zu der Überzeugung gelangt, daß sie sich das alles nicht nur einbildete. Die Wohnung wies eindeutige Anzeichen auf, daß sie durchsucht worden war, und zwar von Leuten, die etwas von ihrem Geschäft verstanden. Aber entgegen aller Fernsehkrimis war es vollkommen unmöglich, eine Wohnung gründlich zu durchsuchen, ohne dabei Spuren zu hinterlassen, die von der Person, die dort wohnte, nicht bemerkt worden wären – und dies um so mehr, wenn es sich dabei um eine wachsame junge Frau handelte, die nur Mayonnaise auf ihren Sandwiches aß.

»Und? Was glauben Sie, Nudger?«

»Die Wohnung wurde tatsächlich durchsucht.«

»Vermutlich nach den Diamanten. Glauben Sie, das war schon wieder dieser Franks?«

»Schön wär's. Aber ich fürchte, diesmal war es jemand anderer.«

»Die Polizei?«

»Kaum.«

»Wer dann?«

»Jemand, den Sie nicht kennen – und möglichst auch nie kennenlernen sollten.«

Ihre naiven grünen Augen weiteten sich. Aber sie wirkte eher neugierig als verängstigt. »Die Diamantendiebe also?«

Nudger nickte. »Die Männer, die Vanita umgebracht haben.«

Das hatte gesessen. Jetzt bekam sie es doch mit der Angst zu tun. Ihre Lippen schlossen sich über ihren vorspringenden Zähnen, und ihr Kehlkopf begann heftig auf und ab zu zucken. »Mein Gott, sie waren hier in meiner Wohnung?« Sie sah sich ängstlich um, als hätten sie sich in einem Schrank oder hinter einem Vorhang versteckt, um darauf zu warten, bis sie wieder allein war. Das war keineswegs völlig ausgeschlossen. Nudger spürte ein heftiges Zwicken im Magen.

»Was haben Sie heute noch vor?« wollte er wissen.

»Von zwölf bis fünf muß ich zur Arbeit. Und anschließend wollte ich noch in das Bestattungsinstitut fahren.«

»Wo arbeiten Sie?«

»Ich habe keine feste Stelle. Im Moment vertrete ich für ein paar Wochen die Empfangsdame eines Immobilienmaklers.«

»Können die sich Ersatz für Sie beschaffen?«

»Meinen Sie, heute schon?«

»Ab morgen. Auf unbestimmte Zeit.«

»An sich dürfte das kein Problem sein. Außerdem wollte ich mir morgen sowieso freinehmen – wegen Vanitas Beerdigung.«

»Ich werde Sie jetzt zur Arbeit fahren«, schlug Nudger vor. »Und um fünf hole ich Sie wieder ab. Am besten bleibe ich bis auf weiteres immer in Ihrer Nähe. Heute nacht werde ich hier auf dem Sofa schlafen. Und morgen sollten Sie besser aus der Stadt verschwinden.«

»So richtig untertauchen? Wie Vanita?«

»Nicht wie Vanita«, beeilte sich Nudger, sie zu korrigieren. Mehr als nur ein bißchen von schlechtem Gewissen geplagt. »Irgendwo außerhalb der Stadt, wo niemand Sie findet. Vanita hat mir erzählt, Sie stammen aus dem Südwesten von Missouri. Deshalb möchte ich Sie irgendwo im Nordosten unterbringen. Möglichst weit weg von hier, aber auch wieder nicht so weit, daß es mit dem Wagen nicht in ein paar Stunden zu erreichen ist. Wie wär's zum Beispiel mit Hannibal?«

»Mr. Nudger, ich kann es mir nicht leisten ...«

»Für die Kosten komme ich auf. Ihre Schwester hat mir einen Vorschuß gegeben.«

Sie nagte an ihrer Unterlippe, als versuchte sie zu einer Entscheidung zu kommen. Dabei war ganz deutlich zu sehen, wie sich ihr Brustkorb unter dem dünnen Top schwer atmend hob und senkte.

»Sie haben gar keine andere Wahl, Marlou. Denken Sie nur daran, wie es Vanita ergangen ist.«

»Wie sollte ich das je vergessen. Aber wie kommen diese Leute eigentlich auf die Idee, *ich* könnte diese Diamanten haben?«

»Weil Sie Vanitas Schwester sind. Vermutlich nehmen sie nur an, daß Sie etwas über die Diamanten wissen könnten. Aber das ist für diese Kerle bereits Grund genug, ziemlich unangenehm zu werden. Außerdem ist das im Moment die einzige heiße Spur, die sie haben.«

»Also, ich bin ganz sicher, daß diese Diamanten immer noch irgendwo in New York sein müssen.«

»Vermutlich haben Sie sogar recht. Aber diese Leute glauben nun mal, Rupert Winslow hätte sie an Vanita geschickt. Und da ist es natürlich auch naheliegend, davon auszugehen, daß Ihre Schwester die Steine Ihnen zur Aufbewahrung gegeben hat – oder Ihnen zumindest gesagt hat, wo sie versteckt sind.«

Bitter ließ Marlou den Blick über ihre spärlichen Besitztümer wandern. »Daß ich nicht lache! Ich soll hier Diamanten im Wert von einer Million Dollar rumliegen haben? Ziemlich komische Vorstellung, finden Sie nicht auch?«

»Trotzdem scheinen die Männer, die Vanita umgebracht haben, diese Möglichkeit nicht für vollkommen ausgeschlossen zu halten. Und sie werden Sie sicher nicht eher in Frieden lassen, als bis sie sich vom Gegenteil überzeugt haben.«

Sie seufzte. »Vermutlich haben Sie sogar recht.«

»Es ist jetzt Viertel nach elf. Wann müssen Sie zur Arbeit?«

»Eigentlich wollte ich vorher noch was essen. Haben Sie Lust, mir dabei Gesellschaft zu leisten? Nichts Besonderes – nur ein paar Sandwiches und Limonade. Aber alles frisch aus dem Laden.«

»Gerne«, nickte Nudger. »Hört sich gut an.«

Er ging mit ihr in die Küche und setzte sich an den kleinen, weiß lackierten Tisch, während sie das Essen machte. Da es die kühle Luft von der Klimaanlage im Wohnzimmer kaum durch den Durchgang zur Küche schaffte, war es hier wesentlich wärmer. An Marlous schweißglänzender Stirn klebte eine Strähne ihres roten Haars. Sie bewegte sich geschickt und behende und war ganz auf ihre Aufgabe konzentriert. Ein bodenständiges Mädchen vom Land, das gern in der Küche hantierte.

Es gab Diät-Pepsi, Kartoffelchips, eingelegtes Gemüse und Bologna-Sandwiches mit Tomatenscheiben und Salat drauf. Und Mayonnaise.

17

Marlou schlüpfte in eine schwarze Hose und eine dazu passende Jacke. Darunter trug sie eine weiße Bluse und eine schwarze Fliege, die ihrem Aussehen jedoch absolut nichts Männliches verlieh.

In diesem Geschäftsfrauenoutfit fuhr Nudger sie zum Büro von Fisk Realty im South Kingshighway und beobachtete, wie sie aus dem Wagen stieg und das Gebäude durch die gläserne Eingangstür betrat. Ihr Gang wirkte etwas unsicher, als wäre sie es nicht gewöhnt, auf hochhackigen Schuhen zu gehen. Vermutlich lief sie sonst den ganzen Tag immer nur barfuß in ihrer Wohnung herum.

Von der Stelle, wo er den Wagen geparkt hatte, konnte Nudger sie mit einem dicken Mann in einem hellen Anzug sprechen sehen. Dann nahm sie hinter ihrem Schreibtisch Platz. Keine Minute später sah Nudger sie den Hörer ihres Telefons abnehmen und gleich darauf jemandem im Büro etwas zurufen.

Das Büro war ziemlich klein. Es lag am Ende eines einstöckigen Flachbaus und grenzte nach Norden zu an ein Blumengeschäft. Nudger fragte sich, ob Marlou die Blumen am Sarg ihrer Schwester wohl hier gekauft hatte. Wäre zumindest recht praktisch gewesen. Aber das war vermutlich auch das einzige, was in ihrem Leben in letzter Zeit einigermaßen glatt verlaufen war.

Nudger blieb noch eine Weile im Wagen sitzen und beobachtete sie. Allerdings ging er davon aus, daß sie in dem kleinen, dicht besetzten Büro, in dem sie auch von der Straße ganz deutlich zu sehen war, nichts zu befürchten hatte.

Nach etwa einer halben Stunde fuhr er einmal langsam um den Block, um anschließend wieder an einer Stelle zu parken, wo er das Büro von Fisk Realty gut im Auge hatte. Diese Prozedur wiederholte er während der nächsten paar Stunden noch mehrere Male; um keinen Verdacht zu erregen, stellte er den Wagen allerdings zur Abwechslung auch mal in einer Seitenstraße ab oder wählte eine andere Route, wenn er um den Block fuhr. Da es sich jedoch beim Kingshighway um eine stark befahrene Durchgangsstraße handelte, bestand kaum Gefahr, daß jemand auf ihn aufmerksam wurde. Hin und wieder betrat jemand das Maklerbüro; es waren auch ein paar betont gut gekleidete Männer mit Aktentaschen oder Diplomatenkoffern darunter. Vertreter vermutlich. Oder zumindest sahen sie so aus.

Marlou saß währenddessen hinter ihrem Schreibtisch im Empfangsbereich und bediente die Telefone. Zwischendurch kamen immer wieder andere Büroangestellte zu ihr, um kurz mit ihr zu sprechen oder einen Zettel mit einer Nachricht von ihr entgegenzunehmen. Obwohl sie mehr oder weniger ständig zu tun hatte, dürfte die Zeit trotzdem quälend langsam für sie verstrichen sein. Nudger ging es nicht anders.

Irgendwann knurrte sein Magen etwas wie »Geeeenug!«, worauf er den Wagen startete und zu Uncle Bill's Pancake House losfuhr.

Das Uncle Bill's war aus South St. Louis sozusagen nicht mehr wegzudenken: es gab dort die besten Pfannkuchen der Welt. Nudger bestellte sich gleich ein paar davon und spülte das Ganze mit schwarzem Kaffee hinunter. Dann saß er noch eine Weile an seinem Fenstertisch und starrte auf den Verkehr hinaus. Langsam wurde es Abend, aber trotz der Markise und der getönten Scheiben war es noch immer glühend heiß in dem Lokal. Blitzend brach sich die tiefer sinkende Sonne in den Windschutzscheiben der vorbeifahrenden Autos und auf den Dächern der Gebrauchtwagen auf dem Grundstück gegenüber. Es war auch ein kanarienvogelgelbes Taxi darunter. Das erinnerte Nudger unwillkürlich daran, was Roger Bobinet mit dem kleinen Vogel angestellt hatte. Aber was war schon ein toter Vogel?

Nudger war jedoch nur zu deutlich bewußt, daß es eben nicht nur um den toten Vogel ging. Entscheidend war vielmehr, daß es ihm ganz ähnlich ergehen konnte. Und Roger Bobinet hätte auch bei ihm nicht die leiseste Gefühlsregung gezeigt. Leute seines Schlags machten keinen großen Unterschied zwischen dem Leben eines Tiers und dem eines Menschen. Nur so war man imstande, einem anderen Menschen das anzutun, was er Vanita angetan hatte. Und das war es auch gewesen, was Nudger das Blut in den Adern hatte gefrieren lassen, als er mitansehen hatte müssen, wie Bobinet dem Kanarienvogel kaltblütig den Garaus gemacht hatte. Bobinets Methoden mochten zwar primitiv und brutal sein, aber ihre Wirkung verfehlten sie ebensowenig wie die vor einem mittelalterlichen Stadttor aufgespießten Köpfe von Schwerverbrechern. Die Angst stak ihm noch verdammt tief in den Knochen.

Nach fünf Tassen Kaffee bekam Nudger genug von dem bitteren Geschmack in seinem Mund und dem untätigen Herumsitzen. Wenn er nicht auf der Stelle aufstand und zu seinem Wagen ging, kam er vielleicht gar nicht mehr von hier los – festgewachsen wie eine Koralle auf einem Felsenriff.

Er nahm einen Schluck Wasser, ließ dafür, daß er den Tisch so lange in Beschlag genommen hatte, ein großzügiges Trinkgeld zurück und zahlte an der Kasse. Auf dem Weg nach draußen kam er an einem Schaukasten vorbei, in dem ein Töpfer seine Werke ausgestellt hatte. Unwillkürlich fragte er sich, wer wohl eine silberne Wanduhr kaufte, die aussah wie eine Klobrille. Unter der Kloschüsseluhr stand eine kaum weniger gräßliche Statue von Jesus, der sein Kreuz nach Golgatha schleppte. Die Christusstatue war mit einem Schalter versehen und war als Lampenfuß gedacht. Typisch South St. Louis.

Gegen Viertel vor fünf fuhr Nudger wieder vor dem Büro von Fisk Realty vor, parkte am Straßenrand und wartete auf Marlou.

Es vergingen noch einmal zwanzig Minuten, bis sie im Eingang des Büros erschien. Sie wirkte noch genauso frisch wie zu dem Zeitpunkt, als sie das Gebäude betreten hatte. Glückliche Jugend. Dagegen kam nicht einmal der zermürbendste Alltagstrott an. Allein dieses beschwingte Federn in ihren Beinen – als ob sie jeden Moment lostanzen würde.

»Was haben Sie gemacht, während ich gearbeitet habe?« Sie glitt neben ihm auf den Beifahrersitz und warf die Tür so heftig hinter sich zu, daß sich der Rückspiegel verstellte.

»Ach, nichts Besonderes. Ich bin ein bißchen rumgehangen, hab' eine Kleinigkeit gegessen.« Er stellte den Rückspiegel wieder ein und warf einen prüfenden Blick auf die Straße hinter ihm. Nichts Ungewöhnliches zu entdecken.

»Was zu essen könnte ich jetzt auch vertragen«, sagte Marlou. »Ständig an der Strippe zu hängen kann einen ganz schön hungrig machen.«

Das war Nudger zwar neu, aber er hing ja auch nicht ständig am Telefon wie die halbe Portion neben ihm.

»Ich wüßte da nicht weit von hier ein tolles Lokal«, schlug sie vor. »Schon mal vom Uncle Bill's gehört?«

Zehn Minuten später saß Nudger wieder am selben Tisch, schüttete noch mehr Kaffee in sich hinein und sah Marlou dabei zu, wie sie eine Riesenportion Buchweizenpfannkuchen mit Schinken verdrückte. »Ich esse hier ziemlich oft«, sagte sie, den Mund voll Pfannkuchen. Würde sie wohl gleichzeitig vierzig Jahre alt und zwei Zentner schwer werden? Allerdings konnte er sie sich weder so alt noch so schwer vorstellen.

Nach dem Essen fuhr er mit ihr noch einmal in ihre Wohnung zurück, damit sie sich für den Besuch im Bestattungsinstitut umziehen konnte. Den schwarzen Blazer behielt sie gleich an, aber sie schlüpfte dazu in eine dunkle Bluse und einen grauen Rock. Als sie damit aus dem Schlafzimmer kam, sagte sie, daß sie nicht viel Erfahrung mit dem Tod und dem Sterben hätte. Dann nahm sie eine Pose wie aus einem Versandhauskatalog ein und fragte ihn vollkommen ernst, ob sie sich so sehen lassen könnte. Na klar, versicherte er ihr. Nichts daran auszusetzen. Dann fuhr er mit ihr zum Bestattungsinstitut.

An diesem Abend war dort niemand, um von Vanita Abschied zu nehmen. Nudger warf keinen Blick in den noch immer offenen Sarg. Nicht einmal Martini war irgendwo zu sehen. Nudger nahm auf einer Sitzgruppe im Foyer Platz und überflog die Morgenzeitung. Hin und wieder warf er einen Blick zu Marlou hinüber. Sie saß mit übereinandergeschlagenen Beinen auf einem kleinen elfenbeinfarbenen Brokatsofa und sah so jung und verlassen aus, daß ihm das Herz wehtat. Von seinem Magen erst gar nicht zu reden. Er genehmigte sich seine letzte Tablette und warf die zerknüllte Silberfolie in einen Aschenbecher.

Als Vanita am nächsten Morgen im Resurrection Cemetery beerdigt wurde, hielt sich Nudger ganz im Hintergrund. In einiger Entfernung vom Grab stand er gegen den Stamm einer alten Platane gelehnt und ließ sich auch nicht von dem erbosten Geschnatter eines Eichelhähers vertreiben, der aufgeregt von einem Ast zum anderen sprang. So leicht gab Nudger dieses schattige Plätzchen nicht auf. Da konnte der blöde Vogel noch soviel zetern.

Er ließ Marlou keine Sekunde aus den Augen, und je weniger Aufmerksamkeit er dabei auf sich lenkte, desto besser. Sowohl die Sargträger wie der Geistliche waren vom Bestattungsinstitut gestellt. Vanita war offensichtlich keine sehr eifrige Kirchgängerin gewesen. Außer Marlou war nur noch die Frau erschienen, die Nudger erzählte hatte, daß Vanita mal für sie gearbeitet hatte.

Es war ein herrlicher Morgen. Und das Ganze dauerte nicht lange. Das war ja auch das mindeste, was man von einer Beerdigung verlangen konnte – abgesehen davon, daß es nicht seine eigene war.

Danach sprach Marlou eine Weile mit dem Geistlichen, der ihr wie einer dieser Sektenprediger, die einen von allen Gebrechen heilen, seine weiche, schlaffe Hand auf die Schulter legte, bevor er sich schließlich auf die Leichenwagen zu entfernte. Vanitas ehemalige Chefin warf Marlou nur wortlos einen kurzen Blick zu und ging dann in dem typischen Eiergang übergewichtiger Frauen in Stöckelschuhen auf das Porsche-Cabrio zu, das bei den anderen Wagen des ziemlich klein geratenen Leichenzugs stand.

Langsam und würdevoll glitten die zwei schwarzen Limousinen des Bestattungsinstituts, gefolgt vom Leichenwagen, zwischen den Gräbern hindurch auf den Ausgang zu. Die Sonne brach sich so fröhlich in ihren spiegelblank polierten Karosserien, als bedeutete dieser Morgen einen Anfang und kein Ende.

Für einen Moment blieb Marlou neben Vanitas Sarg stehen, der nur noch darauf wartete, in das Grab hinabgelassen zu werden. Dann wandte sie sich abrupt ab und kam durch das schattengesprenkelte Sonnenlicht auf Nudger zu. Trotz der geschmeidigen Eleganz ihrer Bewegungen entstand in dem ständigen Wechselspiel aus Licht und Schatten der Eindruck, als bewegte sie sich ruckartig wie in einem alten Film.

Als sie näher kam, konnte er sehen, daß ihre Augen stark gerötet waren. Seinem Blick ausweichend, kramte sie kurz in ihrer Handtasche, holte eine überdimensionale Sonnenbrille mit violetten Gläsern heraus und setzte sie sich auf. Sie sah damit aus wie ein kleines Mädchen, das eine Filmdiva mimte.

Alles, was sie sagte, als sie an Nudger vorbeiging, war: »Lassen Sie uns nach Hannibal fahren.«

Bisher hatte sie den Eindruck gemacht, als wäre sie nur sehr widerstrebend bereit, für eine Weile unterzutauchen. Aber vielleicht hatte die Endgültigkeit des Begräbnisses seine Wirkung auf sie doch nicht ganz verfehlt; vielleicht war ihr erst jetzt voll zu Bewußtsein gekommen, daß ihre Schwester nun nur mehr in ihrer Erinnerung existierte.

Sie fuhren zu Marlous Wohnung zurück, damit sie ihre Sachen packen konnte. Sobald sie die Tür hinter ihnen geschlossen hatte, streifte sie als erstes ihre Schuhe von den Füßen. Sie bückte sich, nahm in jede Hand einen Schuh und ging damit ins Schlafzimmer.

Sie war noch kaum durch die Tür, als Nudger sie einen schrillen Schrei ausstoßen hörte. Es war eigentlich gar kein Schrei, eher ein extrem abruptes und heftiges Luftholen, das aber fast genauso laut war wie ein Aufschrei.

Sein Herz schlug ihm bis zum Hals, als er ins Schlafzimmer stürzte.

Weit vornübergebeugt stand Marlou vor dem Bett und übergab sich. Ihre schwarzen Schuhe, die sie immer noch in den Händen hielt, waren mit Erbrochenem bespritzt. Der Schuh in ihrer rechten Hand baumelte nur noch an einem Riemchen von ihren Fingern und machte den Eindruck, als würde er jeden Augenblick zu Boden fallen.

Im ersten Moment begriff Nudger nicht recht, was eigentlich passiert war. Doch dann sah er das tote Tier auf dem Bett. Es war ein mittelgroßer brauner Hund. Er lag auf dem Rücken, als wollte er sich totstellen. Aber er stellte sich nicht nur tot. Jemand hatte ihm den Bauch aufgeschlitzt. Gegen das Fußende des Betts war ein Kranz mit einer Seidenschleife gelehnt, auf der R.I.P. stand. Auch die obligatorische Karte fehlte nicht.

Nudger bückte sich, um zu lesen, was auf der Karte stand. Mit schwarzem Filzstift hatte jemand in sauberen Druckbuchstaben darauf geschrieben: TUT UNS LEID WEGEN IHRER SCHWESTER. DER TOD KANN EINEN BEKANNTLICH ÜBERALL EREILEN. Es überraschte Nudger nicht, daß die Unterschrift fehlte.

Marlou mußte sich noch einmal übergeben. Anschließend bekam sie einen heftigen Hustenanfall.

Seltsam über den Dingen stehend, sagte Nudger: »War das Ihr Hund?« Seine Stimme klang ziemlich gepreßt.

Marlou schüttelte den Kopf. »Ich hab' keinen Hund. Mein Gott, wie kann man nur so etwas tun?«

»Ich kenne da ein paar Leute, die mit Vorliebe auf Tiere zurückgreifen, um einem ihren Standpunkt klarzumachen.«

Marlou hatte sich inzwischen wieder aufgerichtet. Obwohl sie noch immer sehr blaß war, schien es ihr bereits wieder etwas besser zu gehen. Da sie auf dem Land aufgewachsen war, hatte sie sicher schon jede Menge toter Tiere gesehen. Aber nicht so. Auf ihrem Bett. Am Kopfende saß noch immer die Raggedy Ann-Puppe und grinste ihr dämliches Grinsen. Nudger fragte sich, ob Marlou wohl mit der Puppe schlief. Die kindliche Unschuld, die sie ausstrahlte, ließ das Gemetzel auf dem Bett noch brutaler erscheinen.

Es kostete Nudger einige Mühe, endlich wieder einen klaren Gedanken zu fassen. Nur ganz langsam erholte er sich von dem Schock, den ihm der Anblick des toten Hundes versetzt hatte. Allerdings begriff er noch immer nicht recht, was eigentlich passiert war. Für eine typische Stadtpflanze wie ihn war dieser Anblick einfach zuviel gewesen.

Er faßte Marlou behutsam an den Schultern und schob sie in Richtung Bad. »Machen Sie sich erst mal sauber. Und dann fangen Sie schon mal mit dem Packen an.«

Ihre große Augen wanderten zu dem Hund zurück. »Mein Gott, Nudger...«

Erst als er ihr einen leichten Stoß versetzte, setzte sie sich schließlich in Bewegung. Sie bewegte sich wie in Trance, aber sie bewegte sich.

Bittere Galle hinunterschluckend, ging Nudger in die Küche. Nahm einen schwarzen Müllsack aus dem Schrank unter der Spüle.

Kehrte damit ins Schlafzimmer zurück und schaltete, so gut es ging, seinen Verstand ab. Nur so konnte er tun, was getan werden mußte. Der Gestank von Blut und Eingeweiden hatte sich nicht nur in seiner Nase, sondern auch in seinem Mund festgesetzt. Es war ein Geschmack geworden. Die Augen fast geschlossen, schlug er das Laken über dem blutverschmierten Hund zusammen. Dann trat er so weit wie möglich zurück, wuchtete das überraschend schwere Bündel hoch und ließ es in den Müllsack plumpsen. Stopfte den Kranz noch oben drauf. Holte ein Stück Draht aus der Küche und band damit den Müllsack zu.

Schleppte den Sack mit seinem grausigen Inhalt durch den Hintereingang aus dem Haus und ließ ihn einfach hinter der Garage liegen. Allein von dem feucht schmatzenden Geräusch, mit dem der Müllsack zu Boden plumpste, wurde ihm fast übel.

Und jetzt meldete sich auch mit allem Nachdruck sein Magen zu Wort. Er lehnte sich gegen die Hauswand und übergab sich. Die ganze Soße kam in mehreren Schüben hoch.

Als er sich wieder etwas besser fühlte, eilte er in die Wohnung zurück. Im Bad rauschte die Dusche, durch die Leitungen pfiff die Luft. Er betupfte sich mit einem nassen Papiertuch das Gesicht und spülte sich über der Spüle in der Küche den Mund aus.

Marlou trug nur ein blaues Handtuch, als sie aus dem Bad kam. Er stand in der Tür zum Schlafzimmer und sah ihr zu, wie sie ihren feuchten Körper erst in Slip und BH, dann in Levi's und T-Shirt zwängte. Um in die Jeans zu kommen, mußte sie sich auf den Boden setzen. Keinem von beiden war das peinlich. Keiner hatte jetzt Lust, allein zu sein. Marlou sah zwar kein einziges Mal zum Bett hinüber, aber er war sicher, daß sie wußte, daß der tote Hund nicht mehr da war; sonst wäre sie sicher nicht im Zimmer geblieben.

Er half ihr dabei, ihre Kleider aus der Kommode zu nehmen und in einen alten roten Koffer zu packen. Sie hatte ihre Fassung immerhin bereits soweit wieder erlangt, daß sie nur die Sachen aus dem Kleiderschrank nahm, die sie wirklich brauchte. Sie reichte ihm etwa ein Dutzend Kleider, Hosen und Blusen, alles auf Drahtkleiderbügeln.

Dann verschwand sie mit einer weißen Plastiktüte, auf der in grellroten Lettern NATIONAL SUPERMARKETS stand, ins Bad, und er konnte hören, wie sie alle möglichen Kosmetikartikel in die Tüte packte.

Als sie schließlich zum Wagen gingen, trug Marlou die Tüte mit den Kosmetiksachen, er den Koffer; die Kleider an den Bügeln hatte er sich über seine linke Schulter geworfen. Im Freien war es hell und heiß. Wortlos stiegen sie in den Wagen.

Nudger tankte an einer Texaco-Station. Als er an der

Kasse zahlte, kaufte er sich eine frische Rolle Magentabletten und schob sich gleich zwei davon in den Mund. Kaute sie zu schnell und schluckte die scharfkantigen Bröckel hinunter. Dann zählte er noch einmal etwas Geld auf den Ladentisch und griff sich eine Dose Mountain Dew aus dem Kühlschrank neben dem Eingang. Er riß die Dose auf und spülte sich mit der sprudelnden Limonade die letzten Reste der Magentabletten hinunter, um endlich wieder sprechen zu können, ohne daß sich ihm gleich beim ersten Wort die Kehle zusammenschnürte. Dafür traten ihm allerdings jetzt Tränen in die Augen.

Als er wieder in den Wagen stieg, saß Marlou mit gesenktem Kopf da und weinte still vor sich hin. Er fuhr eine Weile kreuz und quer durch die Stadt und trank zwischendurch immer wieder von der Limonade.

Irgendwann hörte Marlou zu weinen auf. Sie saß ganz still da und starrte unverwandt nach vorn – auf etwas an der Innenseite ihrer Schädelwand.

Was'n Leben, dachte Nudger. Könnte gar nicht besser sein. Damit ihm die leere Dose beim Fahren nicht ständig zwischen den Füßen herumrollte, zerdrückte er sie in seiner Faust und warf sie auf den Wagenboden. Um sich zu vergewissern, daß ihnen niemand folgte, fuhr er ein paarmal hintereinander in der falschen Richtung durch eine Einbahnstraße.

Erst dann richtete er die rostige Kühlerhaube seines Granada gen Norden, in Richtung Hannibal.

18

Wohin man auch sah: Alles drehte sich um Mark Twain. Der große Schriftsteller war zwar schon fast ein Jahrhundert lang tot, aber dennoch war er noch immer die Haupteinkommensquelle seiner Heimatstadt. Zu gern hätte

Nudger gewußt, was Twain wohl dazu gesagt hätte, wenn er diesen Rummel noch erlebt hätte. Sicher hätte das einem eingefleischten Zyniker wie ihm ein paar gesalzene Kommentare entlockt.

Der Highway 36 verlief mitten durch die Stadt und wurde dort zur 3rd Street. Nudger bog nach Osten in Richtung Stadtmitte ab und fuhr zum Fluß hinunter.

Das Flußufer war beherrscht von riesigen Getreidesilos, die sauber ausgerichtet in einer Reihe standen, als würde gleich ein ganzes Geschwader Raketen aus ihnen abgeschossen. Dahinter lag ein typischer Mississippi-Dampfer verankert – komplett mit Restaurant, Musik und Tanz. Die alten Lagerhallen unten am Fluß waren fast ausnahmslos zweckentfremdet worden. Sie beherbergten inzwischen Andenkenläden, Boutiquen und Antiquitätengeschäfte sowie jede Menge ›stilechter‹ Restaurants und Bars. Ein typisches Touristenviertel also, in dem nicht einmal ein ehemaliges Bordell fehlte, das mittlerweile in ein Hotel umgewandelt worden war. Huckleberry Finns Fluß.

Nudger fuhr noch ein Stück weiter nach Westen. Obwohl er bereits in weiser Voraussicht merklich vom Gas gegangen war, holperte der Wagen, als hätten die kopfsteingepflasterten Straßen von Hannibal schlagartig allen vier Stoßdämpfern gleichzeitig den Garaus gemacht. Aber vielleicht waren auch nur ein paar Schrauben lokker. Bei so einer alten Kiste war das ja auch kein Wunder.

Plötzlich stieg er auf die Bremse. »Der Laden sieht doch nicht schlecht aus.«

»So gut wie jeder andere«, murmelte Marlou mit ausdrucksloser Stimme. Vanitas Begräbnis stak ihr offensichtlich noch tief in den Knochen.

Nudger steuerte den Granada auf den Parkplatz des Aunt Polly Motel, eines hufeisenförmig angelegten, zweistöckigen Gebäudekomplexs mit einem ovalen

Swimming-pool in der Mitte. Auf dem Schild an der Einfahrt waren zwei Jungen zu sehen, die ziemlich waghalsig auf einem kleinen Floß balancierten. Nudger hätte gern gewußt, wie das Ding nachts aussah, wenn es angestrahlt wurde. Am Rand des Pools stand eine von diesen Plastikrutschen, in denen ständig Wasser lief, damit die Oberfläche naß und gleitfähig blieb. Eine auffallend gut gebaute Frau in einem roten Badeanzug stand an dem Zaun, der den Pool umgab, und beobachtete ein paar zehn- bis zwölfjährige Jungen, die ausgelassen im Tiefen unter dem Sprungbrett herumplanschten. Sie wirkte sichtlich besorgt, als wäre es ihr lieber gewesen, die Jungen hätten etwas weniger Gefährliches getrieben – zum Beispiel die Rutsche benutzt, wie sie das mit sieben getan hatten.

»Kann ich hier schwimmen gehen?« fragte Marlou, als sie aus dem Wagen stiegen. Sie war immer wieder für eine Überraschung gut.

»Klar«, sagte Nudger. »Solange noch jemand anderer in der Nähe ist. Aber sehen Sie zu, daß Sie von sich aus zu niemandem Kontakt aufnehmen und umgekehrt auch niemanden dazu ermutigen. Solange Sie hier möglichst für sich bleiben, dürften Sie nichts zu befürchten haben.«

Sie sah ihn aus zusammengekniffenen Augen an. »Soll ich mich demnach auch unter einem falschen Namen ins Gästebuch eintragen?«

»Klar. Richtig aufregend, wie in einem Krimi. Haben Sie schon eine Idee?«

Sie schüttelte den Kopf. »Ist ja auch egal, was es für ein Name ist – ich werde sowieso nicht damit angesprochen werden. Was soll's also?«

Das Büro des Motels war klein. Die urige Kiefernvertäfelung hatte jede Menge Astlöcher. An der Wand hinter der Rezeption hing ein ausgestopfter fliegender Fisch. Davor standen ein paar graue Plastikstühle und ein Tisch mit einer Mr.-Coffee-Maschine; genauso eine, wie Nudger eine hatte. Mit einem Unterschied: die hier funktionierte vermutlich. Der Glasbehälter war halb voll, und in der Luft hing aromatischer Kaffeeduft. Das erinnerte Nudger daran, daß er noch nichts zu Mittag gegessen hatte und ziemlich hungrig war.

An der Rezeption empfing sie eine ältere Frau mit einem sympathischen Mondgesicht und dünnem grauem Haar. Ihre leuchtend blauen Augen hinter der runden Brille waren viel zu klein für ihr großflächiges Gesicht. Sie sah aus wie eine von diesen Puppen aus getrockneten Äpfeln, die oft sehr lebensecht wirkende Gesichter hatten. Vielleicht Aunt Polly persönlich.

Nudger tauschte ein paar Nettigkeiten mit der Frau aus, und sie gab ihm ein paar Tips über die Restaurants und Geschäfte in der Nähe des Motels. Er gab Marlou als seine Schwester aus, bezahlte für ihr Zimmer in bar und trug sie als Rebecca Thatcher ins Gästebuch ein. Das konnte er sich einfach nicht verkneifen.

Das Zimmer lag direkt am Pool. Es war mit einem orangen Teppichboden, einem King-Size-Bett und einem relativ neuen Farbfernseher ausgestattet. Marlou sah sich kurz um und verschwand dann ins Bad, das vom Boden bis zur Decke blau-weiß gefliest war. Das paßte ganz hervorragend zu dem orangen Teppich, der direkt an der Badezimmertür endete. »Sehen Sie sich das mal an.« Sie deutete auf eine Flasche Shampoo und eine Duschhaube, die neben einem Fön an der Wand hingen. Aunt Polly war also tatsächlich um das Wohl ihrer Gäste besorgt. »Nicht übel, wie?« Sie drehte sich um und lächelte Nudger an. »Ich glaube, hier bin ich ganz gut aufgehoben.«

»Das glaube ich auch«, nickte er. »Sonst hätte ich Sie wohl kaum hierher gebracht.«

Nachdem sie ihre Sachen aus dem Wagen geholt hatten, setzte er sich aufs Bett und sah ihr zu, wie sie die Unterwäsche in eine Kommode räumte und die Kleider auf den Bügeln in den Schrank hängte. Dann stemmte sie die Hände in die Hüften und drehte sich langsam im Kreis – sozusagen, um sich mit ihrer neuen Umgebung vertraut zu machen. Als sie sich einmal um ihre eigene Achse gedreht hatte, so daß sie wieder Nudger vor sich hatte, sagte sie: »Was war das eben für ein Geräusch?«

»Mein Magen. Er will was zu essen. Sie auch?«

»Ja, zu essen könnte ich jetzt auch was vertragen.« Das schien sie etwas aufzumuntern. Zeit heilt alle Wunden. Vanita, obwohl erst diesen Morgen zu Grabe getragen, begann bereits in ihrer Erinnerung zu verblassen und mehr und mehr in die Vergangenheit abzudriften. So war der menschliche Geist nun mal – großartig und zugleich zutiefst erschreckend.

Gemeinsam fuhren sie zum Mark Twain Diner, einem Restaurant, das ihm auf der Fahrt durch die Stadt aufgefallen war. Es lag in einem braunen Ziegelbau, hatte eine lange Theke, etwa ein Dutzend Tische und mehrere Nischen an den großen Fenstern, die sich auf die Straße öffneten. Genau die Sorte von Lokal, in dem sich Tom Sawyer und Huckleberry Finn herumgetrieben hätten, wenn sie heute in Hannibal gelebt hätten.

Nudger und Marlou setzten sich in eine der Sitznischen an den Fenstern und ließen sich jeder eine Portion Hamburger mit Pepsi kommen. Als sie fertig gegessen hatten, lehnte er sich genüßlich zurück und schlürfte mit dem Strohhalm den Rest seiner Pepsi. Dann nahm er den Strohhalm aus dem Glas und begann gemächlich auf dem zerstoßenen Eis herumzukauen. Das machte einen Heidenlärm.

»Das sollten Sie lieber sein lassen«, sagte Marlou und wischte sich an ihrer Serviette die Finger ab. »Das ist nicht gut für die Zähne.«

»Zähne sind härter als Eis.«

»Nicht, wenn man älter wird.«

Er war nicht sicher, wie er das auffassen sollte. Fragte sie auch nicht weiter. Biß aber weiter auf dem Eis herum. Das gehörte zu seinen wenigen Lastern, und er sah keinen Grund, damit Schluß zu machen. Er nahm einen Packen Geldscheine aus seiner Tasche, die von einem Gummiband los zusammengehalten waren. Fünfhundert Dollar. Er schob sie Marlou über den Tisch zu. »Für alle anfallenden Kosten.«

Mit offenem Mund sah sie erst das Geld, dann ihn an. »Mr. Nudger...«

»Wir hatten uns doch auf Nudger geeinigt. Und das hier ist ein Teil des Geldes, das mir Ihre Schwester gegeben hat. Nehmen Sie es ruhig. Und machen Sie damit, was Sie wollen.«

»Aber Sie haben doch schon für mein Motelzimmer bezahlt. Sogar eins mit einem großen Bett.«

Eine alte verwitterte Farmertype mit einer Mütze, über deren Schirm CATERPILLAR stand, sah stirnrunzelnd zu ihnen herüber. Von der Fritte, die er zwischen seinem knotigen Daumen und Zeigefinger hielt, tropfte ein Klecks Ketchup auf seinen Teller.

»Das geht schon in Ordnung«, versicherte ihr Nudger. »Schließlich war es meine Idee, Sie hierher zu bringen.« Bildete er sich es nur ein, oder beugte sich der Alte tatsächlich ein Stück zu ihnen herüber, als wollte er sie belauschen? Nudger senkte die Stimme, als Marlou das Geld nahm und in ihre Handtasche steckte. »Ich werde heute abend anrufen und Ihnen eine Nummer hinterlassen, unter der Sie mich erreichen können.«

»Aber ich habe doch Ihre Büro- und Ihre Privatnummer.«

»Vermutlich werde ich unter keiner von beiden zu erreichen sein.«

»Heißt das, Sie werden auch untertauchen?«

»Ich würde eher sagen: Ich werde mein Hauptquartier verlagern.« Er konnte ihr nicht sagen, wo er sein würde, da er das selbst noch nicht wußte. »Fertig?« fragte er dann.

Sie nickte.

Er zahlte und zwängte sich aus der Nische.

Der Alte mit der Caterpillar-Mütze sah Marlou mißbilligend nach, als sie gingen. Als er auch Nudger einen kurzen Blick zuwarf, leuchtete in seinen wäßrig-trüben Augen so etwas wie Neid auf.

Wieder zurück in St. Louis, sagte Nudger Danny Bescheid, daß er für eine Weile nicht mehr in sein Büro kommen würde.

»Machst du Urlaub?« fragte Danny und wischte mit seinem grauen Handtuch über die Stahltheke.

»Dafür habe ich zu wenig zu tun«, erwiderte Nudger. »Urlaub ist eigentlich in meiner momentanen Situation etwas, das ich möglichst vermeiden möchte. Könntest du bitte darauf achten, wer mich besuchen kommt und wann?«

»Aber sicher. Wozu sind Freunde schließlich da? Eine Tasse Kaffee?«

»Danke, gerne«, nickte Nudger und beobachtete, wie Danny am Hahn der komplizierten Kaffeemaschine drehte. Das Monstrum begann bedrohlich zu zischen und zu gurgeln und rückte widerstrebend ein schwaches Rinnsal Kaffee heraus. Schon von ziemlich weit unten, wie es schien.

Innerlich stöhnend nahm Nudger die Tasse mit nach oben in sein Büro und goß ihren Inhalt ganz vorsichtig in das Waschbecken im Klo, damit Danny die Rohre nicht gurgeln hörte und Verdacht schöpfte. Wozu waren Freunde schließlich da?

Der Anrufbeantworter wartete mit den üblichen sensationellen Sonderangeboten und sonstigen Blüten der kapitalistischen Marktgesellschaft auf. Auch ein Schuß Gehässigkeiten von seiten Eileens fehlte nicht. Allerdings machte sie Nudger schon nach wenigen Worten mit einem kurzen Druck auf die Löschtaste ungeschehen.

So sehr ihm Schußwaffen zuwider waren, hätte er im Augenblick trotzdem gerne eine gehabt. Der Roger-Bobinet-Effekt. Nudger zog die unterste Schreibtischschublade heraus, bückte sich und spähte angestrengt in ihre hinterste Ecke, wo auf ein paar Aktenordnern nutzlos sein Gürtelholster lag. Sollte er sich eine von diesen täuschend echt aussehenden Spielzeugpistolen kaufen? Nicht auszuschließen, daß Bobinet darauf, zumindest vorübergehend, hereingefallen wäre. Gerade in dem Holster hätte so ein Ding sicher recht überzeugend gewirkt. Aber warum besorgte er sich nicht gleich eine Wasserpistole und spritzte Bobinet und das Skelett damit voll, wenn sie frech wurden? Und anschließend würden sie alle drei in lautes Gelächter ausbrechen und einfach Gras über die Sache wachsen lassen.

Oder vielleicht doch nicht?

Nudger ließ die Idee mit der Spielzeugpistole lieber wieder fallen. Auf laut quietschenden Metallrollen schob er die Schublade wieder zu.

Alles, was jetzt noch zu tun blieb, war, ein paar Klamotten aus seiner Wohnung zu holen und sich ein abgelegenes Plätzchen zu suchen, wo er keine Gefahr lief, daß Bobinet und das Skelett genauso mit ihm verfuhren, wie sie das bereits mit Vanita und verschiedenen anderen Geschöpfen der Natur getan hatten.

Er wollte gerade die Bürotür hinter sich abschließen, als das Telefon klingelte. Vielleicht ein Anruf von Marlou.

Nudger erkannte die hechelnde Stimme sofort. Nicht Marlou. Das Skelett.

»Nudger?«

»Sie können wohl Gedanken lesen. Eben habe ich an Sie gedacht.«

»Was Sie nicht sagen. Ich versuche schon eine ganze Weile, Sie zu erreichen.«

»Hätten Sie doch einfach auf dem Anrufbeantworter eine Nachricht hinterlassen.«

»Das tue ich nie. Ich mag meine Stimme auf Band nicht. Wo waren Sie, Nudger?«

»Ich habe nach den Diamanten gesucht.«

»Und?«

»Bisher habe ich noch keine Spur. Aber vielleicht sollten wir uns mal treffen, damit wir in Ruhe alles besprechen können.«

Das Skelett lachte. »Sie sind vielleicht witzig. Wir unterhalten uns nur am Telefon. Und falls wirklich mal nötig werden sollte, daß wir uns persönlich miteinander unterhalten, tauchen wir unerwartet bei Ihnen auf – sozusagen, um Sie auf Trab zu halten.«

Nudger überlegte, ob er den Anrufbeantworter auf Aufnahme stellen sollte. Aber vielleicht hätte das Gerät beim Einschalten ein Geräusch von sich gegeben, das das Skelett gewarnt hätte. Und verärgert. Das allerdings wollte Nudger lieber nicht riskieren.

»Sonst irgendwas, was wir wissen sollten?« fuhr das Skelett fort. »Außer, daß Sie die Diamanten noch nicht gefunden haben.«

»Nein, nichts.«

»Geben Sie sich auch Mühe, Nudger? Ich meine, sind Sie auch wirklich hundertzehn Prozent motiviert?«

»Aber sicher.«

»Vielleicht brauchen Sie doch noch einen zusätzlichen Anreiz.«

»Ist das überhaupt noch möglich? Sie haben mir mit dem Tod gedroht.«

»Da haben Sie allerdings auch wieder recht.« Pfeif. Hust! »Ich werde mich demnächst wieder bei Ihnen melden, Nudger. In Ihrem Büro oder in Ihrer Wohnung; vielleicht auch in der Ihrer Freundin.«

»Bei Marlou werden Sie mich kaum mehr antreffen. Ebensowenig übrigens wie sie selbst. Sie hat mich erst vor kurzem angerufen, daß ein toter Hund auf ihrem Bett lag. Mit einem Kranz. Ich verstehe zwar nicht recht, wieso; aber sie hat es als eine Drohung aufgefaßt.«

Das Skelett pfiff und gluckste. »Wer redet denn hier von dieser Marlou, Nudger? Ich spreche von Ihrer *richtigen* Freundin.« Und damit hängte er auf.

Nudgers Hand krampfte sich so fest um den Hörer, daß die Knöchel weiß hervortraten.

Claudia! Das Skelett hatte Claudia gemeint!

Einen Moment saß er wie gelähmt da. Erst nach einer Weile legte er den Hörer wie in Trance auf die Gabel zurück. Die Luft im Raum schien mit einem Mal unerträglich heiß und stickig. Und die Wände schienen von allen Seiten unaufhaltsam näherzurücken.

Nudger hievte sich aus seinem Drehstuhl hoch und verließ das Büro. Im Freien war es noch heißer und drükkender. Er wollte gerade die Straße überqueren, um in seinen Wagen zu steigen. Doch statt dessen machte er wieder kehrt und ging kurz zu Danny in den Laden, um ihm zu sagen, daß er es sich anders überlegt hätte und nun doch hier bleiben würde.

19

Nudger schloß die Tür des Doughnut Shop hinter sich und ging wieder nach oben in sein Büro. Blieb aber nur lange genug, um Claudia anzurufen. Falls sie zu Hause war, sollte sie auf jeden Fall dort bleiben, bis er kam.

»Nudger«, sagte sie, »du klingst ja ganz durcheinander.«

»Tu mir einen Gefallen: Bleib in der Wohnung, schließ alle Türen und Fenster, geh nicht ans Telefon und öffne niemandem die Tür, bis ich da bin. Ist das klar?«

»Ich wollte eigentlich zu ein paar Kollegen nach Kirkwood rausfahren. Sie haben mich zum Essen eingeladen, und anschließend wollten wir Scrabble spielen.«

»Dann ruf die Leute an und sag ab. Bitte!«

Darauf trat erst einmal eine längere Pause ein, bevor Claudia sagte: »Findest du das alles nicht doch ein bißchen reichlich melodramatisch?«

»Sicher. Aber so ist das Leben nun hin und wieder mal – im Gegensatz zu einer Partie Scrabble.« *Claudia war Englischlehrerin. Sicher war sie in Scrabble absolut unschlagbar.*

Sie seufzte.

»Ich würde dich nie im Leben um so etwas bitten, wenn ich nicht ganz sicher wüßte, daß du ernsthaft in Gefahr bist.«

»Ich weiß, daß du es sonst nicht getan hättest. Ich werde hier auf dich warten.« Wieder ein Seufzen. »Du und dein bescheuerter Job.«

»Sonst kann ich doch nichts«, versuchte sich Nudger verzweifelt zu rechtfertigen. »Was sollte ich denn sonst tun? Dir gefällt mein Job nicht. Mir gefällt er nicht. Und meinem Magen am allerwenigsten.«

»Natürlich gefällt er dir.«

»Na ja, es mag ja vielleicht so eine Art Haßliebe sein ... ich werde uns unterwegs noch was zum Essen besorgen. Wie wär's mit Chicken McNuggets?«

Sie lachte und hängte auf, bevor er sie fragen konnte, welche Soße sie dazu wollte. Wahrscheinlich war sie stinksauer, weil er sie um die Gelegenheit gebracht hatte, es den anderen beim Scrabble mal ordentlich zu zeigen.

Wenn Claudia der Ehrgeiz packte, konnte sie ganz schön ungemütlich werden.

Nudger drückte mit dem Finger auf die Gabel und ließ sie wieder los. Sobald das Freizeichen kam, tippte er mit dem Bleistift Hammersmiths Nummer im dritten Revier ein.

Hammersmith legte ihn erst mal auf die Warteleitung und ließ ihn mindestens eine Minute in seinem Saft schmoren. Nudger nutzte die Zeit, um sich den Kopf darüber zu zerbrechen, wo die Diamanten sein könnten. Möglicherweise waren die vermaledeiten Klunker ja nicht mal bis St. Louis gekommen. Vielleicht sollte er mit jemandem in New York sprechen. Oder am besten gleich dort hinfahren. Bisher war er erst einmal in New York gewesen. Vor etwa zehn Jahren. In den Himmel ragende Wolkenkratzer, Rudel von gelben Taxis in den engen Straßenschluchten und jeder auf dem Sprung nach dem großen Geschäft seines Lebens. Er hatte nicht eine Berühmtheit auf den Straßen gesehen und mochte New York nicht besonders.

Schließlich ertönte ein lautes Klicken im Hörer.

Hammersmith kam wieder zurück. »Du hörst dich nervös an, Nudge.«

Auch Claudia hatte sofort gemerkt, was mit ihm los war. Mein Gott, war ihm das so deutlich anzumerken? »Ich mache mir wegen Claudia Sorgen. Eben hat mich das Skelett angerufen. Du hattest übrigens recht: Er hat nur gelacht, als ich ihm ein Treffen vorschlug. Und er blieb nur ganz kurz am Telefon. Um so unmißverständlicher hat er mir allerdings klargemacht, daß er über Claudia Bescheid weiß.«

»Was soll er über sie wissen?«

»Daß sie meine Freundin ist. Erst dachte ich, er meint Marlou Dee; allerdings hat er mich in diesem Punkt schnell eines Besseren belehrt. Wenn ich nicht bald diese

Diamanten finde, macht Bobinet mit Claudia das gleiche, was er mit Vanita Lane gemacht hat.«

Für eine Weile tat Hammersmith nichts anderes, als schwer in den Hörer zu atmen. Schließlich sagte er: »Scheiße. Hast du ihr schon davon erzählt?«

»Noch nicht. Sie hat sich in ihrer Wohnung eingeschlossen, und ich fahre jetzt gleich zu ihr. Kannst du etwas für ihren Schutz tun?«

»Klar.« Hammersmith atmete noch ein paarmal schwer in den Hörer. Ob er wohl nachdachte? »Wenn wir das allerdings zu offensichtlich tun, riechen Bobinet und sein schwindsüchtiger Freund sofort Lunte, daß du die Polizei verständigt hast.«

»Demnach müßtest du ein paar von deinen Zivilfahndern auf den Fall ansetzen – und möglichst ein paar von deinen besten Leuten. Ihr darf auf keinen Fall etwas zustoßen, Jack.« Er wunderte sich selbst über die Verzweiflung in seiner Stimme.

»Jetzt beruhige dich erst mal wieder, Nudge. Sie hat nichts zu befürchten. Das werden Ervine und Hall in die Hand nehmen.«

Das beruhigte Nudger tatsächlich wieder etwas. Er wußte zwar nicht, wer Hall war, aber um so besser kannte er Larry Ervine – einen alten Haudegen, der mit Leib und Seele Polizist war und für den seine Arbeit mehr als nur ein Job war. Nicht umsonst hatte Ervine schon eine ganze Reihe von Belobigungen für sein beherztes Eingreifen erhalten. »Wird Springer eine solche Überwachung denn überhaupt genehmigen?«

»Wenn er davon erfahren würde, ganz bestimmt. Er sähe allerdings in Claudia eher einen Lockvogel, um Bobinet und das Skelett in eine Falle zu locken. Du kennst ihn doch.«

Das tat Nudger zur Genüge. Trotzdem konnte ihn das nicht darüber hinwegtäuschen, daß Claudia letzten

Endes trotzdem als Lockvogel würde herhalten müssen. Der einzige Unterschied bestand darin, daß Hammersmith ihren Schutz in den Vordergrund stellen würde – und zwar selbst auf die Gefahr hin, daß ihm deshalb Bobinet und das Skelett durch die Lappen gingen. Dagegen hätte Springer für die Festnahme der beiden brutalen Gangster und seinen daraus resultierenden Karriereschub bedenkenlos Claudias Leben aufs Spiel gesetzt – und das, ohne auch nur mit einer Wimper zu zucken. Springer war bekannt dafür, daß er im wahrsten Sinn des Wortes über Leichen ging.

»Wirst du bei ihr bleiben, Nudge?« wollte Hammersmith wissen.

»Ich werde die Nacht in ihrer Wohnung verbringen. Was anderes, Jack: Kannst du mir vielleicht den Namen des Beamten geben, der in New York die Ermittlungen in dem Mordfall Rupert Winslow leitet?«

»Bist wohl scharf auf diese Diamanten, was, Nudge?«

»Ich sehe inzwischen nur noch eine Möglichkeit, aus diesem Schlamassel rauszukommen: Ich muß diese bescheuerten Klunker finden.«

»Und du glaubst, sie könnten noch in New York sein?«

»Auszuschließen ist es zumindest nicht. In dem Flugzeug waren sie jedenfalls nicht.«

»Es gibt auch andere, sicherere Möglichkeiten, gestohlene Diamanten zu befördern. Vielleicht hat sie Winslow in einem Wagen hierher bringen lassen. Oder einfach mit der Post geschickt. Da er offensichtlich vorhatte, nach St. Louis zurückzukommen, halte ich es für ziemlich unwahrscheinlich, daß er die Diamanten in New York zurückgelassen hat.«

»Andrerseits war Winslow wohl ziemlich unberechenbar und nicht gerade der Hellste im Kopf. Könntest du nicht ein Gespräch mit dem zuständigen Mann in New York arrangieren?«

»Klar.« Das schmatzende Paffen, das mit dem Anzünden einer Zigarre einherging. Ob dieser verdammte Qualm auch durch die Leitung kam? »Wird Claudia morgen arbeiten gehen?«

»Darüber haben wir noch nicht gesprochen. Aber wie ich sie kenne, vermutlich ja.«

»Laß sie ruhig, Nudge. Wir können sie draußen in Stowe genausogut beschützen. Wenn nicht sogar besser. Außerdem fände ich es nicht gut, wenn sie wegen dieser Geschichte ihren gewohnten Tagesablauf ändern würde. Das hätte nur zur Folge, daß Bobinet und das Skelett Verdacht schöpfen. Laß Claudia also morgen früh ruhig zur Arbeit fahren; um alles weitere kümmern wir uns. Und sie soll sich keine Sorgen machen. Sie wird uns zwar nicht sehen, aber wir werden immer in der Nähe sein.«

»Wie ich sie kenne, wird sie das nur schrecklich melodramatisch finden.«

»Verdammt noch mal, Nudge. Das ist es auch.«

Keine Stunde später stand Nudger mit zwei weißen McDonald's-Tüten vor Claudias Tür und wartete, daß sie ihm öffnete. Er hatte Chicken McNuggets mit verschiedenen Soßen, Pommes frites und zwei große Diätlimonaden gekauft. Der Essensgeruch, der ihm aus den Tüten in die Nase stieg, ließ ihm bereits das Wasser im Mund zusammenlaufen.

Er hörte leichte Schritte auf der anderen Seite der Tür. Claudias Stimme. »Ist da der Gasmann?«

Das sah ihr ähnlich. Ausgerechnet jetzt mußte sie ihre dummen Witze machen. Einen Moment wünschte er sich, sie hätte Vanita Lanes Leiche gesehen. Oder den toten Kanarienvogel. Oder den aufgeschlitzten Hund auf Marlous Bett. Nur einen kurzen Augenblick lang. Er sagte: »Ich bin's, Nudger.« Die McNuggets rochen plötzlich gar nicht mehr so verlockend.

Obwohl es erst kurz nach sieben war, war sie bereits in ihren blauen Frotteebademantel geschlüpft. Sie hielt ihm die Tür auf, warf einen kurzen Blick auf die McDonald's-Tüten mit den goldenen Bögen und lächelte. »Du hast also doch keine Witze gemacht.«

»Weder mit dem Essen noch mit was anderem.« Nudger küßte sie auf die Stirn. In der Wohnung war es angenehm kühl. Wundervoll. »Hat jemand an der Tür geklingelt oder angerufen?«

»Nur du, mein stolzer Ritter. Sicher hat das alles mit diesen Diamanten zu tun. Aber wovor genau soll ich nun eigentlich Angst haben?«

Das erklärte ihr Nudger, während sie die Getränke und die Styroporbehälter mit dem Essen aus den Tüten nahm und auf den Küchentisch stellte. Dann legte sie die Servietten dazu und stellte die kleinen Soßenbehälter in die Mitte. Barbecue. Senf. Süß und sauer.

Claudia setzte sich. Aß nur ein paar Nuggets und machte sich nicht einmal die Mühe, sie in eine der Soßen zu tunken.

Die Geschichte mit Bobinet und dem toten Hund auf Marlous Bett hatte ihr nun offensichtlich doch etwas auf den Magen geschlagen.

»Dieser Kerl muß absolut krank sein«, hauchte sie. »Ein richtiges Monster.«

»Allerdings eines im Schafspelz.«

Nudger putzte alle McNuggets weg, stand auf und ging an den Kühlschrank. Holte sich eine Dose Busch Beer heraus und setzte sich wieder an den Tisch. Rülpste leise, so daß ihm etwas Senfsoße hochstieß.

Claudia ließ ihren Blick über den Limonadenbecher, die Schale mit den Pommes frites und den Styroporbehälter für die McNuggets wandern, alles leer. Dann weiter zu der Dose Bier. »Wie das wohl deinem Magen bekommen wird?«

»Er spielt auch so schon verrückt.« Nudger nahm einen kräftigen Schluck Bier. »Vor Angst.«

Claudia sagte: »Ich werde morgen auf jeden Fall zum Unterricht fahren.«

»Wenn du meinst.«

Sie sah ihn überrascht an. Ganz offensichtlich hatte sie damit gerechnet, daß er sie bitten würde, zu Hause zu bleiben.

»Hammersmith hat ein paar Leute damit beauftragt, auf dich aufzupassen«, erklärte er ihr. »Das können sie in der Schule genausogut wie hier. Und falls dich jemand beobachten sollte, ist es bestimmt weniger auffällig, wenn du zur Arbeit gehst und so tust, als ob nichts weiter wäre. Sie werden dann denken, du wüßtest von nichts und wärst deshalb auch nicht auf der Hut vor ihnen.«

Sie spielte mit ihrem halbvollen Limonadenbecher. Drehte ihn gedankenversunken auf der glatten Tischoberfläche hin und her, die an der Stelle, wo er bisher gestanden hatte, leicht beschlagen war. »Der Polizei würde es doch nichts ausmachen, wenn mich dieser Bobinet umbrächte, oder?«

»Hammersmith schon.«

»Sie wollen doch sicher, daß ich als Köder für diesen Bobinet und seinen Freund diene – damit sie die beiden vielleicht fassen können.«

»Daran ist gewiß was Wahres«, mußte Nudger zugeben. »Aber in erster Linie geht es ihnen trotzdem um deine Sicherheit, wobei sich Hammersmith bestimmt einiger Kritik wird aussetzen müssen, daß er die Prioritäten so gesetzt hat.«

Sie lächelte. Ihr Gesicht wurde dadurch noch schöner – trotz des sorgenvollen Ausdrucks, der sich über ihre dunklen Augen gelegt hatte. »Auf Jack ist eben immer Verlaß.«

»Seine Leute werden dich rund um die Uhr bewachen.

Du wirst sie zwar nicht zu sehen bekommen, aber sie werden da sein.«

Diesmal sagte sie nicht, das wäre melodramatisch.

Nachdem sie den Tisch abgeräumt hatten, rief Nudger Marlou in Hannibal an und ließ das Gespräch auf seine Bürorechnung setzen.

Beim dritten Läuten nahm Marlou ab. Er sagte ihr, daß er sich nur erkundigen wollte, ob bei ihr alles in Ordnung war.

Alles bestens, versicherte sie ihm. Das Leben in Hannibal war zwar nicht gerade aufregend, aber trotzdem langweilte sie sich nicht. Anscheinend brauchte sie zu ihrem Glück nicht viel mehr als ein paar Zeitschriften und einen Fernseher. Da war ihre Schwester schon etwas anspruchsvoller gewesen.

Nachdem er aufgehängt hatte, ging er mit Claudia ins Wohnzimmer, um sich im Fernsehen das Spiel der Cardinals gegen die Giants anzusehen. Da das Match an der Westküste ausgetragen wurde, fand die Übertragung ziemlich spät statt. Es sollte schon bald zu einem erbitterten Pitcherduell ausarten. Der Sprecher erging sich in immer höheren Tönen über den Verlauf der Begegnung.

Gegen Ende des neunten Innings, als das Ergebnis bereits feststand, erzielte Will Clark noch einen fantastischen Home Run, worauf Nudger und Claudia ins Bett gingen und sich liebten. Erst war Claudia etwas zurückhaltend; die Angst machte ihr sichtlich zu schaffen. Doch dann legte sie plötzlich alle Zurückhaltung ab und liebte Nudger mit einer Leidenschaftlichkeit, wie er sie sonst eigentlich nur noch von ihren ersten gemeinsamen Nächten kannte – kurz nachdem er sie davon abgebracht hatte, Selbstmord zu begehen. Er kam erst eine Weile nach ihr. Ließ etwas niedergeschlagen den Kopf hängen.

Du wirst langsam alt, Nudger.

Schmerzhaft deutlich war er sich plötzlich seiner eigenen Sterblichkeit bewußt, als er sich schwer atmend auf den Rücken wälzte und darum betete, Claudia möchte nie mehr mit dem Gedanken spielen, sich das Leben zu nehmen. Aber genau das konnte die psychische Belastung, der sie nun seinetwegen ausgesetzt war, nach sich ziehen.

Alles Unsinn, versuchte er sich einzureden. Dr. Oliver, Claudias Analytiker, hatte ihm versichert, daß Claudia inzwischen wieder über einen sehr stark ausgeprägten ›Lebenstrieb‹ verfügte und Selbstmord kaum mehr als eine Lösung ihrer Probleme betrachtete, wenn sie nicht gerade wieder in schwere Depressionen verfiel. Bei einem Kerl wie Bobinet wäre es allerdings kein Wunder gewesen, wenn sie wieder einen depressiven Schub bekommen hätte.

Sie stand auf und ging nackt ins Bad. Ein paar Minuten später kam sie auf bloßen Füßen wieder zurück und legte sich neben ihn. Unter dem lauten Protest der Bettfedern rückte sie näher an ihn heran, so daß ihr Arm den seinen berührte; eine ihrer Zehen streifte kaum merklich über seinen Unterschenkel.

Sie flüsterte: »Ich bin froh, daß du bei mir bist.«

»Ich auch.«

Er fiel in unruhigen Schlaf.

Am Morgen küßte er sie zum Abschied und beobachtete vom Wohnzimmerfenster, wie sie die Straße überquerte und zu ihrem Wagen ging. Bewundernd sah er ihr hinterher, bis sie mit rhythmisch wiegendem Gang unter der dichten Krone eines Ahorns verschwand.

Erst dann wandte er sich vom Fenster ab. Schenkte sich noch eine Tasse Kaffee ein. Ging wieder ins Wohnzimmer und sah sich im Fernsehen die Nachrichten an.

Schoß wie von der Tarantel gestochen vom Sofa hoch, als er den Schlüssel in der Wohnungstür hörte. Bobinet und das Skelett? Aber das war doch völlig ausgeschlossen! Ein eiskalter Schauder lief seinen Rücken hinunter.

Die Tür ging auf.

Claudia kam herein. Blieb stehen. Ihr Gesicht war totenbleich. Eine starre Maske.

Und wie in Trance sagte sie: »Nudger, da sitzt ein Toter in meinem Wagen.«

20

Zusammen mit Claudia verließ Nudger die Wohnung. Schon wieder hatte der Tod zugeschlagen. Schon allein von diesem Gedanken wurde ihm fast übel, und dann schlug ihm beim Verlassen des Hauses auch noch die Hitze mit fast körperlicher Gewalt entgegen. Auf seinen Magen hatte das einen Effekt, als hätte sich der Boden unter seinen Füßen zu drehen begonnen. Er schob sich eine Magentablette in den Mund und begann darauf herumzukauen. Das half. Zumindest etwas. Langsam hatte er wieder das Gefühl, festen Boden unter den Füßen zu bekommen.

Langsam gingen sie auf dem sonnenüberfluteten Gehsteig zu der Stelle, wo Claudias weißer Chevette am Straßenrand stand. Ein Station Wagon mit defektem Auspuff röhrte an ihnen vorbei. Jemand auf dem Weg zur Arbeit. Zwei alte Frauen fegten die Veranden vor ihren Häusern, eine andere sogar den Gehsteig. Das war in diesem Viertel keineswegs ungewöhnlich. Ein Mann in einem ärmellosen Unterhemd und einer Baseballkappe auf dem Kopf wässerte geduldig seinen Rasen. Alles machte einen so normalen und alltäglichen Eindruck, daß Nudger Claudia unwillkürlich fragte: »Bist du auch sicher, daß du dich nicht getäuscht hast?«

Sie gab ihm keine Antwort.

Als sie bis auf ein paar Schritte an ihren Wagen herangekommen waren, sah ihn Nudger. Gleichzeitig wurde ihm klar, warum niemand gemerkt hatte, daß der Mann tot war. Er saß auf dem Beifahrersitz. Sein altmodischer flacher Filzhut, ein typischer Pork Pie, war ihm tief in die Stirn gerutscht. Den Kopf hatte er leicht vornübergeneigt, als läse er etwas in seinem Schoß oder als wäre er eingenickt. Trotz aller Tragik konnte der Tod auch etwas Lächerliches haben.

Claudia sagte: »Er ist nur deshalb noch nicht vom Sitz gerutscht, weil er den Sicherheitsgurt angelegt hat.«

Sie blieb am hinteren Kotflügel stehen. Nudger ging nach vorn bis zur Beifahrertür und spähte durch die Windschutzscheibe ins Wageninnere. Der Kopf des Mannes war so weit nach vorne gesackt, daß von seinem Gesicht fast nichts zu erkennen war. Was von seiner Haut zu sehen war, wirkte blaß und wächsern. Vielleicht war der Mann gar nicht tot, sondern schlief nur?

Höchst unwahrscheinlich.

Nudger öffnete die Wagentür. Zusammen mit der Hitze schlug ihm ein ekelerregender Gestank entgegen. Sterbend hatte der Mann die Kontrolle über seinen Schließmuskel verloren und sich selbst besudelt. Außerdem war er über und über mit vertrocknetem Blut verschmiert.

Nudger richtete sich auf, riß ruckartig den Kopf zur Seite und holte tief Luft. Hielt sie an und bückte sich wieder, um das Gesicht des Mannes aus nächster Nähe in Augenschein zu nehmen.

Bevor er wieder zu atmen begann, trat er einen Schritt zurück. Da er die Wagentür offengelassen hatte, folgte ihm der Gestank.

Inzwischen hatten ein paar der Leute aus den umstehenden Häusern gemerkt, daß offensichtlich irgend etwas nicht stimmte. Der Mann mit dem ärmellosen Unterhemd und der Baseballkappe schaute schon die ganze Zeit neugierig zu ihnen herüber und vergaß darüber ganz, daß er statt seines Rasens den Gehsteig wässerte.

»Kennst du den Toten?« wollte Claudia wissen.

»Ja. Ed Franks. Ein Privatdetektiv. Henry Mercato, Eileens Anwalt, hat ihn engagiert, um uns zu beobachten und den Nachweis zu erbringen, daß wir das Geld, das eigentlich Eileen zusteht, zum Fenster hinauswerfen.«

Aus dem Augenwinkel bemerkte Nudger eine schattenhafte Bewegung. Als er sich umdrehte, sah er einen großen, kräftigen Mann mit mächtigen Hängeschultern auf ihn zukommen. Der Mann trug kein Jackett. Den Krawattenknoten hatte er gelockert und den Kragen seines Hemds aufgeknöpft. Alles an ihm war zerknittert – seine Kleider, die Haut an seinem Hals, sein Gesicht. Es war einige Jahre her, daß Nudger ihn zum letztenmal gesehen hatte. Deshalb dauerte es eine Weile, bis er ihn wiedererkannte.

Er sagte: »Tag, Larry.«

»Tag, Nudge.« Larry Ervine lächelte. Davon zerknitterte sein Gesicht noch mehr. Fast wie ein stark abgegriffener Geldschein, nur sympathischer und nicht so grün. Durch die offene Wagentür warf er einen kurzen Blick auf die seltsam verkrümmten Beine des Mannes auf dem Beifahrersitz. Er wußte, wann er einen Toten vor sich hatte – auch aus der Ferne. »Was gibt's? Eine dieser berüchtigten Parkplatzstreitigkeiten, wie sie in South St. Louis seit neuestem immer mehr überhandnehmen?«

»Ein Toter«, sagte Nudger.

»War das sein Parkplatz?«

Nudger war die Kaltschnäuzigkeit, mit der die meisten Polizisten den Tod eines Verbrechensopfers zur Kenntnis nahmen, schon immer ein Rätsel gewesen. In Wirklichkeit handelte es sich dabei allerdings um einen von vielen völlig falsch gedeuteten Abwehrmechanismus, der einzig und allein dem Zweck diente, um angesichts des Chaos aus Gewalt und Tod, mit dem ein Polizist Tag für Tag konfrontiert wurde, nicht den Verstand zu verlieren.

»Der Wagen gehört meiner Freundin«, sagte Nudger und machte eine knappe Kopfbewegung in Richtung Ervine. »Claudia, das ist Larry Ervine. Larry, Claudia. Larry ist einer der Beamten, die zu deinem Schutz abbestellt sind, Claudia.«

Ervine nickte Claudia höflich zu. »Ich weiß, wer Sie sind, Ma'am. Das da«, er deutete mit einer Kopfbewegung auf die Leiche in ihrem Wagen, »muß gestern abend passiert sein, bevor ich den Dienst angetreten habe.«

»Ich habe ihn... einfach so gefunden«, erklärte Claudia, als könnte man *sie* der Tat verdächtigen. Immerhin saß der Tote in ihrem Wagen. Erst jetzt wurde Nudger bewußt, daß sie unter Schock stand. Eigentlich hätte sie im morgendlichen Stau mit fünf Meilen die Stunde zu ihrer Schule in Stowe hinauszuckeln sollen. Statt dessen stand sie noch immer auf der Straße herum und unterhielt sich mit Nudger und einem Beamten der Mordkommission. Und in ihrem Wagen saß stumm und steif ein Toter und hatte den Kopf leicht zur Seite geneigt, als wollte er unauffällig ihre Unterhaltung belauschen. Nicht einmal im Tod konnte Ed Franks das Schnüffeln bleiben lassen.

Während sich Nudger zwei weitere Magentabletten reinschob, schlenderte Ervine auf den Wagen zu, um sich den Toten näher anzuschauen. Dann richtete er sich langsam wieder auf, als hätte er Rückenschmerzen, und nahm ein kleines schwarzes Walkie-Talkie von seinem Gürtel. Das Sprechfunkgerät begann leise zu rauschen, als er eine kurze Meldung an die Zentrale durchgab. Anschließend quäkte eine blechern verzerrte Stimme etwas, das nur Ervine verstand.

Er warf einen finsteren Blick zu der Gruppe von Schaulustigen, die sich bereits in einigem Abstand zu bilden begonnen hatte, und sagte ganz ruhig: »Bleiben Sie da mal lieber weg.« Sofort machte sich eine seltsame Erstarrung unter den Umstehenden bemerkbar. Mit einem zufriedenen Lächeln wandte sich Ervine wieder Nudger und Claudia zu. »Kennst du den Mann, Nudge?«

Darauf erklärte ihm Nudger, was es mit Franks auf sich hatte und weshalb er sich vermutlich vor Claudias Wohnung herumgetrieben hatte.

»Ach, das ist also Franks«, brummte Ervine. »Hab' schon von ihm gehört. Muß 'ne ziemlich miese Type gewesen sein.«

Nudger hob die Schultern. »Kein Wunder. Wenn man für solche Leute arbeitet.«

In der Ferne wurde das hohe Winseln mehrerer Polizeisirenen hörbar. Es kam rasch näher und hörte sich in der drückenden Hitze noch durchdringender an als sonst.

In die Gruppe der Schaulustigen kam wieder Bewegung. Neugierig drehten sie die Köpfe herum.

Mit zuckenden roten und blauen Warnlichtern kam der erste Streifenwagen um die Ecke geschossen. Ein zweiter Wagen näherte sich aus der entgegengesetzten Richtung. Für ein paar Sekunden wurde das Gejaule der Sirenen ohrenbetäubend laut und verstummte dann abrupt. Im Gegensatz zu den alten Martinshörnern wurden sie nicht erst allmählich leiser, wenn man sie ausschaltete.

Da der Straßenrand mit geparkten Autos vollstand, hielten die zwei verstaubten blauen Streifenwagen Stoßstange an Stoßstange mitten auf der Straße. Wagentüren flogen auf und wurden wieder zugeworfen. Blaue Uniformen streuten aus und machten sich daran, Ordnung in das Chaos nach einem Mord zu bringen. Das *schien* das Ganze irgendwie verständlicher zu machen, auch wenn es das in den wenigsten Fällen war.

Die Polizisten stellten an beiden Enden der Straße rotweiß gestreifte Absperrungen auf. Die sattsam bekannten gelben Plastikstreifen, die zur Absperrung eines Verbrechensschauplatzs dienten, wurden abgespult und im Rechteck um Claudias Wagen gespannt. Es wimmelte von blauen Uniformen. Franks saß noch immer auf dem Beifahrersitz und schien von dem hektischen Getriebe um ihn herum keinerlei Notiz zu nehmen.

Nicht weit von der Stelle, wo die immer zahlreicher werdenden Schaulustigen von ein paar Polizisten zurückgedrängt wurden, hielt ein Pontiac am Straßenrand. Beide Türen gingen gleichzeitig auf. Auf der Beifahrerseite wuchtete mit erstaunlicher Behendigkeit Hammersmith seine Körperfülle aus dem Wagen. Er ging schnurstracks auf Claudias Wagen zu und sah sich Franks an, als erwiese er ihm die letzte Ehre. Rümpfte seine Nase über den Gestank und steckte sich eine Zigarre an. Vielleicht lag es vor allem an Situationen wie dieser, daß er diese luftverpestenden Stinker rauchte. Er trat einige Schritte zurück und paffte an seiner Zigarre, daß die Funken nur so stoben. Dann kam er wie ein Flaschengeist aus einer Dunstwolke auf Nudger zu und knurrte: »Schon das zweite Mal, daß uns unser Freund Franks über den Weg läuft.«

»Das wird aber von nun an nicht noch mal vorkommen«, erwiderte Nudger.

Das Gesicht wegen des Gestanks noch immer angewidert verzerrt, sog Hammersmith kräftig an seiner Zigarre und blies eine dichte Rauchwolke in die Luft. Dann warf er über die Schulter einen kurzen Blick auf Franks zurück und sagte: »Hast du ihn umgebracht, Claudia?«

Nudger konnte ganz deutlich spüren, wie Claudia sich am ganzen Körper verkrampfte, als sie sich an seinem Arm festklammerte. Erst nach einer Weile merkte sie, daß das nur einer von Hammersmiths makabren Witzen gewesen war. Sie sagte: »Ich habe den Mann nie zuvor gesehen und habe erst von Nudger erfahren, wer er ist.«

»Bobinet hat ihn umgebracht«, erklärte Nudger. »Sozusagen als Warnung – damit wir auf keine dummen Gedanken kommen.«

»Franks hatte doch an sich nichts mit dieser Diamantengeschichte zu tun.«

»Das konnten aber Bobinet und das Skelett nicht wissen. Vielleicht dachten sie, er wüßte etwas über die Diamanten, weil er ständig hinter Claudia und mir hergeschnüffelt hat. Daß er das im Auftrag Henry Mercatos und Eileens getan hat, konnten die beiden ja nicht ahnen. Vermutlich haben sie Franks auszuquetschen versucht. Sie wußten, daß er Privatdetektiv war, und vielleicht haben sie sogar geglaubt, was er ihnen erzählt hat. Aber sie konnten ihn anschließend natürlich unmöglich am Leben lassen. Deshalb haben sie ihn genau wie den Hund dazu benutzt, mir eine kleine Warnung zukommen zu lassen – sozusagen als zusätzliche Motivation.«

Hammersmith zog an seiner Zigarre. »Was für ein Hund?«

Darauf erzählte ihm Nudger von dem aufgeschlitzten Hund auf Marlous Bett.

Hammersmith brummte etwas Unverständliches, nahm seine Zigarre aus dem Mund und studierte sie aufmerksam. Dann sagte er, als redete er mit ihr: »Sieht ganz so aus, als ob sie auch Franks einfach aufgeschlitzt hätten.«

»Gütiger Gott«, hauchte Claudia. »Sie haben ihn umgebracht wie einen Hund. Und aus dem gleichen wahnwitzigen Grund.«

»Na, der Hund würde sich für den Vergleich bedanken«, brummte Hammersmith. Nudger wußte, daß er es mit seinem schwarzen Humor manchmal etwas zu weit trieb und Claudia damit schon einige Male ziemlich auf die Palme gebracht hatte.

Um das zu vermeiden, sagte Nudger: »Ich habe die

Nacht bei Claudia verbracht. Als sie heute früh zur Arbeit fahren wollte, saß Franks in ihrem Wagen. Er war tot. Sie müssen ihn schon letzte Nacht, bevor Ervine seinen Dienst angetreten hat, umgebracht und anschließend in Claudias Wagen gesetzt haben.«

»Mal sehen, ob das durch die Obduktion bestätigt wird«, erwiderte Hammersmith. »Es würde mich jedenfalls sehr wundern, wenn Ervine nichts von dem Ganzen gemerkt hätte, wenn er zum fraglichen Zeitpunkt bereits hier gewesen wäre. Bei ein paar anderen meiner Leute wäre ich mir in diesem Punkt zwar nicht so sicher, aber in seinem Fall schon. Wie es aussieht, wurde Franks woanders umgebracht. Die Mörder haben den Toten vermutlich in ihrem Wagen hierher gebracht und in Claudias Wagen gesetzt. Dafür dürften sie kaum länger als eine Minute gebraucht haben. Im übrigen sind auf der Straße und im Gras neben dem Wagen deutliche Blutspuren zu sehen.«

»Diese Kerle haben wirklich Nerven«, meinte Nudger.

»Wieso? Weil die Leute hier in der Gegend so ein Theater mit ihrem Rasen machen?«

»Du weißt ganz genau, was ich meine. Man muß ganz schön abgebrüht sein, um mit einem Toten durch die Gegend zu kutschieren, wie die das getan haben.«

»Ach was. In einer ruhigen Wohngegend wie hier, wo sie spätestens um acht den Gehsteig hochklappen? Selbst wenn zufällig jemand auf sie aufmerksam geworden wäre, hätte der Betreffende sicher angenommen, daß sie sich mit einem sturzbetrunkenen Freund herumschlagen.«

Claudia lehnte sich gegen Nudger. »Mir ist nicht gut. Was dagegen, wenn ich nach oben gehe und mich ein bißchen hinlege?«

»Nudger soll dich auf jeden Fall begleiten«, erklärte Hammersmith bestimmt. »Ich komme später nach und werde dir noch ein paar Fragen stellen – um die Sache offiziell zu machen.«

Nudger nahm Claudia am Arm und führte sie auf den Eingang zu. Sie zitterte am ganzen Körper, aber sie schien sich dessen nicht bewußt zu sein.

Hammersmith zischte Nudger noch eindringlich hinterher: »Beeil dich lieber ein bißchen, bevor Springer aufkreuzt.«

Ein guter Rat, dachte Nudger.

In der Wohnung führte er Claudia schnurstracks ins Bad. Stützte sie, als sie vor der Kloschüssel niederkniete. Dem Gott Porzellan huldigen, hieß das in Trinkerkreisen. Jedenfalls sollte Claudia mal besser zusehen, daß sie die Sache rasch hinter sich brachte.

Ohne aufzuschauen, murmelte sie: »Ich glaube, es geht mir schon wieder besser, Nudger. Wirklich.«

Von wegen.

Plötzlich hatte auch er einen seltsam metallischen Geschmack im Mund, und sein Magen begann heftig zu flattern. Trotzdem hatte er das Gefühl, daß sein Frühstück bleiben würde, wo es hingehörte. Dazu hatten zum einen die Magentabletten beigetragen; zum anderen war er im Gegensatz zu Claudia nicht völlig unvorbereitet mit Franks' Anblick konfrontiert worden.

Komisch, dachte er, beim Anblick des toten Hunds hatte er kotzen müssen; dagegen hatte ihn der Tod von Franks, dem Handlanger Eileens und Mercatos, nicht annähernd so stark berührt, obwohl sie doch beide derselben Spezies angehörten – und sogar denselben Beruf ausgeübt hatten. Andrerseits hatte er Franks' Leiche auch nicht eigenhändig in einen Müllsack stecken und wegschaffen müssen.

Sein Magen krampfte sich so heftig zusammen, daß er schnellstens versuchte, die Gedanken an den Hund und an Franks wieder aus seinem Kopf zu verscheuchen.

In kalten Schweiß gebadet, stand er am Waschbecken und drehte den Kaltwasserhahn auf. Befeuchtete einen Waschlappen. Hörte, wie sich Claudia neben ihm übergab.

Er sah sie nicht direkt an, sondern starrte im Spiegel auf das Bild ihres gekrümmten Rückens, der sich in unkontrollierten Zuckungen hob und senkte.

21

Nachdem Hammersmith und Springer gegangen waren, setzten sich Nudger und Claudia auf das Sofa im Wohnzimmer. Claudia hatte gerade im Sekretariat der Stowe High School angerufen, um sich für ihr Fernbleiben zu entschuldigen; zum Nachmittagsunterricht wollte sie jedoch auf alle Fälle wieder erscheinen. Da sie noch eine Stunde Zeit hatte, bis sie losfahren mußte, nuckelte sie an einer Diät-Pepsi und versuchte sich erst einmal wieder von ihrem Schock zu erholen, bevor sie sich wieder in diese bedrohlich aus dem Lot geratene Welt hinauswagte.

Nudger trank eine Dose Busch Beer. Er hatte die Beine von sich gestreckt und an den Knöcheln übereinander geschlagen. Vom vielen Sprechen schmerzte sein Hals. Vor allem Springer, dieses hinterhältige Schwein, hatte ihn unablässig mit Fragen bombardiert und aufs Glatteis zu führen versucht.

Natürlich nahm Springer auch Hammersmiths Ausführungen erst sehr skeptisch auf. Aber nach einigem Hin und Her ließ er sich davon überzeugen, daß Hammersmith durchaus vorgehabt hatte, ihn darüber in Kenntnis zu setzen, daß Claudia unter Polizeischutz gestellt werden sollte; nur wäre ihm dazu nicht mehr die nötige Zeit geblieben. Freundlicherweise hatte sich Franks ja auch gleich in der ersten Nacht ermorden lassen und Hammersmith damit eine recht einleuchtende Ausrede an die Hand gegeben, weshalb er Springer nicht schon früher informiert hatte.

Inzwischen war es fast Mittag. Um die Sonne in Schach zu halten, hatte Nudger die Rolläden vor den Fenstern heruntergelassen und die Klimaanlage voll aufgedreht. In der Wohnung war es angenehm kühl und dunkel. Ein Ort der Geborgenheit, seit Springer und Hammersmith wieder abgezogen waren.

In Nudger wallte ein seltsames Gefühl der Zuneigung auf, als er Claudia ansah und ihr den Vorschlag machte: »Was hältst du von einem kleinen Urlaub auf Jamaica?«

Sie sah ihn mit großen Augen an. »Wir beide?«

»Nein, nur du.«

Über ihr schmales Gesicht legte sich ein nachdenklicher Ausdruck, und als sie schließlich den Kopf schüttelte, vollführte ihr langes, dunkles Haar sanfte Schaukelbewegungen. »Ich kann es unmöglich verantworten, dich in dieser Situation allein zu lassen.«

Mit dieser Antwort hatte er eigentlich gerechnet. Seit ihrem Selbstmordversuch und der anschließenden Analyse war eine erstaunliche Veränderung in ihr vorgegangen. Dr. Oliver hatte eine stille, aber sehr entschlossene Kämpfernatur aus ihr gemacht. Nudger versuchte es mit allen möglichen vernünftigen Argumenten. »Franks wäre mit Sicherheit besser beraten gewesen, sich aus St. Louis abzusetzen.«

»Das steht völlig außer Frage. Allerdings hat Franks auch nicht lernbehinderten Kindern Englisch-Nachhilfeunterricht erteilt.«

»Also bei aller Liebe, Claudia; so wichtig ist deine Arbeit nun auch wieder nicht! Es geht hier schließlich um dein Leben.«

»Genau! Um *mein* Leben, und das werde ich mir auch weiterhin so einrichten, wie es mir paßt. Ich lasse mir von ein paar dahergelaufenen Gangstern nicht vorschreiben, was ich zu tun und zu lassen habe.«

»Diese Leute haben eine Leiche in deinen Wagen gesetzt, Claudia!«

»Das habe ich noch keineswegs vergessen.« Seelenruhig nahm sie einen Schluck von ihrer Pepsi.

»Bist du eigentlich noch zu retten?« stöhnte Nudger.

Aus dunklen Augen sah sie ihn über den Rand ihres Glases hinweg nachdenklich an. Diese Augen. Sie waren wie Öffnungen, die ins tiefste Innere der Erde führten, ins Zentrum aller Geheimnisse. Sie stellte ihr Glas auf dem Couchtisch ab. »Du befindest dich doch mehr oder weniger in der gleichen Lage wie ich, Nudger. Und verkriechst du dich etwa irgendwo?«

»Nein. Weil ich einen Auftrag angenommen habe, und den werde ich auch ausführen.« Das hätte er lieber nicht sagen sollen.

Sie lächelte wie ein Angler kurz vor dem Auslegen des Hakens. »Und genauso habe auch ich einen Auftrag angenommen, den ich ausführen werde.«

»Wie kann man nur so stur sein!« stieß er hilflos hervor.

»Du mußt gerade reden.«

»Herrgott noch mal, Claudia, so nimm doch endlich Vernunft an!«

»Vielleicht solltest du das erst mal selber tun.«

»Dadurch hast du dich auch früher nicht von irgend etwas abbringen lassen.«

»Deine Besorgnis um mich ist wirklich rührend, Nudger. Aber das Leben ist nun mal kein John-Wayne-Film, und du bist nicht John Wayne. Also mach dir mal keine Sorgen um mich. Ich komme schon allein zurecht.«

Das wurde ja immer schöner. Gegen seinen Willen fühlte er sich empfindlich in seiner Ehre gekränkt. »Bin ich vielleicht ein bißchen wie Clark Gable?«

»Das schon eher. Als er älter war.«

Das baute ihn wieder etwas auf. Aber nicht viel.

»Mir wird schon nichts passieren«, versicherte sie ihm. »Hammersmiths Leute werden weiter auf mich aufpassen. Und nach dem, was mit Franks passiert ist, werde ich ab sofort ganz besonders vorsichtig sein. Das verspreche ich dir.«

Nudger war längst klar, daß er sie nicht umstimmen konnte. »Also gut, dann fahre ich dich jetzt zur Schule raus.« Bis auf weiteres war Claudias Wagen nämlich von der Polizei beschlagnahmt worden. Und wenn sie ihn wieder zurückbekam, mußten erst einmal die Polster gründlichst gereinigt werden – was jedoch nicht unbedingt hieß, daß Franks' Geist damit tatsächlich daraus vertrieben sein würde. Am besten, sie legte sich einen neuen Wagen zu.

»Gut«, nickte sie. »Auf dem Rückweg kann ich mit einer Kollegin fahren, die in Bellville wohnt.« Sie stand auf und strich ihren Rock glatt. Claudia lächelte ihn an, beugte sich vor und küßte ihn auf die Stelle seines Kopfs, wo sich sein Haar am stärksten zu lichten begann. »Mach dir bitte keine Sorgen um mich, Nudger. Das ist völlig unnötig.«

Er gab ihr keine Antwort. Trank sein Bier mit mehreren kurzen Schlucken leer und stand auf. »Sollen wir?«

»Ich muß nur noch meine Aktentasche holen.«

Unwillkürlich mußte Nudger an seine Eltern denken. Sein Vater hatte gearbeitet, seine Mutter hatte den Haushalt geführt und die Kinder großgezogen. Die Worte ›meine Aktentasche‹ wären ihr sicher nie über die Lippen gekommen.

Die Welt hatte sich verändert. Nicht nur das. Sie veränderte sich ständig weiter und riß Nudger unaufhaltsam mit sich. Obwohl er sich manchmal heftig sträubte.

Soweit er sich erinnern konnte, war es auch Clark Gable ganz ähnlich gegangen.

Nachdem Nudger Claudia in der Schule vorbeigebracht hatte, fuhr er in sein Büro. Bevor er nach oben ging, schaute er kurz bei Danny rein, der gegen die Theke lehnte und in die fettfleckige Sportseite der Morgenzeitung vertieft war. Nudgers Blick fiel auf ein auf dem Kopf stehendes Foto eines ausgleitenden Baseballspielers.

Danny faltete die Zeitung zusammen und sagte: »Die Cardinals haben höchstens noch eine Chance, wenn alle Mets vom Blitz erschlagen werden.«

Daran war durchaus etwas Wahres, fand Nudger; allerdings konnte der Blitz die Schwachen genauso streifen wie die Starken.

Danny erzählte ihm, daß er noch keine Besucher gehabt hatte. Niemand war die Treppe zu seinem Büro hinaufgegangen. Das übliche.

Nudger würgte einen Dunker Delite zum Mittagessen hinunter, winkte aber dankend ab, als ihm Danny eine Tasse Kaffee dazu anbot. Statt dessen bat er ihn um ein Glas Wasser mit zerstoßenem Eis. »Mein Magen spielt mal wieder verrückt«, brachte er als Ausrede vor. Gutmütig und naiv wie er war, glaubte ihm Danny.

Das Eis zerkauend, stieg Nudger die Treppe zu seinem Büro hinauf und schaltete die Klimaanlage ein. Sicherheitshalber schlug er gleich mal kräftig dagegen, damit sie nicht wieder dieses komische Geräusch machte. Was war eigentlich los mit dem blöden Kasten? Hätte gerade noch gefehlt, daß er ausgerechnet jetzt den Geist aufgab.

Um die heiße Luft entweichen zu lassen, öffnete er für ein paar Minuten das Fenster.

Statt dessen strömte jedoch nur noch heißere Luft von draußen herein. Er schloß das Fenster wieder und setzte sich an den Schreibtisch. Dabei fiel sein Blick auf die 1, die auf seinem Anrufbeantworter aufleuchtete. Er drückte auf den Abspielknopf.

Die Nachricht war von Hammersmith. Er gab ihm den

Namen und die Nummer des New Yorker Kriminalbeamten durch, der für den Selbstmord Rupert Winslow zuständig war, wie die offizielle Version noch immer lautete.

Nudger drehte sich auf seinem Stuhl herum und starrte durch das Fenster auf die Tauben hinaus, die auf einem Sims des gegenüberliegenden Hauses hockten. Nur gut, daß er keine Schußwaffe hatte; sonst hätte er diese Ratten der Luft der Reihe nach abgeknallt. Manchmal fragte er sich, warum er Tauben eigentlich so haßte. Weil er als Kind mal von einem ganzen Schwarm angegriffen worden war? Vielleicht. Er drehte sich wieder herum und wählte die New Yorker Nummer, die ihm Hammersmith auf dem Anrufbeantworter hinterlassen hatte.

Der Mann von der Mordkommission hieß Rico Stompano. Nudger fand, daß der Name eigentlich besser zu einem Gangster gepaßt hätte als zu einem Polizisten. Aber andrerseits hatte er auch mal einen Polizisten gekannt, der Al Capone hieß.

Stompano machte seinem Namen alle Ehre. Er klang genauso, wie sich ein Fernsehschauspieler einen echten Brooklyner Ganoven vorstellt.

Nach einigem Hin und Her erzählte er Nudger schließlich, daß der Fall Winslow noch nicht zu den Akten gelegt war. Das lag vor allem daran, daß einerseits die Polizei von St. Louis noch immer Ermittlungen in dieser Sache anstellte und auch das FBI den Fall wegen des Flugzeuganschlags immer noch nicht ganz abgegeben hatte. »Sie wissen ja, wie lange sich so was in der Regel hinzieht«, sagte Stompano in einem Ton, als wäre derlei für Nudger an der Tagesordnung. Der Mike Hammer des Mittelwestens.

»Gibt es irgendwelche Hinweise, daß Winslow die Diamanten nach St. Louis oder sonstwohin geschafft hat?« wollte Nudger wissen.

»Es gibt keinerlei Hinweise, daß überhaupt irgendwelche Diamanten im Spiel waren«, erwiderte Stompano gelangweilt, aber geduldig. Diese New Yorker, dachte Nudger.

»Glauben Sie denn an Selbstmord?« wollte Nudger von ihm wissen. »Ich meine, was Sie persönlich angeht.«

»An so was verschwende ich nicht mal einen Gedanken. Ich bin noch jung, habe das Leben noch vor mir. Aber Sie meinen vermutlich, was Winslow betrifft. Ich will Ihnen mal was sagen, Nudger. Ich glaube an gar nichts, ich tue nur meinen Job. Ich trage Fakten zusammen, versuche mir einen Reim auf sie zu machen, packe bei Dienstschluß meine Sachen zusammen, zische noch kurz ein Bier und gehe nach Hause. Wenn Sie verstehen, was ich meine.«

Nudger sagte, daß er das verstand. »Hier geht es doch um eine Menge Geld. Wieso machen Sie oben in New York nicht mehr Druck in der Sache?«

Stompano lachte. »Waren Sie schon mal im Juwelierviertel von Manhattan? Da blinzeln Ihnen aus jedem Schaufenster die Diamanten zu wie die Nutten am Straßenrand. Ganz zu schweigen von den Milliardenwerten, die in den Panzerglasvitrinen und Safes herumliegen. In Anbetracht solcher Summen sind ein paar Diamanten im Wert von einer Million Dollar ein Pappenstiel. Für unsereins ist das natürlich immer noch ein Haufen Geld, aber nicht im Vergleich mit Summen, neben denen sich die jährliche Staatsverschuldung eher wie ein Trinkgeld ausnimmt. Die Diamantenhändler lassen sich wegen so was keine grauen Haare wachsen; sie bekommen den Verlust sowieso von der Versicherung ersetzt. Aber die betroffene Versicherung, in diesem Fall ist es Sloan Trust, legt sich dafür natürlich um so mehr ins Zeug.«

»Ich habe bereits einen ihrer Ermittler kennengelernt«, sagte Nudger. »Bill Stockton.«

»Ich kenne Stockton.« Die Art, wie Stompano das sagte,

ließ wenig Zweifel, daß er von dem Versicherungsdetektiv keine sehr hohe Meinung hatte.

Nudger bat Stompano, ihm sofort Bescheid zu geben, falls er irgend etwas über den Verbleib der Diamanten erfahren sollte.

»Das gilt doch umgekehrt hoffentlich genauso?« versicherte sich Stompano. »Sie melden sich doch auch, wenn Sie eine interessante Entdeckung machen?«

Klar, sagte Nudger, das verstünde sich doch von selbst.

»Sonst noch etwas, was ich für Sie tun kann?« wollte Stompano noch wissen.

»Nein.«

»Dann viel Glück.« Und damit hängte Stompano auf.

Nudger saß eine Weile da und kaute abwesend auf dem letzten Rest Eis aus seinem Glas herum. In seinem Schädel verursachte das einen Mordsradau. Er versuchte sich in Rupert Winslow hineinzuversetzen. Was ging wohl in einem vor, wenn man mit gestohlenen Diamanten im Wert von einer Million Dollar in einem Hotelzimmer herumsaß? Was hätte er mit den Diamanten gemacht, wenn er seinen Partnern eins hätte auswischen wollen?

Aber es wollte ihm selbst beim besten Willen nicht gelingen, Rupert Winslow zu sein. Nicht einmal in Gedanken.

Alles in ihm sträubte sich dagegen, sich mit jemandem zu identifizieren, der bereits tot war.

Damit forderte man nur das Schicksal heraus.

22

Gegen vier fuhr Nudger wieder zu Claudias Wohnung, um sich zu vergewissern, daß sie nach dem Unterricht wohlbehalten wieder nach Hause zurückgekehrt war. Als er in die Wilmington bog, sah er Larry Ervines Plymouth ein Stück vor Claudias Haus am Straßenrand stehen. Er nickte Ervine im Vorbeifahren kurz zu und stellte den Granada dann fast direkt vor dem Eingang im Schatten eines Baums ab.

Die tiefstehende Sonne stach ihm in die Augen, als er aus dem Wagen stieg. Sengende Hitzeschwaden wälzten sich unter dem Granada hervor und krochen an seinen Beinen hoch. Wie hielt es Ervine nur in seinem Wagen aus, obwohl er nur ab und zu den Motor laufen ließ und die Klimaanlage anstellte. Manchmal war Nudger froh, nicht mehr bei der Polizei zu sein.

Als er auf den Eingang zuging, fiel ihm auf, daß weniger Leute als sonst in ihren Gärten arbeiteten oder am Straßenrand ihren Wagen wuschen. Um so mehr neugierige Augenpaare tauchten in den Fenstern der umliegenden Häuser auf – gerade so, als warteten sie darauf, daß es nach dem Zwischenfall von heute morgen erst richtig losging.

Durchaus möglich, daß sie nicht umsonst warteten, dachte Nudger bitter.

Claudia mußte ihn wohl ins Haus gehen gesehen haben. Jedenfalls öffnete sie ihm bereits, bevor er noch an die Tür klopfen konnte.

Zur Begrüßung gab er ihr einen langen Kuß auf den Mund, den sie leidenschaftlich erwiderte. Als sie sich schließlich von ihm löste und etwas außer Atem einen Schritt zurücktrat, deutete sie an sich hinab und sagte: »Wie du siehst, bin ich immer noch in einem Stück.«

»Und was für ein Prachtexemplar«, nickte er bewundernd.

Sie hatte sich umgezogen und trug jetzt eine weiße Bluse und Levi's; so ähnlich wie die von Marlou Dee, nur nicht so eng. Claudia kam immerhin im Stehen in ihre Jeans, wie er schon mehrmals zu beobachten Gelegenheit gehabt hatte.

Nachdem sie die Tür hinter ihm zugezogen und abgeschlossen hatte, schlenderte sie auf das Sofa zu und setzte sich auf die Armlehne. Ihr Gang konnte ihn immer wieder von neuem begeistern. Das Lächeln, mit dem sie ihn ansah, wirkte ein wenig gequält, nicht ganz standfest in den Mundwinkeln.

Er ging in die Küche, um sich ein Bier aus dem Kühlschrank zu holen. Da sein Vorrat jedoch bereits zu Ende war, gab er sich mit einem Glas Leitungswasser zufrieden. Er schaffte es, dem Kühlschrank ein paar Eiswürfel abzuringen, und ließ sie in das Glas plumpsen.

Claudia saß immer noch auf der Sofalehne, als er ins Wohnzimmer zurückkam. Aber ihr Lächeln war verflogen.

Er sagte: »Ich habe Larry Ervine gesehen. Er steht mit seinem Wagen ein Stück die Straße runter und behält das Haus im Auge.«

»Gut. Irgendwie macht Larry Ervine einen sehr zuverlässigen Eindruck. Jedenfalls hatte ich spontan Vertrauen zu ihm.«

»Larry versteht was von seinem Job. Außerdem hat Hammersmith sicher noch einen zweiten Mann abbestellt, der das Haus von hinten im Auge behält.«

»Vermutlich sind sie noch wachsamer, seit... dieser Geschichte mit Franks. Ich bin jedenfalls in guten Händen, Nudger. Du kannst meinetwegen ganz unbesorgt sein.«

Er mußte an Bobinet und das Skelett denken. »Na, ich weiß nicht.«

Sie stand auf, steckte die Hände in die Taschen ihrer Levi's und stellte sich mit angewinkelter Hüfte vor ihn. »Eben hat Hammersmith angerufen, daß mein Wagen fertig ist. Ich kann ihn jederzeit abholen. Würde es dir was ausmachen, mich kurz hinzubringen? Und anschließend wieder mit mir zurückzufahren?«

»Wenn dein Wagen noch im selben Zustand ist wie heute morgen, möchte ich bezweifeln, daß du Lust hast, dich da auch nur eine Sekunde reinzusetzen.«

»Hammersmith hat ihn bereits für mich reinigen lassen. Er soll so gegen fünf fertig sein.«

»Na, das war aber sehr großzügig von ihm«, brummte Nudger. Erst letztes Jahr hatte die Polizei seinen Wagen eingezogen. Er hatte ihn allerdings nicht gereinigt zurückbekommen. Statt dessen war er völlig versaut an einer abgelaufenen Parkuhr gestanden, und unter dem Scheibenwischer klemmte ein Strafzettel. Vor dem Gesetz waren eben doch nicht alle gleich.

»Hammersmith ist wirklich sehr um mich bemüht«, erklärte Claudia. »Ein richtiger Kavalier.« Darauf antwortete Nudger lieber nichts.

»Sollen wir Ervine Bescheid sagen, wohin wir fahren?« fragte sie.

»Nein. Wenn wir neben seinem Wagen anhalten, würde das nur unnötige Aufmerksamkeit auf ihn lenken, falls sich zufällig gerade einer von unseren Freunden hier herumtreibt. Ervine wird uns wegfahren sehen, und entweder wird er uns selbst folgen oder einen anderen Wagen hinter uns herschicken. Am besten, du vergißt, daß er überhaupt hier ist.«

»Sonst könnte es ihm ergehen wie Franks...« In ihre Stimme hatte sich ein ängstliches Zittern eingeschlichen – gerade so, als wäre sie sich erst in diesem Moment der Gefahr bewußt geworden, in der alle Beteiligten schwebten. Mit dem Tod und mit Diamanten war nicht zu spaßen.

»Ervine ist sich der damit verbundenen Risiken sehr wohl bewußt. Außerdem hat er in solchen Dingen wesentlich mehr Erfahrung als ein Kerl wie Franks.«

Die Vorstellung, Ervine könnte genauso enden wie Franks, hatte Claudia jedoch einen heftigen Schock versetzt. Durch mattgoldenes Abendlicht, so schwer und greifbar wie Wasser, folgte sie Nudger zu seinem Wagen.

Ohne zu wenden, fuhr Nudger die Wilmington hinunter, so daß sie nicht an Ervines Plymouth vorbeikamen und Claudia erst gar nicht in Versuchung kam, im Vorbeifahren einen verräterischen Blick zu ihm hinüberzuwerfen.

Als Nudger an der Grand Avenue nach links abbog, sagte Claudia: »In den Nachrichten hieß es, daß Franks Frau und Kinder hatte.«

Na, großartig. Er wechselte die Fahrspur und überholte einen Bus, aus dessen Auspuff stinkende Abgasschwaden aufstiegen.

»Mein Gott«, murmelte Claudia. »Wie schnell doch der Tod alles zunichte machen kann.« Der niedergeschlagene Ton, in dem sie das sagte, gefiel Nudger ganz und gar nicht.

Nach einer Weile sagte er: »Auch in meinem Leben gibt es einen Menschen, den ich unter keinen Umständen verlieren möchte.«

Bei der Polizei hatte man Claudias Wagen zum Reinigen in eine Werkstatt bringen lassen. Der kleine weiße Chevette war sogar rundum eingewachst worden. Weil die Polster von der Reinigung noch feucht waren, war über den Beifahrersitz ein weißes Tuch gebreitet. Das Wageninnere roch nach Desinfektionsmittel, und vom Innenspiegel baumelte einer dieser Duftspender in Form eines kleinen Tannenbaums. Wirklich erstaunlich, was Hammersmiths Einfluß alles möglich machte.

Claudia stieg ein und inspizierte erst einmal ausgiebig das Innere des Wagens. Mit dem Ergebnis sichtlich zufrieden, sagte sie schließlich zu Nudger: »Bis gleich, in meiner Wohnung.« Dann warf sie die Tür zu, ließ den Wagen an und stellte die Klimaanlage an.

Als sich Nudger jedoch nicht von der Stelle bewegte, kurbelte sie das Fenster nach unten und sah ihn fragend an. »Ist irgendwas?«

»Willst du nicht vielleicht doch lieber den Granada nehmen?«

»Leider kann ich es mir nicht leisten, mit dir Wagen zu tauschen. Ich sollte mich also besser gleich von Anfang an daran gewöhnen, den meinen zu nehmen – auch wenn es hier vielleicht ein bißchen spukt.«

Nudger konnte sich ein Grinsen nicht verkneifen. »Du hast echt Nerven, weißt du das?«

»Und vor allem einen Mordshunger.« Sie kurbelte das Fenster hoch, um es jedoch sofort wieder zur Hälfte zu öffnen. »Laß uns doch auf dem Nachhauseweg irgendwo essen gehen.«

»Gern. Ich könnte auch schon was vertragen.«

Sie hielten vor dem Maggie O'Brien's in der Market Street. Bestellten sich das Corned Beef Special und Bier. Cheesecake und Kaffee zum Nachtisch. Aus der Lautsprecheranlage kam irische Musik. Irgendwas über ein freies Irland und die IRA. Eine andere Welt mit anderen Problemen, die Nudger allerdings völlig kalt ließen; er hatte schon genügend damit zu tun, sein eigenes kleines Universum nicht völlig aus den Fugen geraten zu lassen.

Er hätte gern gewußt, ob Eileen und Mercato bereits Ersatz für Franks engagiert hatten. Zuzutrauen wäre ihnen das durchaus gewesen. Bei dem Gedanken, daß sie das nach Franks' Tod eine saftige Gefahrenzulage kosten würde, konnte sich Nudger ein schadenfrohes Grinsen nicht verkneifen. Allerdings war keineswegs auszuschließen, daß es Mercato doch noch gelang, ihm einen Prozeß anzuhängen, und dann hätte zu guter Letzt er selbst die Mehrkosten zu tragen gehabt. Eines stand jedenfalls fest: es gab keine Gerechtigkeit auf dieser Welt. Wenn Nudger etwas religiöser gewesen wäre, hätte er das Leben wenigstens als eine Art irdischer Prüfung betrachten können, deren erfolgreiches Bestehen mit ewigen himmlischen Freuden belohnt wurde.

Wieder zurück in Claudias Wohnung, rief er Marlou im Aunt Polly Motel in Hannibal an und erkundigte sich, wie es ihr ging und was sich so tat in der Geburtsstadt von Mark Twain, mitten im Herzen Amerikas.

Sie wirkte etwas gereizter als beim letzten Mal. Aber das war zu erwarten gewesen. »Hannibal ist wirklich nur ein verschlafenes Provinznest«, nörgelte sie. »Hier gibt es nicht viel zu sehen. Oder zu tun. Aber ein wirklich tolles Riverboat haben sie hier. Auf dem Dampfer würde ich zu gern mal einen Ausflug machen. An Bord gibt es sogar ein kleines Restaurant – mit Essen und Trinken und allem.«

Nudger hätte gern gewußt, was dieses ›alles‹ wohl war, fragte sie aber dann doch nicht danach. Marlou hörte sich jedenfalls an, als machte sie dort oben Urlaub. »Entfernen Sie sich lieber nicht zu weit vom Motel«, schärfte ihr Nudger deshalb mit Nachdruck ein. »Und vergessen Sie vor allem den Hund nicht, den wir auf Ihrem Bett gefunden haben. Die Männer, die das getan haben, haben auch Vanita auf dem Gewissen; und jetzt haben sie noch jemanden umgebracht.«

Es dauerte eine Weile, bis das durchsickerte. »Um Himmels willen, nein! Wen hat es diesmal erwischt?«

»Einen gewissen Franks. Einen Detektiv, der mich beschattet hat.«

»Aber Sie sind doch selbst Detektiv.« Sie hörte sich etwas durcheinander an. Das war ihr ja auch nicht weiter zu verdenken. Doch dann fiel der Groschen. »Einen Augenblick mal. War das nicht der Kerl, mit dem ich erst kürzlich in meiner Wohnung aneinandergeraten bin?«

»Genau der. Die Gründe, weshalb er hinter mir her

war, hatten nicht das geringste mit den Diamanten oder dem Mord an Ihrer Schwester zu tun, aber das wußten seine Mörder nicht.«

»Sind Sie auch sicher?«

»Absolut.« *So sicher, wie nur ein Vollidiot sein konnte.* »Ich habe Ihnen nur davon erzählt, damit Sie dort oben nicht leichtsinnig werden.«

»Keine Sorge, ich nehme diese Geschichte nach wie vor sehr ernst. Wenn ich mein Zimmer verlasse, dann nur, um mir etwas zu essen oder zu lesen zu besorgen oder um mir ein bißchen die Beine zu vertreten. Sind Sie bei der Suche nach den Diamanten eigentlich schon vorangekommen?«

»Ein bißchen. Ich tue jedenfalls mein Bestes.«

»Daran habe ich nie gezweifelt.«

»Bleiben Sie immer schön in der Nähe des Motels, Marlou. Aber wenn ich Sie dort oben abholen komme, machen wir vorher noch einen Ausflug auf diesem Dampfer.«

»Prima Idee, Mr. Nudger. Wann werden Sie wieder anrufen?«

»Morgen. Da ist noch etwas. Haben Sie was zu schreiben zur Hand?«

Es dauerte etwa eine Minute, bis sie wieder an den Apparat kam. »Fertig zum Diktat.«

»Wenn Sie mich dringend sprechen müssen, können Sie mich auch unter dieser Nummer erreichen.« Er gab ihr Claudias Telefonnummer.

Nachdem er aufgehängt hatte, fragte Claudia: »Wer ist Aunt Polly?«

Nudger erklärte es ihr.

Dann sagte sie: »Die Diamanten fehlen noch immer, diese brutalen Killer befinden sich weiterhin auf freiem Fuß, und die Polizei tut ihr Bestes, mich vor ihnen zu beschützen. Und du wirst über Nacht bei mir bleiben.«

»Richtig geraten.«

»Nudger, ich bin sehr dankbar für alles, was man für mich tut. Wirklich.«

»Ganz besonders, was das Über-Nacht-Bleiben betrifft?«

Sie griente. »Ja, darüber ganz besonders.«

Als Claudia sich anschließend an den Küchentisch setzte, um Englischarbeiten zu korrigieren, machte er es sich mit der Fernbedienung vor dem Fernseher bequem und schaltete so lange die Kanäle durch, bis er eine Übertragung des Spiels zwischen den Cardinals und den Cubs fand.

23

In dieser Nacht schlief Nudger nicht gut. Entsprechend hatte er am nächsten Morgen Watte im Mund und Sand unter den Augenlidern, als er vor dem Hauseingang am Straßenrand stand und Claudia hinterherschaute, wie sie in ihren Wagen stieg und zur Arbeit fuhr. Der Polizist, der Ervine abgelöst hatte, folgte ihr in dem Plymouth, in dem Ervine die ganze Nacht Wache gehalten hatte; er hatte ein paar rote Farbflecken auf der linken Hintertür.

Als die Sonne wie ein glühend heißer Hammer auf seinen Schädel einzudreschen begann, schleppte sich Nudger kraftlos in die Wohnung zurück. Da Claudia gemerkt hatte, daß er schlecht geschlafen hatte, hatte sie ihn später als ursprünglich geplant geweckt. Er war nur hastig in Hose, Unterhemd und Schuhe geschlüpft, um sie zu ihrem Wagen zu begleiten.

Zurück in der Wohnung, zog er sich wieder aus. Ging ins Bad, drehte die beiden altmodischen Porzellanhähne der Dusche voll auf und stellte das Wasser dann lauwarm. Dann stieg er hinter den neuen steifen Duschvorhang mit dem gelben Blümchenmuster in die Badewanne.

Genüßlich ließ er das Wasser auf sein Gesicht und seinen Körper niederprasseln. Als der Boiler langsam leer und das Wasser kälter wurde, wurde er langsam wach. Er seifte sich ein und spülte sich rasch ab, bevor nur noch kaltes Wasser aus der Leitung kam. Es wäre nicht das erste Mal gewesen, daß ihm dieser verfluchte Heißwasserboiler einen Streich spielte.

Nachdem er sich abgetrocknet und angezogen hatte, ging er in die Küche und sah in den Kühlschrank. Eine Weile stand er nur da und starrte auf eine Schüssel mit Eiern. In seinem augenblicklichen Zustand wirkten sie auf ihn mehr wie ungeborene Hühner als Eier. Was sie unter ihrer Schale ja auch tatsächlich waren. Würg!

Die Erfahrung hatte ihn gelehrt, die morgendlichen Warnungen seines empfindlichen Magens nicht in den Wind zu schlagen. Deshalb trank er nur ein großes Glas Orangensaft und eine Tasse schwarzen Kaffee, bevor er die Wohnung verließ und in sein Büro fuhr.

Als er aus dem Wagen stieg, wartete im Doughnut Shop bereits Bill Stockton auf ihn. Auf einer weißen Papierserviette lag ein Dunker Delite vor ihm, von dem er genau einmal abgebissen hatte. Offensichtlich lernte Stockton schnell.

Den schwerverwundeten Dunker Delite schmählich im Stich lassend, folgte Stockton Nudger nach oben in sein Büro.

Als sich Nudger hinter seinen Schreibtisch setzte, blieb Stockton stehen. Diesmal trug er eine schwarze Hose und ein aufdringliches schwarz-weiß kariertes Sportsakko mit Silberknöpfen, ein blaugestreiftes Hemd und eine blaue Krawatte mit einem so hohen Seidenanteil, daß sie metallisch schimmerte. Bei ihrer letzten Begegnung war Stockton auf Börsenmakler gestylt gewesen; diesmal sah er aus, als wollte er einem statt dubiosen Wertpapieren einen dubiosen Gebrauchtwagen andrehen. Nudger hatte das ungute Gefühl, daß er sich für dieses Gespräch ganz bewußt etwas schäbiger angezogen hatte – vielleicht, um sich auf Nudgers Ebene herabzubegeben.

Er sah allerdings keinen sonderlich großen Unterschied zwischen einem Versicherungsdetektiv und einem Privatdetektiv. Aber sollte sich Stockton ruhig für was Besseres halten, wenn es ihm Spaß machte. Er lehnte sich in seinen Drehstuhl zurück und verschränkte die Finger im Nacken. Wartete.

Stocktons Miene war unergründlich. Er fuhr sich mit dem Handrücken über die Stirn und warf einen kurzen Blick auf die Klimaanlage. Nudger machte keine Anstalten, sie anzustellen.

»Ich habe in der Zeitung von Franks' Tod gelesen«, begann Stockton schließlich. »Die Kerle, mit denen wir es hier zu tun haben, sind nicht gerade zimperlich.«

»Wundert Sie das? Nach dem, wie sie mit Vanita Lane umgesprungen sind?«

Stockton schüttelte den Kopf. »Deshalb bin ich hier. Diese Geschichte wird von Tag zu Tag unerfreulicher, und ich halte es keineswegs für ausgeschlossen, daß in nächster Zeit noch ein paar Leute dranglauben müssen. Wenn Sie diese armen Teufel in dem Flugzeug dazuzählen, sind wegen dieser Diamanten schon eine ganze Menge Leute hopsgegangen.«

Dagegen ließ sich nicht das geringste sagen. Nudger sah also Stockton weiter schweigend an und lauschte dem Rauschen des Verkehrs, der unter seinem Fenster auf der Manchester vorbeiströmte. Lauter Leute, die irgendwohin unterwegs waren, einige auch auf dem Weg direkt in ihr Verderben.

»Ich habe mich mit meiner Versicherung, Sloan Trust, in Verbindung gesetzt«, fuhr Stockton fort. »Wie Sie bereits wissen, bin ich damit beauftragt, die vermißten versicherten Objekte – in diesem Fall die gestohlenen Diamanten – wiederzubeschaffen. Für den Fall, daß meine Bemühungen von Erfolg gekrönt sind, stehen mir zehn Prozent der Versicherungssumme zu. Da die verschwundenen Diamanten etwas höher als eine Million versichert sind, betrüge meine Provision etwas über einhunderttausend Dollar. Also kein Grund, die Nase zu rümpfen.«

»Habe ich doch gar nicht. Meine Nase hat nicht mal gejuckt.«

»Ich bekomme deshalb eine so hohe Prämie, weil allgemein bekannt ist, daß ich gute Arbeit leiste.« In Stocktons Stimme schwang unverhohlener Stolz mit. »Und um in meinem Job gute Arbeit zu leisten, muß man hin und wieder auch zu etwas unkonventionellen Mitteln greifen.«

Aha! dachte Nudger. Er ahnte bereits, was jetzt kommen würde.

»Selbst die Hälfte meiner Provision würde eine beträchtliche Aufbesserung meines Bankkontos bedeuten, und ich müßte mich doch sehr täuschen, wenn das in Ihrem Fall anders wäre.« Stockton machte eine kurze Pause, um seinen Worten den nötigen Nachdruck zu verleihen. Bedächtig strich er mit den Fingerspitzen über das Revers seines Sportsakkos. Es paßte überhaupt nicht zu ihm. Er sah darin aus wie ein spießiger Banker, der auf salopp machen wollte. »Um es kurz zu machen, Nudger: Ich habe von meiner Versicherung grünes Licht bekommen, meine Provision mit Ihnen zu teilen, wenn Sie mir bei der Auffindung der Diamanten behilflich sind und meinem Auftraggeber eine Million Dollar ersparen.« Er lächelte salbungsvoll. »Klingt doch ganz vernünftig, oder nicht?«

»Das wäre zumindest der Fall, wenn ich wüßte, wo die Diamanten sind.«

Stocktons Lächeln geriet nicht einen Deut ins Wanken. »Ich glaube, Sie wissen, wo sie sind.«

»Sonst wären Sie vermutlich nicht hier.«

»Für Sie wäre das doch ein tolles Geschäft, Nudger. Vielleicht sogar das Geschäft Ihres Lebens. Von einem Hehler bekämen Sie bestenfalls zwanzig Prozent des tatsächlichen Werts der Diamanten – und liefen für den Rest Ihres Lebens Gefahr, daß man Ihnen doch noch auf die Schliche kommt. Und Sie können mir glauben: ein Leben in ständiger Angst ist kein Leben.«

»Wie kommen Sie eigentlich darauf, ich könnte wissen, wo die Diamanten sind?«

»Weil ich in New York so ziemlich unter jedem Stein nachgesehen habe, der dort rumliegt. Und Sie können mir glauben, daß ich weiß, wo ich nachzusehen habe und was sich darunter so alles herumtreibt.«

»Und was sich unter diesen Steinen herumtrieb, war nicht mit Diamanten behängt?«

»Sie haben's erfaßt. Ich könnte wetten... was sage ich da: Ich wette fünfzigtausend Dollar, daß die Diamanten nicht in New York sind. Ich bin fest davon überzeugt, daß sie hier in St. Louis sind. Und ich bin auch fest davon überzeugt, daß Sie wissen, wo sie sind.«

»Und woher sollte ich das wissen?«

»Vanita Lane hat es Ihnen verraten, bevor sie starb. Immerhin haben sich die Steine zuletzt im Besitz ihres Geliebten befunden.«

»Meines Wissens hatte sich das Verhältnis zwischen Vanita und Rupert Winslow schon einige Zeit merklich abgekühlt.«

Mit einem nachsichtigen Lächeln schüttelte Stockton den Kopf. »Ich habe Ihnen doch bereits gesagt, daß Sie nicht alles glauben sollten, was Vanita sagt – oder genauer: gesagt hat. Glauben Sie mir, diese Frau war eine pathologische Lügnerin.«

»Genau wie Rupert Winslow. Nicht umsonst hatte er den Spitznamen Ropes. Vielleicht hat er ihr nur was vorgemacht.«

Mit nachdenklichem Gesicht schob Stockton die Hände in seine Hosentaschen und setzte eine nachdenkliche Miene auf. Schließlich atmete er durch seine schnabelartige kleine Nase schnaubend aus und sagte bestimmt: »Nein, Nudger. Und selbst wenn ihr Winslow was vorgemacht hätte, heißt das noch lange nicht, daß die Diamanten immer noch in New York sind.«

»Aber auch nicht notgedrungen in St. Louis.«

»So leid es mir tut – in diesem Punkt bin ich anderer Meinung. Ich weiß, was in den Köpfen von Leuten wie Winslow vorgeht. Sie sind wie Raubtiere; sie bewegen sich nie außerhalb ihres Reviers. Und Winslow hatte nun mal enge Kontakte zur Szene hier in St. Louis. Glauben Sie mir: Wenn die Diamanten nicht in New York sind, können sie nur in St. Louis sein.«

»Sie haben eben selbst ›wenn‹ gesagt.«

»Natürlich ist in dieser Welt nichts hundertprozentig sicher. Ich gebe zu, das alles basiert nur auf Spekulationen. Aber so verdiene ich nun mal mein Geld; ich spinne mir so lange irgendwelche Theorien zusammen, bis eine darunter ist, die mich ans Ziel führt.«

»Ehrlich gestanden, würde ich mir die hunderttausend Dollar nur zu gern mit Ihnen teilen. Aber ich weiß leider wirklich nicht, wo die Diamanten sind.«

»Ich hoffe, Sie sind mir nicht böse, wenn ich behaupte, daß ich Ihnen das nicht glaube.«

»Ob Sie's glauben oder nicht: Es ist mir völlig egal, ob Sie mir glauben oder nicht.«

Abrupt legte Stockton seinen Kopf auf die Seite und reckte seinen mächtigen Brustkorb, so daß er mehr denn je aussah, als gehörte er eigentlich in eine Voliere. »Na schön, Mr. Nudger. Mein Angebot bleibt trotzdem weiter bestehen. Falls sich Ihr plötzlicher Gedächtnisschwund doch noch geben sollte und Sie sich dazu durchringen sollten, Ihre finanziellen Probleme mit einem Schlag aus der Welt zu schaffen – meine Nummer haben Sie ja.« Er knöpfte sein aufdringliches Sportsakko zu und steuerte auf die Tür zu. Er schien sich seiner Sache sehr sicher zu sein. Geld sprach eine sehr überzeugende Sprache, und diese fünfzigtausend Dollar würden auch dann noch sehr nachhaltig Fürsprache für ihn einlegen, wenn sich die Tür von Nudgers Büro längst hinter ihm geschlossen hatte. Geld konnte sehr hartnäckig sein.

Einem plötzlichen Einfall folgend, blieb er noch einmal stehen und drehte sich um. »Ach, haben Sie übrigens eine Idee, wo Marcy Lou Dee sein könnte?«

»Bestenfalls eine sehr vage. Wieso?«

»Ich versuche schon die ganze Zeit, sie zu erreichen – um mich mit ihr über ihre Schwester zu unterhalten. Und über die Diamanten.«

»Mit der vergeuden Sie nur Ihre Zeit. Das ist eine von diesen treu-doofen Unschuldsnaturen, die ihr Leben lang immer nur den kürzeren ziehen.«

»Norman Rockwell ist schon viel zu lange tot, um noch seine Visionen von einer heilen Welt malen zu können, Nudger. Sobald Geld im Spiel ist, ist es vorbei mit der Unschuld – zumal sie sowieso nie etwas anderes war als Mangel an Gelegenheit. Das ist nun einmal der Preis, den wir dafür zahlen, daß wir in einem Land leben, in dem jeder ganz nach oben will. Und deshalb hätte ich in jedem Fall mal gern mit ihr gesprochen.«

»Ich werd's ihr ausrichten, wenn ich sie zufällig sehen sollte.«

»Dafür wäre ich Ihnen sehr dankbar.« Und mit geschwellter Brust stolzierte Stockton aus dem Raum.

Wie ein Vogel, der gerade einen fetten Wurm gefunden hatte.

24

Den Rest des Morgens verbrachte Nudger damit, die Rechnungen aus dem LÄNGST ÜBERFÄLLIG-Stapel zu bezahlen und die Rechnungen vom ÜBERFÄLLIG-Stapel auf den LÄNGST ÜBERFÄLLIG-Stapel umzuschichten. Dabei mußte er fast zwangsläufig immer wieder daran denken, wie es wohl gewesen wäre, wenn er sich mit Hilfe dieser fünfzigtausend Dollar mit ein paar kurzen Federstrichen schlagartig alle seine Gläubiger vom Hals hätte schaffen können. Die Feder war eben doch mächtiger als das Schwert.

Aber dazu hätte er erst mal herausfinden müssen, wo die Diamanten waren.

Nachdem er seinem Magen in einem Anfall von Übermut in dem B&L-Imbiß um die Ecke eine kräftige Portion Chili zugemutet hatte, war er erst einmal eine Weile damit beschäftigt, Magentabletten zu lutschen und sich den Kopf darüber zu zerbrechen, wo die Diamanten sein könnten. Da man Diamanten im Wert von einer Million Dollar nicht einfach irgendwo versteckte, konnte es vielleicht nicht schaden, sich dem Problem von der psychologischen Seite zu nähern. Versuchen wir doch einfach mal, uns in die Lage der anderen Beteiligten zu versetzen. Angenommen, Vanita hat die Diamanten irgendwo in Marlous Wohnung versteckt, ohne daß diese etwas davon wußte? Das wäre Vanita durchaus zuzutrauen gewesen.

Nudger zahlte, rutschte von seinem Hocker und wagte sich wieder in die brüllende Mittagshitze hinaus. Die Auspuffgase der vorbeifahrenden Autos waberten in der Luft, als würde sich gleich ein Gespenst in ihnen materialisieren.

Eines Tages würde sich die Stadt noch so aufheizen, daß sie von selbst in Flammen aufging.

Er ging zu seinem Granada zurück, der direkt gegenüber dem Eingang seines Büros am Straßenrand stand. Bevor er einstieg, gab er Danny mit einer kurzen Handbewegung zu verstehen, daß er mal kurz weg müßte. Dann klemmte er sich hinters Steuer und fuhr zu Marlous Wohnung.

Er wußte zwar, daß an der Innenseite der Wohnungstür eine Sicherheitskette angebracht war, aber im Augenblick war die Tür nur durch das billige Schloß im Türknopf gesichert. Wurden diese Dinger eigentlich von Einbrechern selbst hergestellt?

Nudger stellte sich seelisch bereits darauf ein, dem Türschloß mit seiner Visa-Kreditkarte zu Leibe rücken zu müssen. Als er jedoch die Plastikkarte in den schmalen Schlitz zwischen Tür und Rahmen steckte, stieß er auf keinerlei Widerstand. Das konnte nur eines bedeuten:

Die Tür war nicht abgeschlossen.

Kopfschüttelnd drehte er am Türknopf und drückte die Tür nach innen auf. Das Herz schlug ihm bis zum Hals, und sein Magen führte sich auf wie ein wild gewordener Mustang. Es mußte doch auch andere Möglichkeiten geben, sich seinen Lebensunterhalt zu verdienen. Wurde langsam Zeit, daß er die Ratschläge, die einem auf der Innenseite von Streichholzheftchen erteilt wurden, besser beherzigte.

Die Luft in der Wohnung war heiß und stickig – ganz so, als hätte sich dort schon längere Zeit niemand mehr aufgehalten. Aber mit Sicherheit ließ sich so etwas natürlich nie sagen.

Lautlos schlüpfte Nudger nach drinnen. Das Wohnzimmer war ein einziges Chaos. Die Bilder waren von den Wänden gerissen und lagen zerschlagen auf dem Boden herum. Der Sessel und das Sofa waren umgestürzt, die Polster aufgeschlitzt. Eine billige Stehlampe war umgefallen und in der Mitte abgeknickt. Sogar die

Vorhänge waren halb heruntergerissen und hingen nun wie vermummte Schreckgestalten vor den Fenstern.

»Voooorsicht!« warnte Nudgers Magen so laut, daß es in der ganzen Wohnung zu hören war.

Auf Zehenspitzen schlich Nudger in den kurzen Gang, der zu den anderen Zimmern führte. Als erstes schaute er ins Bad. Auch hier herrschte ein wildes Durcheinander. Die Handtücher lagen über den Boden verstreut, der zerfetzte Duschvorhang hing windschief von seiner Halterung, und die Luft war von seifigem Shampoogeruch erfüllt.

Vor Marlous Schlafzimmertür blieb er erst einmal stehen und lauschte.

Erst leise rauschend, schien die Stille zu einem unheilvollen Brausen anzuschwellen.

Schwer schluckend, drehte er am Knopf und stieß die Tür auf.

Das Schlafzimmer war leer. Aber es herrschte das gleiche Chaos wie im Wohnzimmer. Nur war das Ausmaß der Zerstörung hier noch größer. Sämtliche Schubladen waren herausgerissen, auf den Boden geleert und dann einfach gegen die Wand geworfen worden – ein paar davon mit solcher Wucht, daß sie zerbrochen waren. Ihr Inhalt war über den Boden verstreut. Die Kleider aus dem Schrank türmten sich zu chaotischen Haufen. Die Laken waren abgezogen, die Matratze aufgeschlitzt, so daß ihre Füllung aus der Bespannung quoll wie die Eingeweide aus dem Bauch des toten Hunds, den er erst vor kurzem von dort entfernt hatte. Erst bei dem Gedanken an den Hund wurde Nudger bewußt, daß sich der Todesgeruch noch immer nicht verflüchtigt hatte. Seinem Magen gefiel das gar nicht.

Er wollte sich gerade umdrehen, um den Raum zu verlassen, als etwas sein Ohr streifte.

Er fuhr heftig zusammen. Aber es war nur die Raggedy-Ann-Puppe. An einem Stück Schnur, das ihr jemand um den Hals geschlungen hatte, baumelte sie von der Deckenlampe. Mit dem schlaff zur Seite gesackten Kopf und den weit hervortretenden Knopfaugen sah sie aus, als wäre sie erhängt worden.

Nudger verließ das Schlafzimmer und ging ins Wohnzimmer zurück. Der Anblick der von der Decke baumelnden Puppe hatte ihm einen Schock versetzt, der ihm tief in den Knochen stak. Roger Bobinet hatte wirklich einen ausgesprochen makabren Sinn für Humor. War ja auch kein Wunder.

Noch einmal ließ Nudger seinen Blick über das Chaos gleiten, das ihn umgab. Sein erster Gedanke galt Bill Stockton, der in seinem Ehrgeiz und seiner Geldgier vermutlich vor nichts zurückgeschreckt wäre. Doch selbst wenn Stockton aus denselben Gründen in Marlous Wohnung gekommen war wie Nudger, wäre er bei ihrer Durchsuchung kaum so rücksichtslos vorgegangen. Und er war auch nicht der Typ, der die arme Raggedy Ann gelyncht hätte. Kein Zweifel, das konnte nur das Werk Bobinets und des Skeletts gewesen sein. Und dem Ausmaß der Zerstörung nach zu schließen, hatten sie nicht gefunden, wonach sie gesucht hatten. Es hätte also nicht viel Sinn gehabt, noch mal in diesem Chaos herumzuwühlen.

Der Gedanke, wie wohl Marlou zumute sein würde, wenn sie ihre Wohnung in dem Zustand sah, ließ Nudger den umgestürzten Sessel wieder aufstellen. So sah es schon gleich etwas besser aus. Er schaute sich ein letztes Mal um. Durch die offene Tür zum Schlafzimmer fiel der Schatten der erhängten Puppe.

Mühsam gegen die Mischung aus Angst und Wut ankämpfend, die bei ihrem Anblick in ihm aufstieg, verließ er die Wohnung. Eigentlich hatte es nicht viel Sinn, die Tür abzuschließen. Er tat es trotzdem.

Als er seinen Granada wieder an seinem gewohnten Platz abgestellt und die Manchester überquert hatte, warf er einen kurzen Blick in den Doughnut Shop. Er war leer. Das war nicht weiter ungewöhnlich. Das Verhältnis von Doughnuts zu Kunden näherte sich bei Danny schon fast dem Wert von Unendlich. Aber auch Danny selbst war nirgendwo zu sehen, obwohl kein GESCHLOSSEN-Schild in der Tür hing.

Nudger betrat den Laden. Aus dem Inneren schlug ihm eine Woge saccharinsüßer heißer Luft entgegen.

Suchend zuckten seine Blicke durch den Raum. »Danny?«

Ein ersticktes Stöhnen.

Nudger ging hinter die Theke.

Und wäre um ein Haar über Danny gestolpert, der dort rücklings auf dem Boden lag. Seine Hände und Füße waren mit Streifen des grauschleierigen Handtuchs gefesselt, das er sonst immer im Hosenbund stecken hatte. Sein Gesicht war hochrot angelaufen, und die Augen drehten sich verzweifelt in ihren Höhlen. Noch einmal gab er einen kläglich würgenden Laut von sich.

»Um Himmels willen!« stieß Nudger entsetzt hervor und kniete neben Danny nieder. Seine hilflose Wut schlug in Panik um, als er die häßliche Rötung an Dannys Kehle bemerkte.

Aber es war nicht nur eine Rötung. Bei genauerem Hinsehen stellte Nudger fest, daß jemand dieselbe grobe Schnur, mit der Raggedy Ann erhängt worden war, Danny so fest um den Hals geschlungen hatte, daß sie sich tief in seine Haut gegraben hatte.

»Das haben wir gleich, Danny!« redete ihm Nudger gut zu und versuchte den Knoten aufzubekommen. Aber daran war nicht im Traum zu denken. Er versuchte einen Finger unter den Knoten zu schieben. Davon grub sich die Schnur jedoch nur noch tiefer in Dannys Haut, und seine Augen traten noch weiter aus ihren Höhlen. Verzweifelt begann er mit den Füßen auf den Boden zu trampeln. Die Schnur hatte sich so tief in die Haut an Dannys Hals gegraben, daß sie kaum mehr zu sehen war.

In hilfloser Wut sprang Nudger auf und schaute sich um. Sein erster Gedanke war, ans Telefon zu stürzen und die Notrufnummer der Polizei zu wählen. Doch dann sah er das Messer auf der Theke liegen. Kurz entschlossen griff er danach und kniete wieder neben Danny nieder. »Tut mir leid, wenn ich dir etwas wehtun muß, Danny. Aber es geht leider nicht anders.«

Wie ein Ertrinkender schaute Danny heftig blinzelnd zu ihm auf.

Ganz behutsam begann Nudger mit dem Messer an der Schnur zu sägen. Trotzdem floß sofort Blut. Nudgers Magen tobte. Danny stöhnte laut auf, und seine traurigen Bassetaugen wurden vor Schmerzen immer größer. Aber Nudger hatte keine andere Wahl. Er biß die Zähne zusammen und sägte mit geschlossenen Augen weiter an der Schnur. *Nicht zu fest! Auf die Bewegung kommt es an, nicht auf die Stärke des Drucks.*

Die Schnur gab noch immer nicht nach. Nudger öffnete kurz die Augen, um zu sehen, wie weit er sie schon durchtrennt hatte. Aber vor lauter Blut war von der Schnur nichts mehr zu sehen. Herr im Himmel!

Auch Nudgers rechte Hand war über und über mit Blut verschmiert. Es fehlte nicht viel, und er wäre ohnmächtig geworden. Dannys Gesicht lief noch dunkler an. Er hatte die Zähne zusammengebissen, und seine Lippen hatten sich zu einem dünnen Strich verengt.

Tut mir leid, Danny!

Aber ich kann jetzt nicht aufhören.

Endlich! Die Schnur war durch. Nudger spritzte ein Schwall Blut in Gesicht. Aber das kümmerte ihn jetzt nicht mehr. Gleichzeitig entstand ein Geräusch wie von einem abhebenden Düsenflugzeug. Es war Danny, der Luft holte. Und gleich noch einmal. Und noch einmal. Dann ein heiseres Krächzen: »Nudge...«

»Immer schön mit der Ruhe, Danny. Bleib erst mal unten.«

Obwohl er an Fuß- und Handgelenken gefesselt war, versuchte sich Danny bereits aufzurichten. Das Blut strömte über seinen Hals und über seine Brust, aber zum Glück deutete nichts darauf hin, daß eine Hauptschlagader verletzt worden war.

Mit dem Messer schnitt Nudger die Fesseln durch. Danny wälzte sich auf die Seite, zog die Beine an den Oberkörper hoch und rieb sich die von den Fesseln rot aufgeschürften Handgelenke.

»Schön liegen bleiben«, schärfte ihm Nudger ein. »Ich gehe nur mal schnell telefonieren und bin gleich wieder da. Kannst du mich verstehen?«

Danny nickte schwach. Selbst diese kleine Bewegung schien ihm heftige Schmerzen zu bereiten. Deshalb verzichtete Nudger darauf, ihm weitere Fragen zu stellen. Schlurfend tastete er sich ans Ende der Theke vor, wo das Telefon stand. Er wählte die Notrufnummer, gab die Adresse und die Telefonnummer des Doughnut Shops durch und forderte einen Krankenwagen an.

Keine Minute später rief die junge Frau, die den Anruf entgegengenommen hatte, zurück, um sich zu vergewissern, daß es sich dabei nicht nur um einen Scherz handelte. Sie konnte gerade noch rechtzeitig wieder einhängen, bevor Nudger, der gerade dabei gewesen war, Danny eine Kompresse aus Papierservietten anzulegen, ausfallend wurde.

Aber wenigstens hatte sie ihn ernst genommen. Keine fünf Minuten später hörte Nudger aus der Ferne Sirenengeräusche näherkommen. Ein rot-weißer Notarztwagen hielt vor dem Doughnut Shop. Türen schlugen.

Die zwei Sanitäter, die zur Tür hereingestürmt kamen, verstanden etwas von ihrem Geschäft. In kürzester Zeit lag Danny fertig verbunden auf einer fahrbaren Bahre. Sein Gesicht war inzwischen wieder mehr rot als violett. Ein gutes Zeichen.

Als sie ihm auf dem Weg nach draußen eine Sauerstoffmaske überstülpen wollten, krächzte er heiser: »Sag denen im Krankenhaus, daß ich krankenversichert bin, Nudger. Sie sollen sich keine Gedanken machen, ich bin versichert.«

Nudger war sich nicht so sicher, ob das tatsächlich stimmte. Er hängte das GESCHLOSSEN-Schild an die Türklinke, stieg in seinen Granada und folgte dem Krankenwagen ins St. Mary's Hospital.

25

Nachdem Danny in der Notaufnahme kurz untersucht worden war, wurde er sofort in ein Zimmer verfrachtet.

Nudger stand etwas verloren in dem sterilen Raum herum und sah sich hilfesuchend um. Hinter einer Theke, auf der ein Schild mit der Aufschrift REZEPTION stand, saß eine üppige Rothaarige. Sie war kein Pfarrer, und Nudger hatte ihr nichts zu beichten. Er versuchte ihrem Blick auszuweichen. Aber ihr war nicht entgangen, daß er zu Danny gehörte. Lächelnd winkte sie ihn zu sich. Dieser Aufforderung konnte er sich schlecht widersetzen.

Als er vor ihr stehen blieb und sich mit den Ellbogen auf die Theke stützte, sah sie ihn aus grünen Augen wissend an und sagte: »Wie es scheint, ist Ihr Freund nicht versichert.«

Nudger seufzte. »Ich werde zusammen mit ihm die Kosten übernehmen.« Gleichzeitig fragte er sich, wie lange von Vanitas tausend Dollar noch etwas übrig bleiben würde, wenn das so weiterging.

Die Rothaarige an der Rezeption stellte ihm alle möglichen Fragen, gab die entsprechenden Daten in den Computer ein, füllte ein Formular aus und bat ihn um seine Unterschrift. Das Krankenhaus war damit ermächtigt, sein Bankkonto zur Ader zu lassen. Die Rothaarige dankte ihm, sagte ihm, wo er warten konnte, bis er Näheres über Dannys Zustand erfuhr, und machte sich dann daran, mit einem riesigen schwarzen Hefter Unterlagen abzuheften.

Jedesmal, wenn sie mit der flachen Hand auf den Hefter drückte, gab dieser ein durchdringendes metallisches Knirschen von sich.

Nudger machte es sich, so gut es ging, auf einem der Plastikstühle im Wartezimmer bequem und lauschte dem Knirschen des Hefters. Dann studierte er etwa eine Stunde lang ausgiebigst eine Ausgabe von *Capital*. Danach wußte er, daß der Zinsleitsatz der Bundesbank sinken würde. Wußte, daß er Aktien abstoßen und statt dessen festverzinsliche Wertpapiere kaufen sollte. Nur hatte er keine Aktien. Ebensowenig wie festverzinsliche Wertpapiere. Trotzdem konnte es nicht schaden, über solche Dinge Bescheid zu wissen.

Irgendwann kam ein Mann mittleren Alters mit dunklen Augen und pechschwarzem Haar durch eine breite Schwingtür und sah sich um, als suchte er jemanden. Er wirkte abgespannt und müde. Als sich sein Blick mit dem von Nudger traf, kam er auf ihn zu. »Sind Sie Mr. Nudger?«

Nudger nickte, stand auf und warf die Zeitschrift auf den Sitz neben sich.

Der Mann stellte sich als Dr. Rashnad vor. Er hatte eine hohe Stimme, einen indischen Akzent und ein beruhigendes Lächeln auf den Lippen.

Nudger wartete auf die Begründung für dieses beruhigende Lächeln.

»Ihr Freund Daniel Evers ist außer Gefahr, Mr. Nudger. Wir haben ihn gründlich untersucht. Sein Kehlkopf ist etwas lädiert, und er hat ein paar Knorpelabschürfungen im Halsbereich – jedenfalls nichts, was nicht in kürzester Zeit wieder verheilt sein wird. Er wird keinerlei bleibende Schäden davontragen. Ebensowenig konnten wir irgendwelche Anzeichen feststellen, die darauf hindeuten, daß durch den anhaltenden Sauerstoffmangel irgendwelche Beeinträchtigungen der Gehirnfunktion eingetreten sind, wie das in Fällen von traumatischer Asphyxiation manchmal vorkommen kann.«

Der Stein, der Nudger vom Herzen fiel, war so schwer, daß er unwillkürlich die Zehen einzog.

»Sicherheitshalber werden wir Mr. Evers allerdings über Nacht noch hier behalten«, fuhr der Arzt fort. »Aber morgen früh kann er schon wieder nach Hause.«

»Könnte ich ihn jetzt vielleicht sehen?«

»Aber sicher. Das Sprechen dürfte ihm allerdings noch etwas schwer fallen. Sehen Sie also bitte zu, daß er nicht unnötig spricht.« Der Arzt sah auf seine Uhr. Er hatte auffallend zierliche Hände und Handgelenke. »Am besten, Sie erkundigen sich gleich mal an der Rezeption nach seiner Zimmernummer. Wenn Sie mich dann bitte entschuldigen würden, Mr. Nudger.«

Nudger dankte dem Arzt und sah ihm hinterher, bis er wieder durch die breite Schwingtür verschwunden war. An einem seiner Absätze klebte etwas Weißes, das bei jedem Schritt kurz aufleuchtete.

Die Rothaarige an der Rezeption zog kurz ihren Computer zu Rate und teilte Nudger mit, daß Danny auf Zimmer 335 lag.

Im Lift legte er sich ein paar Fragen zurecht, die er Danny trotz der Warnung des Doktors stellen wollte. Er formulierte sie so, daß sie mit Ja oder Nein zu beantworten waren. Danny brauchte also nur zu nicken oder den Kopf zu schütteln.

Zimmer 335 roch wie alle Krankenzimmer – nach Odol. Danny sah schon wieder ganz passabel aus. Er trug einen weißen Krankenhauskittel und saß gegen das hochgestellte Kopfteil seines Betts gelehnt. Als er Nudger sah, rang er sich ein tapferes Basset-Grinsen ab. Um seinen Hals lief ein häßlicher roter Strich. An der Stelle, wo Nudger die Schnur durchgeschnitten hatte, war mit Heftpflaster ein Stück Verbandmull befestigt.

Als hätte er gerade eine Handvoll Glassplitter geschluckt, krächzte Danny: »Danke, Nudge.«

»Du solltest lieber möglichst wenig sprechen.« Nudger zog sich einen Stuhl an Dannys Bett und setzte sich. »Antworte mir immer nur mit einem Nicken oder Kopfschütteln, ja?«

Danny nickte. Davon mußte er schlucken. Aus seiner Kehle kam ein Geräusch, als würden dort ein paar feine Knöchelchen zerbrechen. In Nudger stieg blinde Wut auf Bobinet und das Skelett auf. Um keinen Falschen zu verdächtigen, fragte er: »Wer hat dir das angetan? Ein extrem magerer Kerl oder so ein gutaussehender Schnösel?«

Nickend hielt Danny zwei Finger hoch und krächzte: »Beide. Der Dünne hat aber nur zugesehen. Der andere – er sah aus wie der Kerl, der mal für die Dallas Cowboys Quarterback gespielt hat – der hat die ganze Drecksarbeit gemacht. Er...«

So war das eigentlich nicht gedacht gewesen. Nudger hob die Hand. »Antworte mir immer nur mit einem Nikken oder Kopfschütteln, Danny.«

Danny preßte die Lippen aufeinander und nickte.

»Haben sie gesagt, was sie wollten?«

Ein Nicken. Danny deutete auf Nudger. Unter seinem Fingernagel klebte Vanillinzucker.

»Sie wollten mich sprechen?«

Ein Nicken.

»Haben sie auch gesagt, warum?«

Ein Kopfschütteln.

»Haben sie den Eindruck gemacht, als wären sie sauer auf mich?«

Mühsam hob Danny unter dem lächerlichen weißen Kittel die Schultern.

»Haben sie dir das etwa nur zum Spaß angetan?« fragte Nudger.

Danny deutete wieder auf ihn. »Sie haben gesagt, ich soll dir sagen, daß sie dich sprechen wollen.« Im selben Augenblick bekam er jedoch einen heftigen Hustenanfall und verzog vor Schmerzen das Gesicht.

»Verdammt noch mal, Danny«, stauchte ihn Nudger zurecht. »Halt endlich die Klappe!«

Aber das wäre vermutlich gar nicht mehr nötig gewesen. Dannys traurige braune Hundeaugen tränten vor Schmerzen. Schon allein bei seinem Anblick bekam Nudger selbst feuchte Augen. Um ihn nicht länger ansehen zu müssen, starrte er auf den grünen Plastikkrug mit Wasser, der auf dem Nachttisch stand. »Haben sie sonst noch was gesagt?«

Aus dem Augenwinkel sah Nudger, daß Danny den Kopf schüttelte.

Er stand auf. Ging zum Fenster und schaute nach draußen. Auf der Clayton Road herrschte dichter Verkehr. Funkelnd brach sich die Sonne in den Dächern der vorbeifahrenden Autos; sie blitzten wie Juwelen auf vier Rädern. Im Freien war es sicher höllisch heiß. Aber in Dannys Krankenzimmer war es angenehm kühl, auch wenn es roch wie in einer Flasche Mundwasser.

Er drehte sich wieder zu Danny herum, der inzwischen die Augen halb geschlossen hatte. Vielleicht hatten sie ihm etwas gegen die Schmerzen gegeben.

»Der Doktor hat gesagt, daß du morgen früh wieder nach Hause kannst«, begann Nudger.

Ohne die Augen aufzuschlagen, nickte Danny. Er war am Hinüberdämmern.

»Ist es in Ordnung, wenn ich jetzt gehe?« fragte Nudger.

Danny nickte noch einmal. Schwächer diesmal. Kraftlos hob sich seine rechte Hand, verharrte scheinbar schwerelos ein paar Sekunden und sank matt wieder aufs Bett zurück.

Leise verließ Nudger das Zimmer und schloß die Tür hinter sich. Er war sicher, daß Danny von Bobinet und dem Skelett vorerst nichts mehr zu befürchten hatte. Wenn ihn die beiden tatsächlich hätten umbringen wollen, wäre er längst tot gewesen. Was sie getan hatten, hatten sie aus purem Sadismus getan – und um Nudger noch mehr einzuschüchtern. Genauso, wie sie es mit dem Kanarienvogel, dem Hund und Ed Franks gemacht hatten. Danny umzubringen wäre allerdings höchst unklug gewesen. Das hätte nur in verstärktem Maße das Interesse der Polizei auf Nudger gelenkt, so daß möglicherweise an den Tag gekommen wäre, welche Art von Abmachung er mit den beiden getroffen hatte. Und da er unter diesen Umständen sicher nicht mehr so ungehindert wie bisher nach den verschwundenen Diamanten hätte suchen können, hatten sie sich damit begnügt, Danny nur halb zu Tode zu würgen.

Von einer Zelle in der Eingangshalle der Klinik rief Nudger Hammersmith an. Allerdings mußte er sich von Ellis, dem diensthabenden Sergeant im Dritten Revier, mitteilen lassen, daß Hammersmith gerade außer Haus war. Auf gut Glück hin rief Nudger darauf im Ricardo's an; dieses italienische Restaurant war nicht ganz unschuldig daran, daß Hammersmith, ehemals rank und schlank, aufgegangen war wie eine Dampfnudel.

Ricardo kam persönlich an den Apparat und sagte Nudger, daß Hammersmith an seinem Stammplatz saß und sich gerade über den ersten Gang des Tagesmenüs hermachte.

Als Hammersmith wenig später ans Telefon kam, maulte er: »Weißt du eigentlich, daß du mich gerade von einem Teller Spaghetti weggejagt hast, Nudge?« Allein von der Erwähnung des Worts Spaghetti krampfte sich Nudgers Magen schmerzhaft zusammen.

»Ich bin gerade im St. Mary's Hospital. Diesmal hat Roger Bobinet meinen Freund Danny um ein Haar umgebracht.«

»Um Himmels willen! Sieht es sehr schlimm aus?«

»Es geht. Ich habe ihn mit einem Stück Schnur um den Hals gefunden. Übrigens die gleiche Schnur, mit der auch Raggedy Ann erhängt wurde.«

»Wie bitte?«

Nudger erklärte ihm in kurzen Zügen, was er in Marlou Dees Wohnung entdeckt hatte.

»Und wo ist Miß Dee?« wollte Hammersmith wissen.

Hammersmith konnte er es ja erzählen. »In einem Motel in Hannibal. Aber je weniger Leute das wissen, desto besser.«

»Versteht sich doch von selbst, Nudge. Betrachte mich als einen von denen, denen du nichts davon erzählt hast. Haben sie Danny schon aus dem Krankenhaus entlassen?«

»Sie wollen ihn noch bis morgen früh dabehalten. Sicherheitshalber. Er kommt schon wieder auf die Beine; sein Arzt hat jedenfalls gesagt, daß er keinerlei bleibende Schäden davongetragen hat.«

»Hat Danny gesagt, daß es dieser Bobinet war?«

»Ja. Das Skelett und Bobinet wollten eigentlich mir einen kleinen Besuch abstatten. Als ich jedoch nicht in meinem Büro war, haben sie ihre Wut an Danny ausgelassen – sozusagen, um mir einen Denkzettel zu verpassen.«

»Diese Schweine!«

»Es hätte auch schlimmer sein können. Denk nur an Franks.«

»Das allerdings. Wo, sagst du, liegt er?«

»Im St. Mary's, auf Zimmer drei-drei-fünf.«

»Ich werde mal kurz bei Danny vorbeischauen. Könnte ja sein, daß er Anzeige erstatten will.«

»Vielleicht solltest du das auch Raggedy Ann mal fragen.«

»Ich tue nur meine Pflicht, Nudge. Bist du bei deiner Suche nach den Diamanten schon weitergekommen?«

»Bisher leider nicht.«

»Sag mir Bescheid, wenn du eine heiße Spur auftun solltest.«

»Du weißt, daß du immer auf mich zählen kannst.«

»Danke, Nudge, du bist eine Perle.« Dann hängte Hammersmith abrupt auf, um zu seinen Spaghetti zurückzueilen.

Als Nudger in sein Büro zurückkam, wartete auf dem Anrufbeantworter eine Nachricht des Skeletts auf ihn:

»Vermutlich wissen Sie ja inzwischen, daß wir Sie sprechen wollten. (Keuch! Hust!) Wir werden uns demnächst wieder bei Ihnen melden. Sehen Sie zu, daß Sie das nächste Mal da sind, wenn wir Sie sprechen wollen. Einen schönen Tag noch.«

Nudger ließ sich tief in seinen Drehstuhl sinken und starrte an die Wand. Sein Magen spielte wieder mal verrückt, so daß er ein paar Magentabletten aus der Schreibtischschublade fischte und sich in den Mund schob. *Wir werden uns demnächst wieder bei Ihnen melden.*

Ihm wurde ganz kalt vor Angst, als er die Nachricht in Gedanken noch einmal abspielte. Von diesen wenigen auf Band gesprochenen Worten ging eine fast körperlich spürbare Bedrohung aus – gerade so, als hätte das Skelett seine Hand nach ihm ausgestreckt und ihn ganz flüchtig damit berührt.

26

Nudger wartete in Claudias Wohnung, daß sie vom Unterricht nach Hause kam. Als sie schließlich zur Tür hereinkam und ihn auf dem Sofa sitzen sah, blieb sie einen Moment erschrocken stehen. Doch dann legte sich ein erleichtertes Lächeln über ihre Lippen. Sie trug eine luftige, zitronengelbe Bluse und eine dazu passende Hose. Die falschen Perlen, die sie angelegt hatte, hingen wie kleine, aber üppige tropische Früchte von ihrem Hals. Obwohl sie leicht und luftig gekleidet war, war ihr sichtlich heiß. Über ihrem Gesicht und ihren nackten Armen lag ein dünner Schweißfilm. Nudger fand, daß sie zu schön war, um zu schwitzen; sie schimmerte vor Schweiß.

Während sie nun also schweißschimmernd vor ihm stand, sagte sie: »Bei mir ist alles glatt gelaufen. Keine Zwischenfälle. Und von der Polizei den ganzen Tag keine Spur zu sehen.«

»Aber sie waren bestimmt immer in deiner Nähe«, versicherte ihr Nudger. »Daß sie da waren, hättest du erst gemerkt, wenn du sie gebraucht hättest.«

Sie ließ ihre dicke Aktentasche in den Sessel fallen und ging in die Küche. Dort hörte er sie eine Weile herumhantieren. Nach einer Weile kam sie mit zwei Gläsern Wasser mit Eis zurück. Sie gab eines der klimpernden Gläser Nudger und setzte sich zu ihm aufs Sofa. Schlug die Beine übereinander und begann mit dem oberen langsam zu wippen, wie Frauen das eben tun.

Nudger sagte: »Als ich vor ein paar Minuten aus dem

Fenster geschaut habe, ist Larry Ervine gerade vorbeigefahren. Vermutlich hat er den Mann abgelöst, der dich bisher bewacht hat.«

»Wenn Ervine auf mich aufpaßt, fühle ich mich absolut sicher«, erwiderte Claudia. »Wann wird er wieder abgelöst werden? Um Mitternacht?«

»Vermutlich. Allerdings würde es mich nicht wundern, wenn er sich nur kurz aufs Ohr legt und weiter in der Nähe bleibt. Wie ich ihn kenne, dürfte er den beiden die Sache mit Ed Franks ziemlich übel genommen haben. Was Danny betrifft, ist das eine andere Sache. Das ist in Maplewood passiert, ein Stück außerhalb der Stadt.«

Claudia stellte ihr Glas auf eine *Time,* die auf dem Couchtisch lag. Sie sah Nudger besorgt an. »Danny?«

Darauf schilderte er ihr in groben Zügen, was das Skelett und Bobinet mit Danny gemacht hatten. Allein, während er ihr davon erzählte, stieg wieder eine Mordswut in ihm auf.

»Aber es ist doch hoffentlich nichts Ernstes?« fragte sie besorgt.

»Keine Sorge, er wird bereits morgen früh wieder aus dem Krankenhaus entlassen.«

»Diese Schweine! Wie kann man jemandem wie Danny so etwas antun? Was ist mit seinem Laden?«

»Ich habe das GESCHLOSSEN-Schild ins Fenster gehängt. Aber wie ich Danny kenne, wird er schon morgen nachmittag wieder hinter der Theke stehen. Der Kerl hat doch Backfett in seinen Adern.«

»Und was ist, wenn diese Kerle noch mal zurückkommen? Denen ist doch alles zuzutrauen.«

»Das halte ich für ziemlich unwahrscheinlich. Außerdem wird der Doughnut Shop bis auf weiteres strengstens überwacht. Eine solche Gelegenheit, zwei brutale Mörder zu schnappen, würde sich die Polizei nie entgehen lassen.«

Claudia knöpfte ihre Bluse auf. Aus der beiläufigen Art, mit der sie das tat, schloß Nudger, daß sie sich lediglich etwas Kühlung verschaffen wollte und keineswegs die Absicht hatte, sich noch mehr in Hitze zu bringen. Sie griff nach ihrem Glas und trank etwas Eiswasser. Leckte sich die Lippen und strich mit trägen Fingern behutsam über den kühlen Rand des Glases.

Mit offener Bluse anmutig über das Sofa hingeflossen und schweißschimmernd an einem vor Kälte beschlagenen Glas nippend, sah sie aus wie eine Figur aus einem Stück von Tennessee Williams. Ab und zu, in Phasen, in denen sich vor Hitze selbst die Zeit ins Endlose zu dehnen schien, kam sich Nudger in St. Louis mehr wie im tiefsten Süden vor als im Mittelwesten. Das war einer der schizophrenen Züge dieser Stadt: das New Orleans des Nordens. Wenn man Glück hatte, bekam man hier sogar Maisgrütze.

Es kostete Nudger einige Mühe, seinen Blick von Claudia loszureißen. Er stand auf, um Marlou in Hannibal anzurufen. Es meldete sich jedoch niemand. Vermutlich war sie ausgegangen – um eine Kleinigkeit zu essen oder eine Zeitung zu kaufen oder auch nur, um sich ein wenig die Beine zu vertreten. Zumindest hoffte er das. Vielleicht war sie auch zum Hafen hinuntergegangen, um den Flußdampfer anzusehen. Irgend etwas Harmloses in der Art jedenfalls, wie es sich für die Heimatstadt von Tom Sawyer und Huckleberry Finn gehörte.

»Ist deine Freundin nicht zu Hause?« fragte Claudia, als Nudger den Telefonhörer wieder auf die Gabel zurücklegte.

»Im Augenblick nicht.« Er nagte an seiner Unterlippe und fuhr sich mit der Hand über den Kopf. Strich dabei auch über die Stelle, an der sich sein Haar merklich zu lichten begann. Nahm die Hand rasch weg, weil er daran lieber nicht erinnert werden wollte.

»Machst du dir ihretwegen Sorgen?« bohrte Claudia weiter.

Nudger legte die Fingerspitzen auf den Hörer, zog sie aber gleich wieder zurück und wandte sich vom Telefon ab. »Vermutlich mehr als sie selbst.«

Anschließend fuhren sie in Claudias Wagen zum Del Pietro in der Hampton Road. Für Ervine war das vermutlich eine willkommene Abwechslung. Nudger war allerdings etwas zweierlei zumute, als er auf der Fahrt dorthin neben Claudia auf dem Beifahrersitz saß – auf demselben Platz, auf dem Franks zuletzt gesessen war. Ob es wohl auch in einem Kleinwagen spukte?

Sie bestellten sich beide eine Portion Pasta und eine Karaffe vom roten Hauswein. Ervine setzte sich an die Bar; er hatte etwas vor sich stehen, das aussah wie ein Club Soda, und mampfte Erdnüsse. Ab und zu beobachtete er Nudger und Claudia im Spiegel. Typischer Polizistenalltag. Nudger kannte das aus eigener Erfahrung noch sehr gut. Einerseits wollte man es nicht anders, andererseits ging es einem furchtbar auf die Nerven.

Als sie mit dem Essen fertig waren, fuhren Nudger und Claudia zu Ted Drewes' Eisdiele in der Chippewa und stellten sich für zwei Portionen Schokoladeneis an. Das Eis bei Drewes wurde mit soviel Sahne gemacht, daß die jungen Verkäufer die frisch mit Eis gefüllten Pappbecher erst mal auf den Kopf stellten, bevor sie sie den Kunden aushändigten – als Beweis dafür, daß hier nichts lief und tropfte.

In der Eisdiele herrschte ziemlicher Betrieb. An einem warmen Sommerabend wie diesem war das nicht weiter ungewöhnlich. Typische South St. Louisianer in Shorts und T-Shirts, lässig gegen ihre Pick-ups gelehnt, waren hier ebenso anzutreffen wie die Schicki-Mickis aus dem West County, die in teuren Designerklamotten in ihren Porsches und Jaguars saßen.

Wie die meisten Kunden bei Drewes aßen auch Nudger und Claudia ihr Eis im Wagen. Ervine schien gemerkt zu haben, daß sie es nicht eilig hatten. Jedenfalls konnte ihn Nudger beobachten, wie er sich einen riesigen Eisbecher kaufte und damit auf seinen grauen Plymouth zusteuerte, der eine Reihe hinter Claudias Chevette stand. Er machte sich bereits im Gehen darüber her.

Als Nudger die leeren Pappbecher in eine verbeulte Mülltonne warf und losfuhr, zuckten im Westen die ersten Blitze auf. Vielleicht war es auch nur ein Wetterleuchten; jedenfalls hieß das noch keineswegs, daß es tatsächlich regnen würde. Genausogut konnten es jedoch auch die ersten Vorboten eines heftigen Sommergewitters sein. Um diese Jahreszeit war das Wetter ziemlich unberechenbar. Manchmal zog sogar ein Tornado auf. Jedenfalls hätte es wenig Sinn gehabt, im Wetteramt anzurufen oder sich die Wetterkarte im Fernsehen anzuschauen; wie in St. Louis die Dinge lagen, war in so einem Fall auf Nudgers persönliche Prognose genausoviel oder wenig Verlaß.

Der Wind hatte merklich aufgefrischt und trieb Staub und trockenes Gras durch die Straße vor Claudias Haus, als Nudger den Wagen parkte. Es hatte so stark abgekühlt, daß sie mit offenen Fenstern nach Hause gefahren waren. Claudia stand auf dem Gehsteig und wartete, bis er die Fenster nach oben gekurbelt hatte. Dann stieg er aus dem Wagen und schloß ihn ab. Faßte sie am Arm und schaute sich wie ein Kampfflieger über feindlichem Territorium nach allen Seiten um, bevor sie auf den Eingang ihres Hauses zugingen.

Er fühlte sich gleich besser, als er sich nach einem kurzen Rundgang durch sämtliche Zimmer vergewissert hatte, daß sie allein waren und die Wohnung sich noch im selben Zustand befand, in dem sie sie verlassen hatten. Keine Gangster, die nach gestohlenen Diamanten gesucht hatten. Er nickte Claudia, die an der Tür gewartet hatte, kurz zu, worauf sie von innen abschloß.

Bis auf die immer häufiger aufzuckenden Blitze war es draußen fast dunkel geworden. Wie schweres Geschützfeuer rollte von Westen dumpfes Donnergrollen heran.

Auf ihre unnachahmlich elegante Art durchquerte Claudia den Raum und knipste die Stehlampe an. Ihr warmer Schein verbreitete eine wohltuend anheimelnde Atmosphäre. Laut prasselnd peitschte ein Windstoß einen Regenschwall gegen die Fenster, brachte kurz die Scheiben zum Rappeln und erstarb zu einem wäßrigen Wispern.

Claudia warf einen kurzen Blick in die Richtung, aus der das Geräusch gekommen war. »Wie früh es heute dunkel geworden ist. Was sollen wir da noch machen, bevor wir schlafen gehen?«

»Ich glaube, ich hätte da eine Idee.«

Halb wach, halb schlafend, von unruhigen Träumen geplagt, lag Nudger im Dunkeln und spürte die warme, straffe Haut von Claudias Körper an seiner Seite. Und dann hob er sich plötzlich in die Lüfte. Höher und höher schraubte er sich in immer enger werdenden Spiralen dem Himmel entgegen, während sie heftig atmend in sein Ohr stöhnte und plötzlich laut aufschrie.

Er schlug die Augen auf.

Wie? Das war nicht Claudia gewesen. Jemand anderer. *Etwas* anderes.

Sirenen.

Die Erektion, mit der er aufgewacht war, schrumpfte fast so schnell, wie sein Traum sich verflüchtigte. Ein paar Sekunden lag er vollkommen reglos da und lauschte angespannt in das Dunkel hinaus. Er war nackt und am ganzen Körper in Schweiß gebadet. Das Laken unter ihm war feucht. Der Raum war warm und roch noch immer nach Sex. Es regnete nicht mehr – zumindest nicht mehr so stark, daß er es hören konnte. Aber am nächtlichen Himmel zuckten noch immer kurze Explosionen von grellem, kaltem Licht auf – wie riesige Blitzlichter, die die Stadt für Momente in gespenstisch fahles Licht tauchten. Die Sirenen wurden lauter.

Er hob den Arm, um auf die Leuchtzeiger seiner Armbanduhr zu schauen. Erst dann fiel ihm ein, daß er sie abgenommen hatte – damit er Claudia nicht kratzte.

Er tastete auf dem Nachttisch danach herum. *Au!* Knickte sich am Radiowecker einen Fingernagel um. Fand die Uhr und warf einen Blick darauf. Herr im Himmel! Ein Uhr.

Plötzlich ein anderes Geräusch. Jemand drosch mit den Fäusten gegen die Hintertür, die von der Küche in den Hinterhof führte.

Inzwischen war auch Claudia aufgewacht. Sie hatte sich kerzengerade aufgerichtet. Ein Blitz zuckte auf, und für einen Moment konnte er sehen, wie sich die dunklen Umrisse ihres nackten, schreckensstarren Körpers gegen das grelle Licht abzeichneten. Unwillkürlich wurde er dadurch an die Filmszene erinnert, in der sich Frankensteins Braut, von heftigen Stromstößen zum Leben erwacht, von ihrem Bett aufrichtet.

»Mein Gott!« stieß sie atemlos hervor. »Was ist das?«

»Nur ein paar Sirenen, ein Gewitter und jemand, der gegen die Tür hämmert.«

Er sprang aus dem Bett und schlüpfte in seine Hose. Fast hätte er dabei das Gleichgewicht verloren und wäre hingefallen. Erst jetzt merkte er, daß sich in das grelle Lichterzucken, das er bisher für Blitze gehalten hatte, auch Rot und Blau gemischt hatte. Die Warnlichter von Polizeiautos.

Er rief Claudia zu: »Bleib, wo du bist«, und tappte durch das bunte Lichtergeflimmer barfuß in die Küche.

Das Klopfen an der Hintertür wurde lauter und dringender, je näher er kam.

Sogar der sonst so kühle Fliesenboden in der Küche fühlte sich unter seinen nackten Sohlen warm an. Ohne darüber lange Gedanken zu verlieren, zog er den Vorhang vor dem winzigen Fenster in der Hintertür zurück. Draußen auf dem Treppenabsatz brannte schwaches Licht, und für einen Moment stieg panische Angst in Nudger auf, bevor er das Gesicht erkannte, das ihm aus wenigen Zentimetern Entfernung durch die Scheibe entgegenstarrte. Es war Larry Ervine.

»Mach schon endlich auf, Nudge!«

Nudger fummelte kurz an der Türkette herum, zog den Sicherheitsriegel darunter zurück und öffnete die Tür.

»Was ist passiert, Larry?«

Als Ervine zu sprechen beginnen wollte, merkte Nudger, daß er außer Atem war. »Milner – das ist mein Kollege, der die Rückseite des Hauses beobachtet – hat einen Mann die Feuerleiter raufklettern sehen. Er ist genau vor dem Fenster da stehen geblieben.« Ervine deutete mit dem Kopf auf das Fenster gegenüber von Claudias Hintertür. »Milner hat versucht, sich an den Kerl heranzuschleichen. Aber er hat ihn bemerkt und konnte gerade noch rechtzeitig fliehen; er ist in Richtung Grand Avenue davongelaufen. Milner hat zwar sofort über Funk Verstärkung angefordert und die Verfolgung aufgenommen, aber dieser Hurensohn hat ihn einfach abgehängt.«

»Bobinet?« war Nudgers erste Frage.

»Wer denn sonst? Milner hat gesagt, er war mittelgroß. Und dem Tempo nach zu schließen, das er vorgelegt hat, muß er wohl noch ziemlich jung gewesen sein. Auf der Grand Avenue hat ihn dann ein Streifenwagen entdeckt. Der Fahrer hat sofort sämtliche Sirenen und Lichter eingeschaltet. Sie dachten schon, sie hätten den Kerl. Aber plötzlich bleibt er stehen, wirbelt herum und eröffnet das Feuer auf den Wagen. Mit einem ziemlich großen Kaliber. Vermutlich eine Magnum. Eine Kugel zerdeppert die Windschutzscheibe, eine zweite durchschlägt den Kühler, die Wasserpumpe und eine Ölleitung – da können die in der Werkstatt wieder mal zeigen, was sie können.«

»Irgend jemand verletzt?«

»Nein. Einer der beiden Streifenpolizisten ist sofort aus dem Wagen gesprungen und hat die Verfolgung aufgenommen. Aber der Kerl hat ihn ziemlich schnell abgehängt. Der Polizist hat zwar noch ein paar Schüsse auf ihn abgefeuert, aber leider nicht getroffen. Du weißt ja, wie das ist; da hast du dir die Lungen aus dem Leib gerannt, und wenn du dann stehen bleibst und zielen willst, schnaubst und zitterst du wie eine Dampflokomotive, die gerade losfahren will. Wie zum Teufel willst du in dem Zustand irgendwas treffen?«

»Bobinet scheint aber noch eine ziemlich ruhige Hand gehabt zu haben, als er den Streifenwagen aufs Korn genommen hat.«

»Das muß man diesem Dreckskerl allerdings lassen.«

Nudger wollte gerade tief Luft holen, als er merkte, daß Ervine über seine Schulter hinweg in die Küche schaute. Er drehte sich um und sah, daß Claudia hinter ihm stand. Sie war in ihren Bademantel geschlüpft und hatte sich den Gürtel fest um ihre Taille geschlungen. Wie es schien, hatte sie ihr Gespräch von Anfang mit angehört.

»Wenn Sie erlauben, Ma'am«, schlug Ervine vor, »würde ich Ihnen Nudger gern für einen Moment entführen, damit er sich selbst ein Bild von der Situation machen kann. Aber ich werde selbstverständlich ein paar meiner Leute zu Ihrem Schutz hier zurücklassen.«

Claudia sah Nudger fragend an. In ihren Augen flakkerte Angst auf. Und noch etwas anderes. Sie war wütend.

Natürlich wäre er jetzt lieber bei ihr geblieben. Aber er wußte, daß sie in guten Händen war. »Du brauchst keine Angst zu haben«, redete er ihr deshalb gut zu. »Ich bin gleich wieder zurück.«

Achselzuckend wandte sie sich ab.

Ervine machte eine kurze Handbewegung, und im selben Augenblick ertönten auf der Treppe laute Schritte.

Ein uniformierter Streifenpolizist und ein Beamter in Zivil drängten sich in die Küche. Die beiden Männer waren so groß, daß der Raum und Claudia plötzlich seltsam zwergenhaft wirkten. Allein ihre überwältigende Körperfülle schien einen beruhigenden Effekt auf Claudia auszuüben.

»Das ist Davis und das hier...« Ervine sah den Streifenpolizisten an.

»Humphreys«, kam der ihm zu Hilfe. Er war zwar schon über dreißig, aber er hatte eines dieser Gesichter, das man auf den ersten Blick auf neunzehn geschätzt hätte. Nudger entging nicht, daß die Klappe seines schwarzen Lederholsters offen war. Bobinet hatte die Jungs sichtlich aus der Ruhe gebracht.

Davis und Humphreys nickten Claudia zu, worauf sie fragte: »Möchten Sie vielleicht etwas Kaffee?« Was sonst sollte man schon sagen, wenn man zwei Polizisten im Brontosaurierformat in seiner Küche stehen hatte?

Ervine legte Nudger seine Hand auf die Schulter und führte ihn in das schwach erleuchtete Treppenhaus hinaus. Nudger hörte das leise Schnappen des Türschlosses hinter sich und folgte Ervine die schmale Treppe zum Hinterausgang des Gebäudes hinunter.

Der Streifenwagen stand schräg auf dem Gehsteig. Als sie darauf zugingen, sah Nudger die glitzernden Glassplitter der zerschossenen Windschutzscheibe, die ringsum über das Pflaster verstreut waren. Gleich dahinter waren noch drei andere Streifenwagen und mehrere zivile Einsatzwagen zu sehen. Dazwischen standen etwa ein Dutzend Polizisten in Zivil oder Uniform herum. Einige wirkten gelangweilt. Einige sorgenvoll.

Als sie noch etwa fünf Meter von dem Wagen entfernt waren, stieß Ervine Nudger am Ellbogen und blieb stehen. Aus dem linken Vorderreifen, der direkt auf dem Randstein zu liegen gekommen war, war alle Luft entwichen. Schlapp legte sich der Gummi über die Bordsteinkante. Es roch nach Benzin und heißem Öl. Unter dem Motor hatte sich eine dunkle Pfütze gebildet. Ein Streifenpolizist öffnete gerade die Kühlerhaube. Ein anderer beugte sich in den Motorraum und besprühte ihn mit einem Feuerlöscher.

Ein Polizist stand etwas abseits und betupfte sich mit einem weißen Taschentuch seine blutende Wange. Offensichtlich war das die einzige Blessur, die er von seiner Begegnung mit Bobinet davongetragen hatte; vermutlich rührte sie von einem Glassplitter her. Die beiden Männer in dem Wagen hatten wirklich Glück gehabt, daß sie nicht näher an Bobinet herangekommen waren, als er das Feuer eröffnete.

Ervine sah Nudger eindringlich an und sagte: »Ich wollte mal in Ruhe mit dir reden, ohne daß deine Miß Bettencourt alles mit anhört. Glaubst du, der Kerl wußte, daß du heute nacht in ihrer Wohnung warst?«

»Anzunehmen.«

»Das dachte ich mir eigentlich auch. Außerdem muß er doch gemerkt haben, daß die Wohnung bewacht war – und das auch um ein Uhr nachts. Trotzdem hat er versucht, bei ihr einzubrechen.«

»Bei dem Kerl wundert mich nichts mehr«, erklärte Nudger. »Vermutlich hat es ihn richtig gereizt, dir ein Schnippchen zu schlagen und trotz des strengen Polizeischutzes in die Wohnung zu kommen.«

»Dazu gehören Nerven wie Drahtseile«, brummte Ervine. »So einem Kerl ist alles zuzutrauen.«

»Das hat er ja bereits zur Genüge bewiesen.« Nudger beobachtete einen Abschleppwagen mit einem gelben Warnlicht, der auf der Grand Avenue näherkam. Laut scheppernd schlug die schwere Kette gegen seinen massiven Stahlausleger. »Bobinet und das Skelett wollten sich heute schon mal mit mir in Verbindung setzen. Als sie mich jedoch nicht angetroffen haben, haben sie einen Freund von mir um ein Haar erdrosselt.«

»Davon habe ich schon gehört«, nickte Ervine. »Diesen Danny – na, wie hieß er doch gleich wieder? Der Typ, dem der Doughnut Shop unter deinem Büro gehört.«

»Sie haben ihm nur gesagt, er soll mir ausrichten, daß sie mich sprechen wollen.«

»Irgendeine Ahnung, was sie von dir gewollt haben könnten?«

»Nur sehr vage.«

Als der Abschleppwagen rückwärts auf den defekten Streifenwagen zurangierte, hielt ein Stück dahinter ein Pontiac am Straßenrand. Eine Weile stand er mit hell aufleuchtenden Bremslichtern da; der Fahrer hatte den Fuß noch nicht von der Bremse genommen. Dann gingen die roten Lichter aus, und es kamen keine Abgaswölkchen mehr aus dem Auspuff.

Hammersmith stieg aus dem Wagen und sah sich kurz um. Als er Nudger und Ervine entdeckt hatte, kam er sofort auf sie zu. Sein graues Haar war zerzaust, seine Augen rot und verquollen. So kannte Nudger Hammersmith sonst gar nicht. Er nickte Nudger und Ervine zu. »Mit Claudia alles in Ordnung?«

»Ja, Sir«, antwortete Ervine. »Keine Probleme.«

Hammersmith sah Ervine weiter an. »Und?«

Darauf schilderte ihm Ervine in kurzen Zügen, was vorgefallen war. Dabei bediente er sich zwar des typischen

Bürokratenkauderwelschs, verlor aber trotzdem kein Wort zuviel. Ervine hatte wirklich die Ruhe weg. Wenn man ihn so reden hörte, hätte man glauben können, es hätte sich um eine Routineangelegenheit gehandelt.

Hammersmith warf einen Blick zu dem Streifenwagen hinüber, der gerade am Ausleger des Abschleppwagens hochgehievt wurde. Die Vorderräder schwebten bereits über dem Straßenpflaster. Vom Fahrgestell klatschten Schmutzklumpen auf den Asphalt und trugen noch zusätzlich zu dem allgemeinen Chaos bei. Hammersmith steckte sich eine Zigarre an und starrte Nudger über ihre rote Glut hinweg finster an. »Dieser Bobinet hat's wohl wirklich darauf angelegt, mir die Laune zu verderben. Holt mich doch tatsächlich mitten in der Nacht aus dem Bett. Den Kerl werde ich mir kaufen.«

»Muß wohl was sehr Dringendes gewesen sein, daß er Nudger mitten in der Nacht sprechen wollte«, flocht Ervine an dieser Stelle ein.

In einer funkensprühenden Kaskade schnippte Hammersmith etwas glühende Asche auf den Gehsteig. »Ja«, brummte er. »Und vor allem auch etwas sehr Unerfreuliches.«

27

Ein paar Stunden kam Nudger noch zum Schlafen, bevor Claudia ihn weckte.

Sie stand bereits angezogen über ihm. Ihre rechte Hand lag auf seiner Schulter, und sie hatte sich so über ihn gebeugt, daß der Zirkonstein, der an einer dünnen Goldkette um ihren Hals hing, nur wenige Zentimeter über seiner Nase baumelte. Der falsche Diamant war immerhin echt genug, daß ihm das Licht, das sich in seinen Facetten brach, in funkelnden kleinen Blitzen in die Augen stach. »Aufstehen, Nudger. So wach doch endlich auf!«

»Wie bitte? Was ist?«

»Es ist schon fast acht. Ich muß gleich zur Arbeit.«

Nudger rieb sich die Augen. Rutschte im Bett ein Stück nach oben, so daß er den Kopf gegen das Kopfende stützen konnte. Blinzelte. »Es ist ja schon Tag.«

Sie lächelte. »Bereits seit ein paar Stunden.«

Er schaute zu ihr hoch. Sie war wunderschön, aber in ihrem schmalen Gesicht hatte der Streß feine Falten hinterlassen. Ein Hauch ihres Parfüms schwebte auf ihn herab. Blume des Lebens. *Wach auf, Nudger*. Er sagte: »Konntest du denn gestern nacht noch ein bißchen schlafen?«

»Nein«, gab sie zu. »Ich lag die ganze Zeit mit offenen Augen da und habe im Dunkeln seltsame Geräusche gehört. Als ob jemand versucht hätte, in die Wohnung einzubrechen. Ein paarmal war ich schon nahe daran, dich zu wecken.«

»Hättest du es doch getan.«

»Ach was. Ich wußte doch, daß das nach allem, was gestern passiert ist, nur an meiner etwas überreizten Phantasie liegen konnte. Außerdem hast du dringend etwas Schlaf gebraucht. Und eigentlich brauchst du ihn auch jetzt noch. Aber du mußt gleich los, um Danny aus dem Krankenhaus abzuholen.«

»Das allerdings. Wenn ich bis zehn Uhr nicht da bin, nehmen sie Danny noch die Leber oder sonst irgendwas raus, nur um ihm noch einen Tag mehr berechnen zu können.«

Als sie ihn auf die Stirn küßte, fühlten sich ihre Lippen angenehm kühl an. Die Halskette mit dem Anhänger streifte seine Nase. »Ich muß jetzt los, Nudger. Kaffee ist in der Küche.«

Er wußte, daß sie Kaffee gemacht hatte; sein verlockendes Aroma hatte ihn schon die ganze Zeit in der Nase gekitzelt.

Ihre Fingerspitzen streiften flüchtig über seine Schultern, bevor sie in Richtung Tür davonging. Fasziniert folgte Nudger dem sinnlich-eleganten Schwung ihrer Hüften.

»Und sei bitte vorsichtig«, rief er ihr hinterher. »Das ist kein Spiel.«

»Das weiß ich«, versicherte sie ihm, »seit ich den Toten in meinem Wagen gefunden habe.«

Sie verließ das Schlafzimmer, und er hörte nur noch das Geräusch ihrer hohen Absätze auf dem Parkett. Als sie den Teppich überquerte, verstummten sie abrupt. Und dann wieder das harte Stakkato ihrer Schritte auf Holz. Die Wohnungstür ging auf. Fiel zu. Ging noch einmal auf. Fiel wieder zu. Diesmal heftiger. Offensichtlich hatte sie sich vergewissert, daß sie auch wirklich zu war.

Mühsam kämpfte sich Nudger aus dem Bett hoch, um jedoch erst einmal erschöpft auf der Bettkante sitzen zu bleiben und mit der Zunge über sein trockenes Zahnfleisch zu tasten. Der Geschmack, den er im Mund hatte, war so unangenehm, daß er aufstand und sich ins Bad schleppte. Dort putzte er sich als erstes die Zähne und spülte sich dann mit irgendeinem grünen Zeug, das Claudia gekauft hatte, den Mund aus. Auf dem Etikett war eine riesige Brandungswelle zu sehen, die über ein paar Fichten zusammenschlug.

Nachdem er geduscht und sich angezogen hatte, schenkte er sich eine Tasse Kaffee ein, setzte sich damit an den Küchentisch und wartete, daß sein Toast fertig wurde. Er stellte das Radio an und hörte die Nachrichten. Währenddessen ging in seinem Mund der Kaffee mit dem penetranten Pfefferminzgeschmack des Mundwasser eine etwas eigenartige Verbindung ein.

Ein Beitrag befaßte sich mit dem nächtlichen Herumtreiber in South St. Louis, der jedoch nach einer wilden Verfolgungsjagd hatte entkommen können, nachdem er zuvor einen Streifenwagen fahruntauglich geschossen und einen Beamten leicht verletzt hatte. Die Identität des Flüchtigen und der genaue Schauplatz des Geschehens wurden jedoch mit keinem Wort erwähnt. Hammersmith – oder vielleicht auch Springer – ließ sich also nicht in die Karten schauen.

Laut schnalzend schnellten die zwei Scheiben Toast hoch und nahmen heftig qualmend Habachtstellung ein. Mit spitzen Fingern warf Nudger sie auf den bereitliegenden Teller und nahm sie sorgfältig in Augenschein, um sich einen Eindruck vom Ausmaß ihrer Verbrennungen zu verschaffen. Sie waren noch zu etwa zwanzig Prozent eßbar. Das reichte.

Nachdem er die völlig ungenießbaren Teile weggebrochen hatte, schabte er mit einem Messer die verkohlten Oberflächen ab. Bestrich das, was schließlich noch davon übrig blieb, mit Erdbeermarmelade, und sah sich das Ergebnis lange nachdenklich an. Erst dann gelangte er zu der Überzeugung, daß das bißchen die Mühe eigentlich doch nicht wert war, und kippte das Ganze in den Müll.

Um sein Herz trotzdem auf Touren und seine Körpersäfte zum Zirkulieren zu bringen, schenkte er sich eine zweite Tasse Kaffee ein. Dann schaltete er das Radio aus, wischte die Krumen vom Tisch und stellte die Heizplatte unter der Kaffeekanne ab.

Als er die Wohnung verließ, um Danny aus dem Krankenhaus abzuholen, hatte er noch immer den Geschmack von Minze im Mund.

Das Ganze ging relativ schnell über die Bühne. Nudger mußte alle möglichen Formulare unterschreiben, und dann wurde Danny von einer jungen Schwesternhelferin nach unten gebracht. Dadurch war gewährleistet, daß er bis zu dem Moment, in dem er in die glühende Vormittagssonne hinaustrat, unter medizinischer Überwachung stand. Wenn er vor dem Eingang gleich wieder umgekippt wäre, wäre der ganze Zinnober von Aufnahme, Behandlung und Entlassung wieder von vorne losgegangen. Die unerschütterlich lächelnde Schwesternhelferin händigte Nudger eine zusammengerollte Schaumgummimatte mit lauter kleinen Noppen aus. »Mr. Evers kann das mit nach Hause nehmen«, erklärte sie in einem gönnerhaften Ton, als handelte es sich dabei um ein persönliches Geschenk von ihr.

Nudger klemmte sich die sperrige blaue Schaumgummirolle unter den Arm. »Was ist das?«

»Eine Matratzenauflage«, erklärte ihm Danny. Er war zwar noch heiser, aber das Sprechen schien ihm keine Schmerzen mehr zu bereiten. »Wirklich eine tolle Sache, Nudge. Solltest du auch mal probieren.«

Nudger half Danny beim Einsteigen. Nachdem er sich vergewissert hatte, daß Danny auch bequem saß, klappte er den Kofferraumdeckel hoch und stopfte die blaue Schaumgummimatte hinein. Drückte probeweise mit dem Finger darauf. Mit diesen kleinen spitzen Gumminoppen sah das Ding aus wie eine Trainingsmatratze für einen indischen Fakir – sozusagen die Vorstufe zu einem richtigen Nagelbett. In Nudgers Augen sah das Ding jedenfalls alles andere als bequem aus. Aber man konnte schließlich nie wissen. Er warf den Kofferraumdeckel zu und zwängte sich hinters Steuer.

»Sitzt du bequem?« fragte er Danny.

»Könnte nicht besser sein, Nudge. Ich fühle mich nur ein bißchen schwach. Das ist alles. Und die Stelle, wo sie mir die Schnur um den Hals gebunden haben, schmerzt noch etwas.«

»Du kannst von Glück reden, daß du noch am Leben bist.«

Danny nickte bedächtig – als wäre er sich dessen nicht ganz sicher. Vielleicht ging es ihm schlechter, als er sich anmerken ließ. »Kannst du mich vielleicht gleich ins Geschäft fahren, Nudge?«

»Erst mal fahre ich dich nach Hause«, erklärte Nudger bestimmt. »Wenn du zu früh damit anfängst, deine Dunker Delites durch die Gegend zu wuchten, mußt du gleich noch mal ins Krankenhaus.« *Wenn du nicht aufpaßt, ziehst du dir eine schwere Rückenverletzung zu und brauchst diese komische blaue Matte tatsächlich.*

»Nudge...«

»Keine Widerrede, Danny! Du mußt dich unbedingt noch schonen. Laß den Laden also wenigstens heute geschlossen. Den Verdienstausfall wirst du hoffentlich noch verkraften können. Deine Kundschaft sind doch sowieso nur Leute aus der Nachbarschaft. Oder glaubst du etwa, die setzen sich in ihren Wagen und fahren sechs Meilen, um sich bei dir einen Doughnut zu kaufen?«

Schweigend starrte Danny eine Weile durch die Windschutzscheibe. »Vielleicht kann mich Ray vertreten. Wenigstens heute.«

Dannys unglaublich fauler Cousin Ray lebte von allen möglichen Arten staatlicher Unterstützung in einem der St. James Appartements, die nicht weit vom Doughnut Shop lagen und wo auch Danny eine Wohnung hatte.

»Als Ray das letzte Mal ein paar Dunker Delites zu bakken versucht hat«, rief ihm Nudger in Erinnerung, »mußte die Feuerwehr anrücken.« Seit Danny im selben Haus wie sein Cousin wohnte, hatte sich Ray als eine ziemliche Nervensäge entpuppt. Er ließ keine Gelegenheit aus, Danny anzuschnorren, und wurde von all den Doughnutresten, mit denen er sich vollstopfte, von Tag zu Tag fetter. »Laß den Laden lieber geschlossen, Danny. Und spar dir die Mühe, alles wieder saubermachen zu müssen, nachdem Ray dort sein Unwesen getrieben hat. Deine Stammkunden werden dafür bestimmt Verständnis haben.«

Danny ließ sich in den Sitz zurücksinken und schloß die Augen. »Vermutlich hast du recht, Nudge«, murmelte er nach einer Weile heiser. »Könnte vielleicht nicht schaden, erst mal etwas kürzer zu treten, bis die Schmerzen nachgelassen haben. Da fällt mir ein – könntest du vielleicht kurz bei Walgreen's Drugstore vorbeifahren, damit ich mir ein paar Schmerztabletten besorgen kann?«

»Aber sicher. So gefällst du mir schon viel besser.«

»Ich bin dir wirklich sehr dankbar für alles, was du für mich getan hast, Nudge. Da ist es doch das mindeste, daß ich deine Ratschläge befolge.«

»Das mindeste.«

»Hast du schon gefrühstückt?«

»Wieso? Hast du im Krankenhaus kein Frühstück bekommen?«

»Nein. Es war doch bereits klar, daß ich entlassen würde.«

»Sollen wir was essen gehen? Glaubst du, du bringst schon ein paar Eier oder Hotcakes runter?«

»Na, ich weiß nicht. Ehrlich gestanden, habe ich auf so was im Moment keinen Appetit. Aber was hältst du davon? Wir könnten uns bei mir zu Hause Kaffee machen – und uns dazu ein paar Dunker Delites reinschieben.«

»Die letzten Dunker Delites, die du gemacht hast, sind von gestern früh«, rief ihm Nudger ins Gedächtnis zurück.

»Ich könnte sie doch in der Mikrowelle aufbacken. Was hältst du davon, Nudge?«

»Heute morgen lieber nicht mehr. Ich hab' schon zwei Toast zum Frühstück gehabt.«

Nachdem er Danny in seine Wohnung gebracht hatte, ging er zu Rays Appartement, blieb in der späten Vormittagssonne vor seiner Tür stehen und drückte auf den Klingelknopf.

Ray hatte offensichtlich noch geschlafen. Jedenfalls trug er ein lächerlich enges, weißes Unterhemd und weite, graue Boxershorts mit einem Muster aus lauter roten kleinen Teufelchen. Er kratzte sich am Kopf, gähnte ausgiebig und knurrte: »Was wollen Sie?«

Nudger erklärte ihm, was passiert war, und bat ihn, in ein paar Stunden mal nach Danny zu sehen. Dabei fiel ihm auf, daß jeder der roten Teufel einen Speer trug, dessen Spitze wie eine Frau geformt war. Was wohl Freud dazu gesagt hätte?

»Geht in Ordnung«, brummte Ray. »Und jetzt lassen Sie mich in Frieden.« Kratzte sich am Sack, gähnte noch einmal und knallte Nudger die Tür vor der Nase zu.

Wenn er nicht gerade was von einem wollte, war Ray nicht unbedingt die Freundlichkeit in Person.

Da Nudger wußte, daß er sich gleich wieder ins Bett verkriechen würde, lehnte er sich noch einmal mindestens eine Minute lang gegen die Türklingel, bevor er zu seinem Wagen ging.

Ray kam zwar nicht noch mal an die Tür, aber Nudger war sicher, daß er nun auch nicht mehr schlafen konnte.

Das geschah diesem faulen Aas nur recht.

28

Laut Digitalanzeige hatte Nudgers Anrufbeantworter drei Anrufe gespeichert. Er setzte sich in den Luftzug der Klimaanlage und wartete, bis es etwas kühler wurde, bevor er sich daran machte, den Anrufbeantworter abzuspielen. Von dem, was dort auf ihn wartete, würde ihm noch heiß genug werden.

Nach einer Weile stand er auf, ging ans Fenster und hielt nach dem Streifenwagen der Polizei von Maplewood Ausschau, der ihm schon bei seiner Ankunft aufgefallen war. Er stand noch immer ein paar hundert Meter weiter am Straßenrand. Gut zu wissen, daß die Polizei ein Auge auf ihn warf.

Doch dann hielt es Nudger nicht mehr länger aus. Er ließ sich in seinen Drehstuhl plumpsen, krempelte die Ärmel hoch und drückte auf die Abspieltaste.

Der erste Anruf war von Eileen. Sobald er ihre Stimme erkannte, drückte er auf schnellen Vorlauf. Alles, was Eileen sagen konnte, war: »Nudger, ich...«

Anruf Nummer zwei war kurz und bündig: eine Aufforderung, Rico Stompano von der Mordkommission in New York anzurufen.

Nudger beschloß, erst Stompano zurückzurufen, bevor er sich den dritten Anruf anhörte. Er wühlte eine Weile in dem Chaos auf seinem Schreibtisch, bis er den Zettel mit Stompanos Nummer fand. Wählte.

In New York ließ man ihn erst mal warten. Zum Glück blendeten sie keine Musik ein.

Und dann. Eine näselnde Ostküstenstimme: »Nudger?«

»Am Apparat.«

»Hier spricht Rico Stompano. Ich hätte da was für Sie. Ein gewisser Norville Coates hat gestern bei uns angerufen. Er arbeitet im Meridian Hotel und ist unter anderem dafür zuständig, die Post der Hotelgäste zum Postamt zu bringen.«

Iiiiek! Nudger richtete sich in seinem Drehstuhl auf.

»Wie es scheint«, fuhr Stompano fort, »hatte es sich dieser Norville zur Angewohnheit gemacht, den Postsack zu öffnen und interessant aussehende Päckchen daraus zu entfernen, um sie sich bei einer passenden Gelegenheit näher vorzunehmen. Wenn sich ein Päckchen ohne große Schwierigkeiten öffnen und wieder verschließen ließ, machte er es auf und nahm alles, was er brauchen konnte, an sich. Anschließend verpackte er das Ganze wieder und gab es am nächsten Tag mit der Post auf.«

»Ein findiges Kerlchen.«

»Aber nicht weiter ungewöhnlich. Inzwischen besteht fast die ganze Stadt aus solchen Kerlen.«

Nudger glaubte bereits zu wissen, was nun kommen würde. »Demnach hat Winslow die Diamanten also mit der Post verschickt?«

»Was denn sonst? Aber machen Sie sich lieber mal nicht zu große Hoffnungen. Norville hatte also Winslows Päckchen zusammen mit ein paar anderen beiseite geschafft, um sie sich während der Nachtschicht in aller Ruhe vorzunehmen. Als allerdings Winslows Leiche entdeckt wurde, bekam es Norville mit der Angst zu tun. Auf keinen Fall wollte er in einen Mordfall verwickelt werden. Außerdem wollte er nicht, daß sein kleiner Abstaubertrick im Zuge der Ermittlungen zu dem Mordfall ans Tageslicht kam. Deshalb hat er das Päckchen einfach, ohne es zu öffnen, am nächsten Tag mit der Post aufgegeben. Als wir ihm deswegen bei den Ermittlungen etwas auf den Zahn gefühlt haben, hat er sich einfach dumm gestellt.«

»Und wieso redet er jetzt plötzlich?«

»Fingerabdrücke.«

»Wie bitte?«

»Der gute Norville wußte nicht, daß man auf Packpapier Fingerabdrücke hinterläßt. Dann hat er sich allerdings nachträglich etwas umgehört und herausgefunden, daß das sehr wohl der Fall ist. Darauf bekam er es mit der Angst zu tun, daß das Päckchen eines Tages wieder auftauchen und der Mord wegen der Fingerabdrücke ihm angehängt werden könnte. Deshalb beschloß er, sich einen Anwalt zu nehmen und die Sache klarzustellen, bevor es so weit kommen konnte. Die Tatsache, daß er sich regelmäßig an der Hotelpost bedient hatte, schien ihm angesichts dessen mit einem Mal nicht mehr so tragisch.«

»Konnte er sich denn erinnern, an wen das Päckchen adressiert war?«

»Angeblich nicht – was ich ihm sogar glaube. Der Kerl hat einen Intelligenzquotienten von minus zwanzig. Außerdem hat er nie darauf geachtet, an wen die Päckchen adressiert waren; ihn hat immer nur ihr Inhalt interessiert. Der gute Norville ist nämlich drogenabhängig und deshalb in ständiger Geldnot.«

»Wenn der wüßte, was für ein Fang ihm da durch die Lappen gegangen ist.«

Stompano lachte. »Das hat er gerade erfahren. Sie hätten mal sein Gesicht sehen sollen. Zu seiner Beruhigung habe ich ihm allerdings klargemacht, daß es immer noch besser ist, wegen Rechtsbehinderung und Verstoß gegen das Postgeheimnis belangt zu werden als wegen Mordes.«

»Wie sah denn das Päckchen aus?«

»Etwa so groß wie eine Schuhschachtel, nur länger. Deswegen ist er übrigens darauf aufmerksam geworden – wegen des ungewöhnlichen Formats. Soviel er sich erinnern kann, war es nicht besonders schwer, und es hat auch nicht gescheppert, wenn man es geschüttelt hat. Es war mit gewöhnlichem braunem Packpapier verpackt, mit einem Stück Schnur drum und jeder Menge Briefmarken drauf. An wen es adressiert war, kann er sich allerdings nicht mehr erinnern.«

»Das kann ich mir denken.«

»Wenn Sie den Kerl mal gesehen hätten, würde Sie das sicher nicht wundern. Der würde sich nicht mal selbst erkennen, wenn er sich zufällig irgendwo im Spiegel sieht.«

»Wieviel Platz nehmen Diamanten im Wert von einer Million Dollar etwa ein?« wollte Nudger wissen.

»Nicht viel. Das sind doch nur eine Handvoll Steine. Trotzdem würde natürlich jeder eine so wertvolle Sendung sehr sorgfältig verpacken. Damit beispielsweise die kostbaren Steinchen nicht plötzlich auf dem Boden herumkullern, bloß weil irgendein Postbeamter das Päckchen beim Verladen nicht ganz so schonend behandelt hat, wie es sich vielleicht gehört hätte.«

»Glauben Sie denn, daß tatsächlich die Diamanten in dem Päckchen waren?«

»Was denn sonst?« kam es wie aus der Pistole geschossen. »Etwa ein paar Hard Rock Café T-Shirts?«

»Weiß die Polizei von St. Louis darüber schon Bescheid?«

Stompano lachte. »Aber sicher. Oder für wen halten Sie sich eigentlich, Nudger? Für 007 oder sonst irgend so eine heiße Nummer, der wir alle Geheiminformationen sofort als erstes zukommen lassen?«

»Spielen Sie sich doch nicht gleich so auf.«

»So sind wir New Yorker eben. Außerdem können Sie froh sein, daß ich mich überhaupt bei Ihnen gemeldet habe.«

»Da haben Sie allerdings auch wieder recht. Vielen Dank.«

»Na, großartig. Wenn Sie mir jetzt vielleicht auch noch sagen könnten, was ich mir dafür kaufen kann.«

»Euch Ostküstenschnöseln kann man es wohl nie recht machen«, maulte Nudger entnervt. Aber Stompano hatte bereits eingehängt.

Auch Nudger ließ den Hörer auf die Gabel plumpsen. Als er sich in seinen Drehstuhl zurücklehnte, hörte er ihn nicht mal quietschen. Statt dessen sah er nur wieder das Stück Schnur um Dannys Hals vor sich. Dachte daran, wie Norville Coates das Päckchen beschrieben hatte, das Winslow wenige Stunden vor seinem Tod aufgegeben hatte. Führte sich noch einmal vor Augen, wieviel Platz die Diamanten in etwa eingenommen haben dürften. Zusammen mit dem Füllmaterial. Was hatte er dazu wohl verwendet. Papiertaschentücher? Eine alte Zeitung? Ein

Hemd? Wären die Steine, so verpackt, unentdeckt geblieben, falls das Päckchen irgendwo beim Verladen beschädigt worden wäre?

Und da war noch eine Frage, die ihm keine Ruhe ließ. Hatte Winslow überhaupt ein Interesse daran gehabt, daß der Empfänger des Päckchens erfuhr, daß es gestohlene Diamanten enthielt?

In diesem Licht betrachtet, nahmen die vagen Vermutungen, die schon eine ganze Weile in den dunklen Gefilden seines Unterbewußtseins herumgeisterten, mit einem Mal sehr konkrete Gestalt an.

Er stand auf, schaltete die Klimaanlage aus und wollte gerade das Büro verlassen, als ihm der dritte Anruf einfiel.

Er war vom Skelett. Asthmatisch hechelnd teilte er Nudger mit, daß sie ihn dringend sprechen müßten; er sollte deshalb in seinem Büro bleiben und auf ihren Anruf warten. »Lauern Sie auf das Läuten des Telefons wie so eine blöde Debütantin, die auf eine Einladung zu ihrem ersten Ball wartet«, hechelte die Stimme des Skeletts vom Band. *Hust! Keuch!*

Nudger löschte alle Anrufe, stellte das Gerät auf Aufnahme und verließ das Büro.

Fuhr zu Marlou Dees Wohnung.

Sie war noch im selben Zustand, wie er sie verlassen hatte – wie das Skelett und Roger Bobinet sie zurückgelassen hatten, nachdem sie sie gründlich auf den Kopf gestellt hatten. Nudger blieb erst einmal in der offenen Tür stehen und lauschte der summenden Stille, atmete die heiße, abgestandene Luft und horchte angespannt, ob irgendein verdächtiges Geräusch zu hören war. Wie das Wehklagen der Verdammten in der Hölle drang aus der Wohnung darunter das Gebrabbel eines zu laut gestellten Fernsehers hoch.

Nudger wartete, bis sein Herz wieder etwas langsamer schlug. Schob sich eine Magentablette in den Mund und ging ins Schlafzimmer. *Wumm! Wumm!* donnerte sein Herz.

Raggedy Ann baumelte noch immer an dem braunen Stück Schnur von der Deckenlampe. Nudger wußte, daß jede Raggedy-Ann-Puppe unter ihrem Kleid ein rotes Herz auf ihre Brust genäht hatte. Das hatte ihm eine Verkäuferin erzählt, als er für die kleine Tochter einer Frau, der er im vergangenen Jahr kurz den Hof gemacht hatte, eine solche Puppe gekauft hatte; das war gewesen, als es zwischen ihm und Claudia gerade wieder mal länger gekriselt hatte.

Fast kam er sich ein bißchen pervers vor, als er die erhängte Puppe packte und ihr das Kleid hochschob.

Und tatsächlich. An Raggedy Anns Herz war ein chirurgischer Eingriff vorgenommen worden, und das nicht gerade sehr gekonnt. Wo vorher ihr Herz gewesen war, klaffte jetzt eine offene Wunde, aus der graues Füllmaterial quoll.

Nudger versuchte den Knoten um den Hals der Puppe zu lösen, aber er bekam ihn nicht auf. Nach kurzem Suchen entdeckte er in dem Durcheinander auf dem Fußboden eine Nagelschere. Was für Zehennägel gut war, mußte auch für ein Stück Paketschnur gut genug sein. Mit einiger Mühe schnitt er die Schnur durch.

Dann unterzog er Raggedy Ann einer gründlichen Untersuchung. In ihrer Brust hätte eine Handvoll Diamanten ohne weiteres Platz gehabt.

Dr. Nudger nahm eine kurze Obduktion vor und stocherte mit der Fingerspitze in dem Puppenleichnam herum.

Falls die arme Raggedy Ann je Diamanten enthalten hatte, waren sie ihr bei dem operativen Eingriff entfernt worden. Wie funkelnde Gallensteine. Es war ziemlich unwahrscheinlich, daß die Operation Bobinet und das Skelett vorgenommen hatten; sonst hätten sie wohl kaum noch nach den Diamanten gesucht.

Jetzt begriff Nudger auch, warum Danny mit einem genau gleich langen Stück brauner Schnur halb zu Tode gewürgt worden war. Warum das Skelett und Bobinet nach ihm suchten. Sie mußten die ausgehöhlte Brust der Puppe entdeckt haben. Und vermutlich hatten sie im Müll die Paketschnur und das Packpapier mit dem New Yorker Poststempel gefunden.

Sie wußten also inzwischen, daß die Diamanten per Post nach St. Louis geschickt worden waren. Wußten, daß jemand die Steine in der Puppe entdeckt hatte, und zwar vor ihnen. Kein Wunder also, daß sie so sauer geworden waren – jedenfalls sauer genug, um die arme Raggedy Ann für ihre unwissentlichen Kurierdienste bestialisch zu lynchen. Um ein Haar hätten sie mit Danny genauso verfahren. Und nun suchten sie Nudger, um ihm zu sagen, daß die Diamanten an Marlous Adresse geschickt worden waren. Um ihn zu fragen, wo Marlou steckte.

Für einen Moment stand Nudger in der Mitte des verwüsteten Schlafzimmers und drückte die Puppe wie ein mißhandeltes Kind tröstend an sich. Wenn ihn jemand so gesehen hätte – einen erwachsenen Mann, der dringend eine Rasur nötig gehabt hätte und zärtlich eine Puppe im Arm hielt. Gründlicher hätten wohl alle Macho-Allüren nicht ad absurdum geführt werden können.

Als er schließlich die Wohnung wieder verließ, hielt er die Puppe etwas weniger verfänglich; er ließ sie einfach lose von seiner linken Hand baumeln – wie eine Motorsäge zum Beispiel. Er stieg in seinen Wagen und machte sich auf den Weg nach Hannibal – ohne den grauen Mietwagen zu bemerken, der ihm die ganze Strecke folgte.

29

Nudger stand im Schatten des Laubengangs, über den man die einzelnen Motelzimmer erreichte, und klopfte an Marlous Tür. Die tiefstehende Abendsonne stach ihm in die Kniekehlen. Vom Swimming-pool drang das ausgelassene Gelächter und Geplansche von ein paar Kindern herüber. Eine warme Sommerbrise trug den Duft des Geißblatts zu ihm herüber, der an einem Spalier an der Seitenwand des Gebäudes hochrankte. Sommer.

Er klopfte noch einmal.

Keine Antwort. Auch sonst drang kein Laut aus dem Zimmer.

Er drehte sich um und beobachtete einen dicken Jungen, der eine Bombe vom Sprungbrett machte. Laut klatschend stieg eine gewaltige Wasserfontäne auf, als er ins Wasser eintauchte. Ihre letzten Ausläufer prasselten nicht weit von Nudgers Füßen auf den Beton am Beckenrand nieder. Grinsend kam der Junge wieder an die immer noch heftig aufgewühlte Oberfläche und schüttelte sich das Wasser aus seinen langen Haaren. Was es wohl für ein Gefühl war, noch einmal so jung und voller selbstvergessener Hingabe zu sein?

Er rüttelte an Marlous Tür. Da sie abgeschlossen war, ging er in die Rezeption des Motels.

Dort saß die ältere Frau, die für ihn Aunt Polly war, auf einem hohen Hocker hinter der Theke und las eine Zeitschrift über Patchworkarbeiten. Nudger erkundigte sich bei ihr nach Miß Thatcher aus Zimmer 335.

»Vor etwa einer Stunde habe ich eine junge Dame an meinem Fenster vorbeigehen sehen.« Die Frau legte die Zeitschrift beiseite und sah Nudger über den Rand ihrer Brille hinweg an. »Geht sehr viel spazieren, diese Miß Thatcher. Ist wohl auch eine von diesen Fitneßfanatikerinnen, wie?«

»Sie langweilt sich nur ziemlich schnell.«

»Tja, ich weiß auch nicht, wo sie sein könnte. Vielleicht ist sie rüber zur Main Street, wo die Antiquitätenläden und die Souvenirshops sind. Dort können Sie alles über Samuel Clemens erfahren, was Sie nur wissen wollen – oder wenn Sie ihn nur unter seinem anderen Namen kennen, über Mark Twain.«

Lächelnd erwiderte Nudger: »Vorläufig genügt mir, was ich bereits über ihn weiß. Trotzdem werde ich dort mal mein Glück versuchen.«

»Sie gehen jetzt von hier zur Straße runter und dann nach rechts«, erklärte ihm Aunt Polly den Weg. »Und dann ist es nicht mehr weit. Soll ich ihr ausrichten, daß Sie nach ihr gefragt haben, falls sie inzwischen zurückkommt? Ich meine, falls Sie sich zufällig verfehlen.«

»Das wäre nett, danke.« Nudger verließ das Büro und trat in die Hitze hinaus. Hörte das spröde Rascheln einer umgeblätterten Seite, als er die Tür hinter sich schloß. Wieviel ließ sich wohl über Patchwork-Decken schreiben?

Entgegen Aunt Pollys Rat beschloß er, den Wagen zu nehmen, anstatt zu Fuß zu gehen. Er stieg in den Granada und drehte den Zündschlüssel herum. Stellte die Klimaanlage an. Raggedy Ann saß zusammengesunken auf dem Beifahrersitz und grinste trotz der tödlichen Wunde unter ihrem Kleid ihr dämliches Grinsen. An der Zufahrt zur Straße bog er nach rechts ab – und war wenig später mitten im Herzen von Hannibal.

Auf der sonnigen Main Street wimmelte es von Touristen auf der Suche nach Antiquitäten oder Mark-Twain-Souvenirs. Nach allen Seiten Ausschau haltend, glitt Nudger die fünf Blocks des Einkaufsviertels hinunter, ohne eine Spur von Marlou zu entdecken. Ein Stück weiter kam er an dem windschiefen weißen Holzhaus vorbei, in dem Mark Twain gelebt hatte. Und an dem Hügel, auf dem Huck und Tom Sawyer angeblich gespielt hatten. Oder zumindest an dem Hügel, der Mark Twain als Vorbild für den Hügel in seinem Roman gedient hatte. Vielleicht.

Noch immer keine Spur von Marlou. Nudger stellte sich bereits seelisch darauf ein, den Wagen irgendwo abzustellen und jedes Geschäft und Restaurant nach ihr zu durchkämmen.

Er fuhr die betont rustikale Center Street hinunter und fand nicht weit vom Fluß einen Parkplatz. Als er aus dem Wagen stieg, konnte er den Flußdampfer sehen, der es Marlou so sehr angetan hatte. Die *Mark Twain* (was sonst?) hatte ein riesiges Schaufelrad am Heck, und ihre weißen Decks türmten sich wie die Schichten einer Hochzeitstorte. Diesen alten Mississippidampfern haftete tatsächlich etwas sehr Nostalgisches an. Nudger konnte gut verstehen, weshalb dieses vorsintflutliche Monstrum einen solchen Reiz auf Marlou ausübte. Wenn es sich zeitlich machen ließ, wollte er auf jeden Fall sein Versprechen einlösen und eine Rundfahrt mit ihr machen. Falls er sie fand.

Er ging auf die Tafel mit den Abfahrtszeiten zu, die neben dem Zugang zum Landesteg stand. Die nächste Rundfahrt begann um halb sieben, in etwas mehr als einer Stunde. Vielleicht würden er und Marlou daran teilnehmen.

Er wandte sich gerade von dem Schild mit den Abfahrtszeiten ab, als er sie entdeckte. Die Hände in die Hüften gestemmt, stand sie neben seinem Granada und sah ihn an.

Er ging auf sie zu. Sie trug eine enge, ausgewaschene Levi's und ein schwarzes T-Shirt mit dem Konterfei von Mark Twain über ihren Wespenstichbrüsten. Auf dem Kopf hatte sie einen breitkrempigen Strohhut mit einem gelben Band. Über ihrer Schulter hing eine dazu passende

Strohtasche. Sie begrüßte ihn mit ihrem umwerfend offenen Lächeln – als hätte er Becky Thatcher persönlich vor sich gehabt.

»Jetzt fehlt nur noch ein Grashalm zwischen Ihren Zähnen, um das Bild perfekt zu machen.«

Ihr Lächeln wich einem Stirnrunzeln. »Wie?«

»Ach, nichts. Ich habe Sie überall gesucht.«

»Ich war die ganze Zeit hier. Ein bißchen am Fluß auf und ab gegangen. Schön ist es hier unten, finden Sie nicht auch? Als ich von den Getreidesilos dort drüben den Wagen gesehen habe, dachte ich gleich, daß es Ihrer ist. Na ja, und dann wollte ich eben sehen, ob ich mich nicht getäuscht habe. Was ist? Geht das ganze Theater wieder von vorne los?«

»Welches Theater?«

»Ich bin ganz sicher, daß ich vorhin Stockton, diesen Versicherungsheini, in der Main Street gesehen habe. Als ich mich allerdings vergewissern wollte, ob ich mich nicht getäuscht hatte, war er plötzlich wie vom Erdboden verschluckt.«

Nudger starrte sie fassungslos an. »Bill Stockton von Sloan Trust?«

»Ja. Genau der Bill Stockton, der gleich nach Vanitas Tod bei mir vorbeigekommen ist und mich ausgequetscht hat.«

»Was hat er getan, als Sie ihn gesehen haben?«

»Er stand auf der anderen Straßenseite, schräg hinter mir, und hat sich das alte Tafelsilber im Schaufenster eines Antiquitätenladens angeschaut. Allerdings macht er auf mich nicht den Eindruck, als wäre er der Typ, der sich für solchen alten Kram interessiert.«

»Außer er war versichert und wurde gestohlen. Sind Sie auch sicher, daß er es war?«

»Ziemlich. Hey!«

»Was ist?«

Sie starrte ins Wageninnere. »Was machen Sie denn da mit meiner Puppe?«

»Ich habe sie in Ihrem Schlafzimmer gefunden. Jemand hat sie mit einem Stück Paketschnur aufgehängt.«

Sie schluckte schwer. Nudger konnte ihren Kehlkopf über dem Kragen ihres schwarzen T-Shirts auf und ab tanzen sehen. Mark Twains Nase befand sich genau über der Spitze ihrer rechten Brust, was ihr eine gewisse Dreidimensionalität verlieh. »Und dann haben Sie sie runtergeschnitten, um sie mir mitzubringen?«

»So in etwa. Da ist außerdem etwas, was ich Ihnen zeigen wollte.«

Er öffnete die Beifahrertür des Granada, bückte sich, nahm die Puppe vom Sitz und richtete sich wieder auf.

Marlou streckte die Hand danach aus. Nudger gab sie ihr. »Kommt Ihnen irgend etwas an ihr verändert vor?«

»Klar. Hier sieht man ganz deutlich, wo ihr diese Schweine die Schnur um den Hals geschlungen haben.« Zärtlich begannen Marlous Finger den Hals der Puppe zu massieren. Doch plötzlich riß sie erstaunt ihre grünen Augen auf. Ihre Finger tasteten ein Stück nach unten. Sie hob das Kleid der Puppe hoch. Für einen Moment schien es, als würde sie gleich in Tränen ausbrechen. »Gütiger Gott, was hat denn das nun wieder zu bedeuten?«

»Das wissen Sie nicht?«

Sie sah ihn an. Mit Tränen in den Augen. Alles nur Theater? »Natürlich weiß ich es nicht. Sie etwa?«

»Sie haben Ihren Müll durchsucht«, erklärte ihr Nudger. »Und haben dabei das Packpapier und die Paketschnur von dem Päckchen gefunden. Dann war es natürlich nicht schwer, sich zusammenzureimen, was in dem Päckchen war – vor allem, nachdem sie die Puppe in dem Zustand gefunden hatten. Allerdings waren es nicht diese beiden Gangster, die die Puppe aufgeschlitzt und die Diamanten herausgenommen haben – sonst würden sie nämlich nicht immer noch nach den Steinen suchen.«

Marlou bekam den Mund kaum mehr zu. »Moment mal. Wollen Sie damit sagen, die Diamanten waren in der Puppe?«

Nudger nickte. »Dort hat Winslow sie versteckt, als er sie in New York mit der Post verschickt hat.«

»Aber es hieß doch immer, er hätte kein Päckchen aufgegeben.«

»Das dachten bisher alle. Aber die New Yorker Polizei hat erst kürzlich herausgefunden, daß er doch ein Päckchen verschickt hat. Es kann eigentlich nur die Puppe mit den Diamanten enthalten haben.«

Marlou schüttelte den Kopf, so daß ihr rotes Haar heftig ins Schaukeln geriet. »Das kann nicht sein, Mr. Nudger.«

Aufgrund ihrer Reaktion war er bereits zu der Überzeugung gelangt, daß sie tatsächlich nicht gewußt hatte, daß die Diamanten in der Puppe versteckt gewesen waren. Welche neue vertrackte Wendung würde sie dem Ganzen jetzt wieder geben? »Warum nicht?« fragte er.

»Weil ich die Puppe schon habe, seit ich neun bin.«

Nudger ließ sich gegen den Wagen zurücksinken. Verschränkte die Arme über der Brust und starrte auf den breiten Fluß hinaus, der träge und schlammig an ihnen vorbeiströmte. So gleichmäßig und unaufhaltsam wie die Zeit.

»Haben Sie nicht gehört, was ich gesagt habe, Mr. Nudger?«

»Doch, doch«, brummte Nudger. »Ich denke nur nach. Das muß ich in meinem Job ziemlich oft.«

Die Diamanten mußten in der Puppe versteckt gewesen sein. Weshalb sonst hätte jemand ihr kleines Stoffherz herausgerissen? Irgend jemand mußte die Puppe abgetastet, die harten Diamanten gefühlt und dann kurz entschlossen den Puppendoktor gespielt haben.

Aber angenommen, die Diamanten waren an jemand anderen in St. Louis geschickt worden. Und der Betreffende hatte sie in Marlous Raggedy Ann versteckt, ohne daß sie etwas davon wußte?

Ihm fiel nur eine Person ein, die dafür in Frage kam: Marlous Schwester Vanita. Allerdings hätte sie Marlou damit erheblicher Gefahr ausgesetzt. Möglicherweise waren die beiden Schwestern ja auch gar nicht so gut miteinander ausgekommen, wie jede von ihnen behauptet hatte. Vielleicht war keine von beiden das, als was sie erschien. So was vererbte sich manchmal genauso wie eine krumme Nase.

Nudger ließ sich diese Möglichkeit – und die daraus erwachsenden Konsequenzen – noch einmal in Ruhe durch den Kopf gehen. Es war keineswegs ausgeschlossen. Sogar ziemlich wahrscheinlich. Ein besseres Versteck hätte es für die Diamanten kaum gegeben, nachdem Vanita sie von Winslow mit der Post zugeschickt bekommen hatte. Außerdem hätte sich so auch erklären lassen, weshalb Vanita selbst unter brutalsten Foltern nicht verraten hatte, wo sie die Diamanten versteckt hatte. Sonst hätte als nächste ihre kleine Schwester Marlou dran glauben müssen. Blut war eben dicker als Wasser. Und stärker als alle Schmerzen. Im Angesicht des Todes hatte Vanita also endlich doch noch wahre menschliche Größe bewiesen.

Leicht benommen wischte sich Nudger mit dem Handrücken den Schweiß von der Stirn.

»Und?« wollte Marlou wissen. »Haben Sie schon eine vernünftige Erklärung für das Ganze?«

Leise scharrend streifte hinter Nudger eine Schuhsohle über den Asphalt. Zwei lange Schatten wurden links und rechts von ihm sichtbar. »Ja, Mr. Nudger«, ertönte die hechelnde Stimme des Skeletts. »Wir würden auch gern hören, welchen Reim Sie sich auf das Ganze machen.«

»Und zwar ein bißchen dalli«, fügte Bobinet mit seinem strahlendsten Popcornpackungslächeln hinzu. »Ich habe in meiner Jackentasche schon den Finger am Abzug. Würde mich nicht viel Überwindung kosten, ihn ein bißchen krumm zu machen.«

»Aber lieber würden Sie zum Messer greifen.« Nudgers Stimme war ungewohnt hoch. Er konnte von Glück reden, daß sie vor Angst nicht übergeschnappt war.

Bobinet hob die Schultern. »In dieser Welt bekommt man nun mal nicht alles, was man gerne haben möchte, Nudger. Zumindest nicht sofort.« Er grinste Marlou an. »Schön, dich endlich auch mal kennenzulernen, Schätzchen. Ich war ein guter Freund deiner Schwester.«

Seltsamerweise wirkte Marlou nicht im geringsten verängstigt. Alle drei Männer stierten sie ungläubig an, als sie sagte: »Sind das die zwei Kerle, die Raggedy Ann abgemurkst haben?«

30

»Das sind auch die Kerle, die Ihre Schwester auf dem Gewissen haben«, fühlte sich Nudger bemüßigt, ihr in Erinnerung zu rufen.

Das schien Marlou im ersten Moment tatsächlich nicht bewußt gewesen zu sein. Trotzdem wirkte sie eher wütend als ängstlich. Ihre grünen Augen verengten sich, und ihr Gesicht hatte sich so dunkel verfärbt, daß ihre Sommersprossen kaum mehr zu sehen waren. Wutentbrannt holte sie mit der Faust aus. Bobinet fing den Schlag jedoch mit einem mitleidigen Grinsen mühelos ab, packte sie gleichzeitig am Handgelenk und riß so heftig daran, daß sie wild um sich schlagend an ihm vorbeitaumelte und um ein Haar von ihrem eigenen Schwung auf der Nase gelandet wäre.

»Ganz schön frech, dieses Biest«, hechelte das Skelett. »Aber ihre Schwester war ja genauso.« Er wurde von einem kurzen Hustenanfall unterbrochen. »Scheiß Landluft.«

»Das kommt davon, wenn man Lungenkrebs hat«, sagte Bobinet, ohne den Blick von Marlou abzuwenden. Als er sicher war, daß sie nicht noch einmal auf dumme Gedanken kommen würde, wandte er sich Nudger zu. Blinzelnd kniff er gegen die tiefstehende Abendsonne die Augen zusammen. »Wissen Sie, Nudger, mein Kumpel hier hat sich mal mindestens drei Packungen täglich reingezogen, und nun hat er nicht mehr viel Zeit, sich mit seinem hart verdienten Geld ein schönes Leben zu machen. Deshalb wollen wir diese Diamanten endlich wieder zurückhaben und entsprechend werden wir auch vor nichts zurückschrecken, um sie zu bekommen. Er hat sowieso nichts mehr zu verlieren, und ich – ich habe immer schon gelebt, als wäre ich bereits tot.«

Das Skelett verzog keine Miene, als er sagte: »Aber ich bin noch nicht tot. Und jetzt denken Sie immer schön dran, daß auch ich eine Kanone in meiner Jackentasche habe. Und dann kommen Sie schön brav zu unserem Wagen mit und steigen ein.« Er deutete mit dem Kopf auf einen grauen Mietwagen, einen Ford Escort-Kombi.

Bobinet bildete die Spitze. Nudger und Marlou folgten ihm. Sie hielt im Gehen die Puppe fest an sich gepreßt. Die Nachhut bildete das Skelett; er schnaufte und keuchte wie eine alte Dampflokomotive.

Nudger und das Skelett zwängten sich auf den engen Rücksitz. Bobinet setzte sich ans Steuer, und Marlou nahm auf dem Beifahrersitz Platz. Im Innern des Wagens war es unerträglich heiß, und zu allem Überfluß roch das Skelett auch noch genauso schlimm wie er aussah. Es war zum Ersticken eng. Für eine Weile war außer dem hechelnden Atem des Skeletts nichts zu hören.

Bobinet drehte sich gerade so weit herum, daß er Marlou sehen konnte und auch Nudger noch im Blickfeld hatte. »So, und jetzt werden wir uns ein bißchen unterhalten. Vor allem wollen wir wissen, wo die Diamanten sind, Marcy Lou.«

Marlou starrte ihn herausfordernd an. »Ich habe keine Diamanten.«

Lächelnd schüttelte Bobinet den Kopf. »Sie, Ihre Schwester und dieser Dreckskerl Winslow waren gemeinsam an dieser Sache beteiligt. Wir haben die Paketschnur und das braune Packpapier mit dem New Yorker Poststempel in Ihrer Wohnung gefunden. Ziemlich weit unten im Abfalleimer in der Küche. Und wir haben auch die Puppe gefunden, in der die Diamanten versteckt waren. Die Briefmarken auf dem Päckchen waren genau richtig für das Gewicht der Puppe mit den Diamanten.« Als er sich vorbeugte, sah er aus wie ein Filmschönling, der seiner Angebeteten gleich einen Kuß geben würde. Zwei Jungverliebte bei einem Stelldichein in Papas Wagen. »Mach mir nichts vor, Marcy Lou! Du hast die Diamanten, und bevor ich mit dir fertig bin, wirst du mich noch darum bitten, mir sagen zu dürfen, wo sie sind.«

»Wenn Sie in meinem Mülleimer Packpapier und ein Stück Paketschnur gefunden haben, dann hat es jemand anderer hineingeworfen. Jedenfalls nicht ich. Ich habe nie in meinem Leben ein Päckchen aus New York bekommen. Ich kenne dort niemand und möchte dort auch niemand kennenlernen.«

Bobinet ließ seinen Blick ein Stück weiter wandern. »Was meinen Sie dazu, Nudger?«

»Ich glaube ihr.«

»Schon wieder zwei so Arschlöcher, die sich ganz besonders schlau vorkommen«, zischte das Skelett. Nachdruckshalber hatte er seine Knarre inzwischen aus der Tasche genommen. Es war eine ziemlich unangenehm aussehende Ruger Automatik. Höchstwahrscheinlich eine 38er. Er hielt sie mit der beiläufigen Nonchalance, mit der ein Zimmermann seinen Hammer gehalten hätte. Jedem sein Handwerkszeug.

»Tja«, fuhr Bobinet fort. »Ich glaube ihr leider nicht. Ebensowenig wie mein Kollege da. Oder Stockton, dieser Versicherungsheini.«

»Was treibt eigentlich der in Hannibal?« fragte Nudger und starrte in das schwarze Mündungsloch der Automatik. Wie er Schußwaffen haßte! Und fürchtete.

Das Skelett lachte krächzend. »Wie haben Sie sich das eigentlich gedacht? Sie beantworten unsere Fragen nicht, aber wir sollen Ihnen auf alles schön brav Rede und Antwort stehen? Wie in so einer blöden Fernsehratesendung, wo jeder mal an die Reihe kommt?«

»Wenn Sie schon glauben, wir wären hier in einer Unterhaltungssendung gelandet«, warf Bobinet ein, »dann in ›Risiko‹.«

Das Skelett lachte wieder.

»Stockton hat eben ein berechtigtes Interesse an den Diamanten. Genau wie wir. Er war es übrigens auch, der uns den Tip gegeben hat, wo wir Sie finden könnten. Kerle wie der verfügen eben über Mittel, die nicht jedem zugänglich sind. Er hat das Telefon Ihrer Freundin angezapft und jedesmal mitgehört, wenn Sie bei Marcy Lou angerufen haben. War ja nicht schwer, sich aufgrund Ihrer Unterhaltung zusammenzureimen, wo Sie die Kleine untergebracht haben. Eigentlich wollten wir uns mit Ihnen treffen, um Ihnen von dem Packpapier und der Puppe zu erzählen und dann mit Ihnen hier raufzufahren. Sie hätten ein bißchen vorsichtiger sein sollen.«

Nudger spürte blinde Wut in sich aufsteigen. »Dieses Schwein hat sich mit euch arrangiert.«

»Klar. Wir geben Stockton die Hälfte der Diamanten zurück, worauf seine Firma die Ermittlungen einstellen läßt.

Und natürlich üben sie auch auf die Polizei nicht mehr länger Druck aus, nach den Dieben zu suchen. So ist das in dieser Branche durchaus üblich, Nudger. Wenn es um Diamanten geht, werden die Leute plötzlich erstaunlich kompromißbereit. Natürlich hat uns Stockton das Versprechen abgenommen, daß wir Marcy Lou auf keinen Fall auch nur ein Haar krümmen.«

»Wirklich verdammt anständig von ihm.« *Und naiv.* Nudger wußte, daß Stockton nicht einen Diamanten zu sehen bekommen würde. Bobinet und das Skelett würden ihn bei der ersten sich bietenden Gelegenheit für immer zum Schweigen bringen. Nachdem sie erledigt hatten, was sie mit Nudger und Marlou vorhatten. Nachdem sie Marlou zum Sprechen gebracht hatten.

»Warum haben Sie dazu mich gebraucht?« wollte Nudger wissen. »Wieso sind Sie nicht einfach allein hier raufgefahren und haben nach Marlou gesucht?«

»Weil wir denken«, erwiderte Bobinet, »daß sie die Diamanten vielleicht Ihnen zur Aufbewahrung gegeben hat – oder daß Sie zumindest wissen, wo sie sind. Außerdem wollten wir die ganze Angelegenheit endlich mal bereinigt wissen. Schließlich werden wir ja auch von der Polizei gesucht. Wegen der Geschichte mit Vanita.«

»Und wegen Ed Franks.«

»Den hätte ich doch fast vergessen.«

Die Enge in dem kleinen Wagen wurde immer bedrohlicher. Der hechelnde Atem des Skeletts schien unaufhörlich lauter zu werden. In panischer Angst schlug Nudgers Herz verzweifelt gegen seine Rippen. Die Luft wurde immer stickiger und heißer. Nicht mehr lange, und er würde vielleicht gar keine Luft mehr zum Atmen brauchen. Er wollte nicht sterben. Jedenfalls nicht schon jetzt. Und auch nicht in nächster Zeit.

Plötzlich blitzte in Bobinets Hand ein Messer auf. Gleichzeitig packte er mit der anderen Marlou fest am

Kinn und grinste sie hämisch an. Ihre Lippen stülpten sich nach außen wie die eines Karpfens. Aber sie zuckte mit keiner Wimper. Der Karpfen hatte keine Angst. Nur eine Mordswut.

»Langsam wird es Zeit, ›Sag die Wahrheit‹ zu spielen«, säuselte Bobinet. »Oder ich fange schon mal mit dem Messer an.«

Mit einem heftigen Ruck riß sie sich von ihm los und begann mit der Puppe blindlings auf ihn einzuschlagen. »Bring mich doch lieber gleich um, du Schwein!« kreischte sie haßerfüllt los. »Du wirst mir ja sowieso nicht glauben!«

Das brachte Bobinet für einen Moment aus der Fassung. Er ließ sie los und versuchte ihren verzweifelten Schlägen auszuweichen. Aber dazu war in dem engen Wagen nicht genügend Platz. Er stieß mit der Hand, in der er das Messer hielt, nach Marlou, streifte aber den Rückspiegel, so daß ihm das Messer aus der Hand geschlagen wurde und zu Boden fiel. Der Rückspiegel wurde dadurch so verstellt, daß Nudger direkt in seine entsetzt aufgerissenen Augen starrte.

»Ich dreh' dir den Hals um, du kleines Aas!« zischte Bobinet und versuchte Marlous Kehle zu fassen zu bekommen. Aber sie schlug wie eine Wahnsinnige unablässig weiter auf ihn ein. Immer und immer wieder. Bis das Füllmaterial aus der aufgeschnittenen Brust der Puppe zu quellen begann, so daß es binnen weniger Sekunden aussah, als wären sie in ein dichtes Schneegestöber geraten. Bei einem seiner vergeblichen Abwehrversuche riß Bobinet Raggedy Ann einen Arm ab. Das hatte zur Folge, daß es noch stärker zu schneien begann.

Das Skelett mußte niesen und bekam einen heftigen Hustenanfall.

»Schieß schon!« brüllte ihn Bobinet an. »Aber knall sie nicht ab!«

Das Skelett wollte gerade die bläulich schimmernde Automatik hochreißen, aber Nudger hatte ihn bereits am Handgelenk gepackt. Mühelos umschlossen seine Finger den knochigen Unterarm.

Trotzdem verfügte das Skelett über erstaunliche Kräfte. Mit der freien Hand schlug er nach Nudger. Zwar verfehlte er ihn, aber sein knochiger Ellbogen traf ihn an der Stirn. *Aaauuu!* Das tat weh! Nudger platzte der Kragen.

Inzwischen war der kleine Wagen heftig ins Schaukeln geraten. Es flog soviel Füllmaterial durch die Luft, daß kaum mehr etwas zu sehen war. Keuchend schnappte das Skelett nach Luft. Währenddessen hielt Nudger unerbittlich sein Handgelenk fest und hinderte ihn daran, mit der Automatik auf Marlou zu zielen.

»Schieß doch endlich!« brüllte Bobinet noch einmal. Inzwischen hatte er mit einer Hand Marlous Hals zu fassen bekommen und drückte ihren Kopf nach hinten. Dessen ungeachtet schlug sie weiter wie wild mit der Puppe um sich.

Mit der einen Hand immer noch das Handgelenk des Skeletts festhaltend, schlang Nudger seinen anderen Arm um Bobinets Hals und zog ihn mit aller Kraft nach hinten. Verzweifelt stöhnte Bobinet auf. Lang würde ihn Nudger allerdings nicht halten können.

»Los, raus hier!« brüllte Nudger Marlou zu. »Und dann nichts wie weg!«

»Er läßt mich nicht los!« stieß sie verzweifelt hervor.

Das Skelett bekam einen heftigen Hustenanfall. Sein ausgemergelter Körper begann unkontrolliert zu zucken und sein Handgelenk zerrte wie wild an Nudgers Fingern. Und dann drückte das Skelett versehentlich den Abzug.

In der Enge des Wagens gab das einen Krach, daß Nudger fast die Trommelfelle platzten. In der Rückenlehne des Fahrersitzes tat sich ein sauberes, rundes Loch auf. Bobinet versteifte sich am ganzen Körper. Und sank im selben Augenblick schlaff in sich zusammen.

Als Nudger ihn losließ, sackte sein Kopf schräg nach hinten und starrte ihn fassungslos an. Durch den lauten Nachhall des Schusses konnte Nudger Marlou kreischen hören: »Mein Gott, soviel Blut!«

Das Skelett rang immer noch keuchend nach Atem. Dabei bekam er jedoch noch mehr durch die Luft wirbelndes Füllmaterial in die Atemwege, was die Sache nur schlimmer machte. Verzweifelt tastete seine freie Hand nach dem Türgriff. Bekam ihn zu fassen.

Marlou war bereits aus dem Wagen gesprungen. Nudger half dem Skelett beim Aussteigen, indem er sein Handgelenk losließ und ihm mit der anderen Hand einen heftigen Stoß versetzte. Zugleich riß er die Tür auf seiner Seite auf und ließ sich aus dem Wagen fallen. Landete auf Händen und Knien auf der Straße. Etwas Spitzes bohrte sich in seine Handfläche.

Auf der anderen Seite des Wagens war noch immer das laute Husten des Skeletts zu hören. Trotzdem tauchte in der anderen Wagentür plötzlich die 38er auf und deutete, wenn auch etwas wackelig, genau auf Nudger. Kurz entschlossen warf er die Wagentür zu und sprang auf. Packte Marlou am Ellbogen und zerrte sie hinter sich her. Dabei achtete er darauf, daß der Wagen zwischen ihm und dem Skelett war. Es war nur eine Frage von Sekunden, bis sich der knochige Killer wieder so weit erholt hatte, daß er die Verfolgung aufnehmen konnte.

»Ist der andere tot?« stieß Marlou im Laufen hervor. Sie keuchte fast genauso schwer wie das Skelett.

»Ich hoffe«, zischte Nudger.

»Soviel Blut...«

»Besser seins als Ihres.«

»Wohin laufen wir eigentlich, Mr. Nudger?«

Gute Frage.

Allmählich tauchten die ersten Menschen in ihrer Umgebung auf. Offensichtlich war das Krachen des Schusses durch den Wagen so weit gedämpft worden, daß auf dem verlassenen Gelände unten am Fluß niemand auf sie aufmerksam geworden war.

Nudger riß an Marlous Handgelenk, so daß sie direkt neben ihm lief und zischte ihr zu: »Solange wir Leute in unserer Nähe haben, sind wir vor dem Skelett sicher. Haben Sie verstanden?«

»Klar.« Sie wischte ein paar Stoffflusen von ihren Kleidern. »Aber glauben Sie denn wirklich, er wird uns folgen?«

»Er will schließlich die Diamanten.«

Marlou hielt im Laufen die Strohhandtasche fest an sich gepreßt. Sie hatte sie ganz automatisch an sich gerissen, als sie aus dem Wagen gesprungen war. Frauen und Handtaschen. Den Strohhut hatte sie allerdings verloren. »Aber ich habe die Diamanten nicht!«

»Machen Sie das mal ihm klar, nicht mir. Aber jetzt beruhigen Sie sich erst mal. Am besten, wir verhalten uns ganz normal.«

»Das dürfte nicht ganz einfach werden.«

»Was war das in dieser blöden Geschichte schon?«

Sie waren zum Fluß hinuntergelaufen und reihten sich in die lange Schlange von Wartenden ein, die sich für eine Rundfahrt auf der *Mark Twain* angestellt hatten. Nudger kaufte zwei Karten und führte Marlou über die nicht sehr vertrauenerweckende Gangway an Bord.

Der Flußdampfer war die direkteste, wenn auch nicht die schnellste Möglichkeit, um aus der Stadt zu kommen.

Auf Deck warf Nudger einen Blick zurück auf die sonnenüberflutete Anlegestelle. Vom Skelett weit und breit keine Spur. Aber er mußte irgendwo ganz in der Nähe sein, den Tod in der Seele, die Gier im Blick. Und eine Kanone in der Tasche.

31

An Bord ging Nudger mit Marlou erst einmal an die Bordbar und kaufte für sie beide zwei Cokes. Lieber hätte er sich eigentlich einen Scotch mit Soda bestellt, aber er mußte jetzt einen klaren Kopf behalten. Außerdem war sein Magen von dem eben erst überstandenen Abenteuer noch so in Aufruhr, daß jede Form von Alkohol mit Sicherheit seinen wütenden Protest geweckt hätte.

Anschließend führte Nudger Marlou auf das offene Oberdeck, wo mehrere Reihen von runden schwarzen Tischen mit beigen Plastikstühlen herumstanden. Sie setzten sich an einen der Tische, tranken ein paar Schlucke und sahen sich wortlos an.

»Mein Gott, Mr. Nudger!« stieß Marlou schließlich mit einem schweren Seufzer hervor. Wie es schien, war ihr erst jetzt die volle Tragweite dessen bewußt geworden, was gerade passiert war. Sie begann am ganzen Körper zu zittern.

»Jetzt beruhigen Sie sich erst mal wieder«, versuchte Nudger sie zu trösten. »Vielleicht werden Sie Ihre Kräfte noch mal dringend brauchen.« Aus dem Augenwinkel sah er das Skelett über die Gangway an Bord des Dampfers kommen. Sein auffällig kariertes Sportsakko war zugeknöpft – vermutlich, damit man die Kanone in seinem Gürtel nicht sehen konnte.

Dann entdeckte ihn auch Marlou. »Mr. Nudger ...«

»Ich weiß. Aber unter all den Leuten hier kann er uns nichts tun. Außerdem müßte er erst mal ein gutes Stück schwimmen, wenn er wieder zurück an Land wollte. Und ob er dafür gut genug in Form ist, wage ich zu bezweifeln.«

In diesem Augenblick ertönte zweimal kurz hintereinander das Signalhorn des Dampfers. Unwillkürlich zuckte Nudger von dem lauten Geräusch heftig zusammen.

Auch seine Nerven waren noch ziemlich angegriffen. Tief unten im Bauch des Schiffs begannen die mächtigen Kolben wie ein aus dem Schlaf erwachtes Monster zu stampfen, so daß die Deckplanken unter ihren Füßen heftig zu vibrieren begannen. Die Leinen wurden losgemacht, und dann schien sich die Kaimauer plötzlich von der Reling zu entfernen.

Langsam, aber stetig begann die *Mark Twain* Fahrt aufzunehmen. Schon nach kurzem hatte sie ein erstaunliches Tempo erreicht. Ganz deutlich konnte Nudger das Rauschen des Wassers hören, während das riesige Schaufelrad am Heck des Dampfers eine mächtig schäumende Heckwelle hinter sich herzog, die sich immer breiter werdend nach beiden Ufern hin ausdehnte.

Plötzlich hatte er das Gefühl, als stünde jemand hinter ihm. Marlou starrte verwundert über seine Schulter.

Bevor er sich umdrehen konnte, hatte sich Bill Stockton bereits zwischen ihn und Marlou an den Tisch gesetzt. »Ich hoffe doch, Sie haben nichts dagegen.«

»Und wenn doch?« konterte Nudger. Zum Glück waren sie ringsum von Menschen umgeben – die schützende Herde, die sie dem Zugriff des Raubtiers entzog.

Im selben Augenblick kam auch das Skelett an ihren Tisch. Mit einem erschöpften Seufzen ließ er sich Stockton gegenüber nieder.

Niemand sagte ein Wort, bis das Skelett loshechelte: »Ich bin ziemlich sicher, daß Roger tot ist.«

»Sie haben ihn selbst erschossen«, erinnerte ihn Nudger.

»Daran waren nur Sie schuld.«

»Halten Sie den Mund«, fuhr ihn Stockton an. »Wir sind nur hier, um uns über die Diamanten zu unterhalten.«

»Langsam habe ich wirklich genug von diesen blöden Diamanten!« brauste Marlou auf.

Stockton grinste sie an. Nudger fand, daß er mehr denn je wie ein aufgeplusterter Vogel aussah. Wie eine Taube. Und Nudger konnte Tauben auf den Tod nicht ausstehen.

Das Skelett starrte Marlou bedrohlich an. Hechelnd kniff er die Augen zusammen. »Wir wollen diese Diamanten aber unbedingt haben, Miß. Und glauben Sie mir: irgendwann wird dieser Dampfer wieder anlegen.«

Marlou nahm einen langen Zug von Nudgers Cola und schob ihren Stuhl zurück. Ihr Gesicht hatte sich wieder heftig gerötet, ihre grünen Augen waren wütend zusammengekniffen. Vielleicht steigerte sie sich in diese Wutanfälle nur deshalb hinein, um ihre Angst erst gar nicht hochkommen zu lassen. »Langsam habe ich dieses Theater wirklich satt!« stieß sie aufgebracht hervor. »Gleich fange ich wie wild zu schreien an.«

Von dieser Möglichkeit schien das Skelett gar nicht begeistert zu sein. Er setzte sich plötzlich kerzengerade auf.

Aber sie begann nicht zu schreien.

Das überraschte Nudger.

Statt dessen sagte sie plötzlich ganz ruhig: »Na schön. Sie hatten natürlich recht. Ich habe die Diamanten. Aber ich hatte nichts damit zu tun, daß sie gestohlen wurden – nicht das erste und auch nicht das zweite Mal. Meine Schwester bekam sie von Rupert mit der Post zugeschickt und brachte sie dann zu mir, um sie nicht in ihrer Wohnung rumliegen zu haben. Wir haben eine Raggedy-Ann-Puppe gekauft – genauso eine, wie ich als kleines Mädchen hatte – und haben die Diamanten in ihr eingenäht.«

»Und wo sind sie jetzt?« wollte Stockton wissen. Als er sich dabei weit über den Tisch beugte, brach sich das Abendlicht in seinen Augen.

Die Strohhandtasche fest an ihre Brust gepreßt, stand Marlou auf. »Hier!« Sie griff in die Handtasche, ging an die Reling und holte weit aus.

Riß den Arm mit aller Kraft nach vorn.

Ganz deutlich konnte Nudger hören, wie Stockton die Luft anhielt. Das Skelett stieß atemlos hervor: »O Gott, nein...«

Doch die Diamanten flogen bereits in hohem Bogen durch die Luft, so daß sich die Strahlen der Abendsonne in ihnen brachen. Und funkelnd neigte sich ihre Bahn in einem eleganten Bogen dem schäumenden Wasser am Heck des Dampfers entgegen.

»Scheiße...«, stöhnte das Skelett auf. »Ist diese blöde Kuh wahnsinnig geworden!«

Totenblaß hatte sich Stockton mittlerweise in seinen Sitz zurücksinken lassen. »Mein Gott! Eine Million Dollar...«

»Vielleicht könnten wir ein paar Taucher engagieren«, schlug das Skelett vor. Er hatte sich wieder etwas gefangen, wirkte aber immer noch, als stünde er unter Schock. Abwesend starrte er auf den breiten, zeitlosen Fluß, der ihm mit den Diamanten auch all seine Träume genommen hatte.

Stockton schüttelte den Kopf. »Wir sind mitten auf dem Mississippi. Erstens ist der Fluß hier ziemlich tief, und zweitens wird der Grund durch das wirbelnde Wasser ständig aufgewühlt. Es würde ein Vermögen kosten, hier nach den Diamanten zu suchen, und selbst das hieße noch lange nicht, daß wir auch nur einen davon finden würden. Bis wir eine solche Suchaktion organisiert hätten, könnten die Steine längst eine Meile flußabwärts gespült worden sein. In alle Richtungen verstreut und unter einer dicken Schlammschicht begraben.« Er warf Marlou, die wieder an den Tisch zurückgekehrt war, einen haßerfüllten Blick zu. »Ist Ihnen eigentlich klar, was Sie da eben getan haben?«

»Sie haben ihr doch gar keine andere Wahl gelassen«, kam ihr Nudger zu Hilfe. »Was wollen Sie jetzt noch,

Stockton? Es gibt keine Diamanten mehr, denen Sie hinterherjagen können – es sei denn, Sie sind ein Fisch.«

»Das wäre mein letzter großer Coup gewesen«, seufzte das Skelett. »Damit hätte ich für die paar Jahre, die mir noch bleiben, ausgesorgt gehabt.«

»Sie können es ja immer noch bei der Wohlfahrt versuchen«, schlug Nudger vor. Hätte gerade noch gefehlt, daß ihm der brutale Killer leid tat.

»Sie können mich mal, Nudger!« Das Skelett stand auf, spuckte in Marlous Richtung einen gelben Schleimbatzen auf Deck und entfernte sich.

Stockton seufzte wie ein Sterbender bei seinem letzten Atemzug. »Na ja, ich hab's zumindest versucht.«

Er bedachte Nudger mit einem wehmütigen Lächeln. Quälte sich auch für Marlou eines ab. Dann stand er auf und folgte dem Skelett zum Bug des Dampfers.

Marlou setzte sich wieder. Nudger wich ihrem Blick aus. Er saß nur da und ließ die Bäume am Ufer an seinen Blicken vorüberziehen. In der Abendsonne leuchteten ihre Blätter wie Gold.

Er hörte, wie Marlou ihren Stuhl zurückschob und aufstand. Sie sagte: »Wenn es Ihnen nichts ausmacht, würde ich jetzt gern etwas allein sein.«

Er nickte.

Sie entfernte sich und tauchte wie die beiden Männer in dem Gedränge auf Deck unter.

Nudger wußte, daß sie nichts mehr zu befürchten hatte. Schließlich war jetzt nichts mehr von ihr zu holen. Und Rache kam für einen Profi wie das Skelett ebensowenig in Frage wie für den Sloan Trust, in dessen Auftrag Stockton die Diamanten wiederzubeschaffen versucht hatte. Was verloren war, war verloren.

Nudgers Finanzen hatten sich mittlerweile bei Plusminus Null eingependelt. Das meiste von Vanitas Vorschuß war für Spesen draufgegangen. So kann das nicht weitergehen, redete er sich ins Gewissen. So werde ich mir Eileen und Henry Mercato nie vom Hals schaffen können.

Es war zum Heulen.

Wenigstens die Hitze ließ langsam nach. Er saß da, ließ das Ufer an seinen Blicken vorüberziehen und trank sein Cola aus. Begann auf dem zerstoßenen Eis herumzukauen.

Plötzlich durchzuckte ein stechender Schmerz seine rechte Kieferpartie. Etwas scharf Gezacktes kam auf seiner Zunge zu liegen. Offensichtlich war ihm beim Zerkauen des Eises ein Stück Zahn herausgebrochen.

Vorsichtig streckte er die Zunge heraus und fischte mit Daumen und Zeigefinger nach dem kleinen Gegenstand. Hielt ihn hoch und sah ihn an.

Es war kein herausgebrochener Zahn.

Es sah aus wie Eis. Aber es war kein Eis.

Es war klar und kalt, aber viel härter als Eis.

32

Es war schon dunkel, als der Dampfer wieder in Hannibal anlegte. Bobinets Leiche war bereits entdeckt worden. Die Nacht wurde von hektischem rotem und blauem Lichterzucken erhellt, das grotesk verzerrte menschliche Schatten an die kahlen Wände der umstehenden Lagerhallen warf.

Zügig, aber ohne zu drängeln, gingen die Teilnehmer an der Rundfahrt von Bord. Ein Teil von ihnen wurde bereits von dem hektischen Treiben zwischen den Lagerhallen angelockt. In den Menschenmassen, die sich von Bord des Dampfers an Land ergossen, konnte Nudger weder Marlou noch Stockton oder das Skelett ausmachen. Aber er hielt auch nicht nach ihnen Ausschau.

Er war längst zu der Einsicht gelangt, daß es das beste war, sich der Polizei zu stellen und alles über den Hergang der Tat zu erzählen. Langsam, aber ohne Zögern ging er auf die Stelle zu, wo es passiert war. Blieb vor einem schwergewichtigen Mann in Jeans und weißem Hemd stehen, den das Abzeichen an seiner Brust als Polizeichef von Hannibal auswies. Schilderte ihm, was passiert war. Was Marlou mit den Diamanten gemacht hatte, würde in jedem Fall auch in Stocktons Abschlußbericht nachzulesen sein. Mit dem Diebstahl der Diamanten selbst hatte Marlou allerdings nichts zu tun gehabt. Ganz ungeschoren würde sie zwar nicht davonkommen, aber letzten Endes würde das Ganze ziemlich glimpflich für sie verlaufen. Zurückhalten von wichtigem Beweismaterial war vermutlich das Schlimmste, was man ihr anhängen konnte, während ihr der Umstand, daß sie die Diamanten über Bord geworfen hatte, vermutlich nicht sehr hoch angekreidet werden würde – zumal sie dabei mehr oder weniger in Notwehr gehandelt hatte, um ihr Leben zu retten. Aller Wahrscheinlichkeit nach würde ihre Strafe auf Bewährung ausgesetzt werden.

Nudger beantwortete dem Polizeichef von Hannibal eine Unmenge von Fragen.

Setzte seine Unterschrift unter seine schriftliche Aussage.

Er hatte die ganze Prozedur mit der Geduld der Erschöpfung über sich ergehen lassen. Natürlich hatten die Polizei von Hannibal und die Highway Patrol sofort eine Großfahndung nach dem Skelett eingeleitet. Nudger ging allerdings nicht davon aus, daß sie ihn finden würden. Das beunruhigte ihn jedoch nicht weiter. Allzu lange hatte der Kerl sowieso nicht mehr zu leben.

Stockton dagegen würde ihnen sicher nicht durch die Lappen gehen – wenn er nicht sogar aus eigenen Stükken bei ihnen aufkreuzte und ihnen seine Version der Geschichte auftischte. Jedenfalls war nicht damit zu rechnen, daß er irgendwelche krummen Touren versuchen würde; ihm lag jetzt vor allem daran, seinen Auftrag ordnungsgemäß abzuwickeln und der Versicherung seinen Abschlußbericht vorzulegen.

Ein paar Dinge hatte Nudger bei seiner Vernehmung nicht zu Protokoll gegeben. Unter anderem erwähnte er nicht, daß Marlou die Diamanten noch hatte.

Und daß einer davon, in ein Papiertaschentuch gewikkelt, in seiner Hosentasche steckte.

Einen Monat später fuhr er nach Springfield hoch und verkaufte den Diamanten dort für fünftausend Dollar bei einem Juwelier. Da der Stein nicht gefaßt war, hätte sich auf keinen Fall nachweisen lassen, daß er zu den in New York gestohlenen Diamanten gehörte. Genausogut hätte er vom Ehering seiner Mutter stammen können.

Von dem Geld überwies Nudger als erstes die noch ausstehenden Unterhaltszahlungen, womit er sich Eileen und Mercato wieder für eine Weile vom Hals geschafft hatte. Eileen konnte es erst gar nicht glauben. Sie schien es ihm sogar fast übelzunehmen, daß sie ihn nun nicht mehr vor Gericht zitieren konnte. Nachdem er auch noch seine anderen Schulden bezahlt hatte, blieben ihm noch etwa tausend Dollar.

Dieses Geld und einen Teil seines Visa-Kredits benutzte Nudger dazu, einen Stein für Vanitas Grab zu kaufen. Das Modell, das er schließlich aus dem Katalog des Bestattungsinstituts auswählte, war zwar nicht unbedingt nach seinem Geschmack, aber er nahm an, daß es Vanita gefallen hätte. Der Stein war aus rotem italienischem Marmor.

Eigentlich sollte er einen fliegenden Engel darstellen, aber als Nudger ihn auf dem Friedhof zum erstenmal in natura sah, erinnerte er ihn mehr an ein Flugzeug.